Best Time

白 马 时 光

We Own the Sky

我们的天空

〔英〕卢克·艾诺特 著　　艾洁 译

百花洲文艺出版社
BAIHUAZHOU LITERATURE AND ART PRESS

图书在版编目（CIP）数据

我们的天空 /（英）卢克·艾诺特著；艾洁译. —
南昌：百花洲文艺出版社，2018.6
ISBN 978-7-5500-2800-5

Ⅰ.①我… Ⅱ.①卢… ②艾… Ⅲ.①长篇小说—英
国—现代 Ⅳ.①I561.45

中国版本图书馆 CIP 数据核字（2018）第 079904 号

江西省版权局著作权合同登记号：14-2018-0075

我们的天空　WOMEN DE TIANKONG

〔英〕卢克·艾诺特 著　　　艾洁 译

出 版 人	姚雪雪
出 品 人	李国靖
特约监制	王　瑜
责任编辑	游灵通　程　玥
特约策划	刘洁丽
特约编辑	刘洁丽　王良玉
封面设计	林　丽
版式设计	王雨晨
图片提供	视觉中国
出版发行	百花洲文艺出版社
社　　址	南昌市红谷滩世贸路 898 号博能中心Ⅰ期 A 座 20 楼　邮编 330038
经　　销	全国新华书店
印　　刷	三河市金元印装有限公司
开　　本	880mm×1230mm　　1/32
印　　张	11
字　　数	273 千字
版　　次	2018 年 6 月第 1 版第 1 次印刷
书　　号	ISBN 978-7-5500-2800-5
定　　价	45.00 元

赣版权登字：05-2018-187
版权所有，侵权必究
发行电话　0791-86895108　　　　　网　址　http://www.bhzwy.com
图书若有印装错误，影响阅读，可向承印厂联系调换。

你来了，你就是我的全世界

你走了，你就是整个天空

天空一无所有，你不在这里，你无处不在

Part One
第一部分

有时候，我喜欢把那个评论我照片的人想成是杰克。我只是想确认，他还记得，没有忘记我们曾经待过的地方。如果有机会，那些都是我要对他说的话。如果她没有把他带走，那都是我想要告诉他的。

1

　　离开之前她刚刚读了好多书。她要么坐在她喜欢的硬背靠椅上，要么躺在床上靠着一堆枕头看。床头柜上到处都是书，地板上也是成堆成堆的书。她比较喜欢外国侦探小说，每本都能从头啃到尾。看书时她微抿着嘴，面容僵硬，一动不动。

　　有时我半夜醒来，会看到灯还亮着：安娜轮廓清晰，坐得笔直。这是她自小养成的好习惯。虽然我已经翻身朝向她，她却还没发现我醒来，脸仍旧埋在书本里，翻页的样子仿佛是考前突击复习。

　　一开始，她读的还只是北欧作家的大众悬疑小说——亨宁·曼凯尔、斯蒂格·拉森，后来就越看越杂：20世纪40年代的德国黑色小说，故事发生在60年代普吉岛的泰国系列小说。刚开始封面还都差不多，字体和装帧都能看出是主流出版公司出的书，可没多久她就开始看冷门书，深奥难懂，排版方式又很外国化，装订也很不一样。

　　后来有一天，她消失了，我不知道她的书现在在哪儿。自她走后我就开始找，还想说不定会有几本塞在我那几个书架里，可我一本也没找到。她有一堆大塑料袋，用不同颜色做了标记，我想她是拿了一个袋子把书都装进去，给带走了。

　　她离开后的那些天，我过得浑浑噩噩，什么也不记得，只记得整天拉着窗帘，干喝伏特加不掺水。越安静，我越不安，好像月食发生前噤声的群鸟。我记得自己坐在长廊上，目不转睛地盯着晶莹剔透的玻璃杯，猜测着调酒时所谓的"加入几指宽的伏特加"，这个"指"是横着的还是竖着的。

一阵穿堂风吹来，拂过门缝与墙缝。我大概知道风是从哪里来，可我就是没法走到那里去，没法上楼，因为这再也不是我们的房子了。这些房间成了大人为了保守秘密而禁止孩子进去的房间，仿佛不复存在。所以我只能坐在楼下，坐在这老旧破败的房子里，任飕飕的冷风吹得我脖子发凉。房子和风都已消失，寂静像液体一般渗透了这里的一切。

她一定很想亲眼看看我现在的样子——蜷缩在这脏兮兮的小酒馆阴暗的雅座里，除了我只有一台频闪的电视，还有个装成聋子的人在卖夜光迪士尼钥匙圈。酒馆前门上还有个洞，好像有人在那踹过一脚。透过那张不停掀动的透明塑料门帘，我看见几个小子，抽着烟在停车场里的一辆老越野车上玩得正带劲。

"你看我说什么来着。"她倒不会真这么说出来，毕竟是有涵养的人，但她会用表情来说——她会略微挑起一边眉毛，轻微到你看不出来，然后微笑。

安娜总是认为我有一点儿不修边幅，可能永远不会改掉城市小孩的习性。我记得我曾给她讲过我父亲常常整个周六的下午都泡在博彩屋。她一脸困惑，然后自以为是地露出一丝笑容。因为她家没有一个人去过酒吧。我问她，圣诞节也没去过一次吗。没有，她回答说。他们可能会在午餐后喝一杯雪莉酒，但也就那样了，不会再有其他任何东西。取而代之的是，他们会去敲钟。

天色已晚，我都忘了太阳已被云遮住了。一辆汽车在外面轰响油门，车头灯仿佛监狱的探照灯一样照射着酒吧。我回到吧台前又点了一品脱啤酒。酒吧里的人都把目光转向我，但是我和他们没有任何眼神的交流，眼睛回避着所有人的注视，回避他们莫名其妙的点头。

一位身材魁梧的渔夫坐在酒吧的高凳上，面朝着门。他正讲着一个带点种族歧视的笑话：一个女人有了外遇，还扯下了一根阴毛。我记得在我离开学校后听过一次这个笑话，那是在伦敦东部的一个小巷子里，人们在那里倾销色情杂志和空可乐瓶。那些常客听到关键处都大笑起来，只有吧台侍女沉默无语，转身走开了。在她背后的墙上，贴着三张美女画像和配有外框的"9·11"之后的报纸。

"四镑十先令，亲爱的。"吧台侍女一边说，一边把啤酒放到了吧台上。我的双手在晃，在钱夹里一阵乱翻，然后把所有的零钱都抖落到吧台上。

"抱歉啊，"我说，"手头太紧。"

"我明白，"她应声答道，"这会儿外面冻死了。好吧，让我来。"她捡起吧台上的硬币，然后从我摊开的手中把剩余的钱点了出来，我就像一个靠领养老金生活的老者似的。

"就这样吧，"她说，"四镑十先令。"

"谢谢你。"我说道，有些不好意思。她笑了笑。她有着一副和蔼的面孔，这在这种地方是不常见的。

就在她俯下身打开洗碗机时，我从我的随身小酒瓶里喝了一大口伏特加。这比每次点那么一品脱酒容易多了。这说明你就是个酒鬼，别人会对你多加留神。

我回到我的餐桌旁，发现一位年轻的女人坐在吧台的另一端。之前，她同一个男人坐在一起，男人是那个渔夫的一个朋友。但现在，男人走了，开着一辆掀背式汽车呼啸而去。看她的装束，似乎是打算彻夜不归的：一条短裙，一件短而暴露、顶上还有闪闪亮片的上衣，睫毛涂得又浓又黑。

我看了一下吧台侍女，以确认我不会被她看见，然后又大喝了一口伏特加，我都能听到瓶里的嗡嗡声，那声音让人感觉有些糟糕，但又有一点兴奋。我望着坐在吧台边上的那个妇人。这会儿她正在要小杯酒，冲着吧台侍女大叫。我感觉这名侍女是她的朋友。她笑着，差点从椅子上掉下来，还好她保持住了平衡，倒吸了一口气。

我要立刻去找她，不过就是多喝几杯酒而已。

我浏览了一下脸书，我得眯着眼才能看清屏幕。我的头像栏里没有照片，只有一个男人的剪影，而且我从来没有被人点赞或者评价，生日也没有收到过任何祝福，但是我每天都会挂在脸书上，来回地浏览、判断，窥探那些我不再熟悉的人的生活，看他们的日出日落，看他们骑行穿越高原，看他们没完没了地分享泰式炒粉和牛油果吐司的照片，以及吃日本料理时的装模作样、故弄玄虚。

我深吸了一口气，喝了一大口啤酒和伏特加。我同情他们。所有那些悲剧的妓女，装扮得五颜六色的，却把自己的头像改成我们今天认为会被关注的样子——难民，也就是最近一些倒霉的地方发生恐怖袭击后的受害群体。她们的所有话题标签都是"给予付出"，因为她们曾在间隔年在非洲帮助修建了一所学校，而且用她们泛有珠光白的双唇亲吻过一位乞丐棕色的手。

我调换了一下在桌边的位置，以便我能看到吧台那边的那个姑娘。她又点了一种酒，这会儿正大笑着，几乎是在咯咯大笑，她在看手机上的视频，指着手机，试图引起吧台侍女的注意。

我又拿起我的手机。有时候我强迫自己看看别人小孩的照片。我感觉这就好像一股推动力，让人用指尖去戳一块新长的伤疤，直到出现带有金属腥味的血红色才肯放过。新生宝宝踢肚子了；牙齿还没长全的孩子们背着小书包，穿着超大运动服开始上学了；然后就是他们的海边假日，孩子们堆沙堡、挖沙沟，还有掉落在沙滩上的冰激凌。大鞋子、小鞋子，在垫子上排列成行。

接下来就是妈妈们了。噢，那些脸书上的妈妈啊。她们聊天的方式就好像是她们创造了母性的光辉，好像是她们发明了子宫，她们说自己如何与自己的母亲不同，因为她们是印第安人，头发中夹着一排排玉米垄形的小辫子，而且还在拼趣网上建了个布告栏，发布针对那些难以搞定的五岁以下小孩的手工理念。

我走回到吧台，站在距离那个喝醉的女人很近的地方。在喝完足够量的酒之后，我感觉好多了，而且两只手也停止了抖动。我微笑着，她瞪着我，在椅子上晃晃悠悠，上下打量我。

"要喝一杯吗？"我兴致勃勃地说道，仿佛我们早已彼此认识。

她那呆滞无神的双眼中，露出一丝惊讶。她努力让自己坐正，这样就不会再趴倒在吧台上。

"朗姆酒加可乐。"她说道，把短大衣放了回去，然后转过脸不再对着我，用手指敲着吧台。

在我点酒水时，她假装在手机上摆弄着什么。我能看到她的手机屏幕，她其实只是在各种程序和信息之间随意地翻动。

"顺便说一句，我叫罗伯。"我说。

"查理，"她说，"但是所有人都叫我查尔斯。"

"你是本地人吗？"我问道。

"坎伯恩人，在那儿生，在那儿长。"她边说着，边把身体转向了我，"不过我现在和我妹妹住在这儿。"她的眼睛就像蜥蜴的舌头，在她以为我没看她的时候向我袭来。

"你可能从来没有听说过坎伯恩吧？"

"那里有矿产，对吗？"

"是的，不过现在已经没有了。我父亲原来就在南克罗福特矿区工作，后来那个矿区关闭了。"她说道。我发现她说话有康沃尔郡的口音。那种渐渐变弱的音调，还有略微卷舌的 R 音。

"你是哪里人？"

"伦敦。"

"伦敦？太棒了！"

"你知道伦敦？"

"去过一次还是两次。"她说着，眼睛又转向了吧台的另一端，猛抽了一口雪茄。

她比我认为的二十多岁要年轻，一头棕红色头发，一副温柔还有些孩子气的面容。人们有一些模模糊糊关于她精神失常的说法，我无法把这一说法同她联系在一起，那远远超出了喝酒的范围，超出了她眼睛周围的烟熏妆。她似乎是电视连续剧《走私者》里的无业者，好像从婚宴中逃出来的，最后来到了这里。

"那么你来这儿是来度假的？"

"差不多吧。"

"那你喜欢廷塔杰尔吗？"她问我。

"我今天刚刚到，明天我要去城堡。我就住在隔壁的宾馆。"

"这么说，你是第一次到这儿了？"

"没错。"

其实这是谎话，但是我不能告诉她我们曾经什么时候在这儿待过。

那时我们三个人，在英国潮湿的夏天，裹着衣服迎着风，雨衣盖过了短裤。我记得杰克如何在停车场旁边的草地上狂奔，以及安娜害怕的样子，"拉着手，杰克，拉着手。"以防止他离边缘太近。我还记得我们是如何沿着那条陡峭蜿蜒的小路一路前行，后来到达了悬崖的顶部，然后天气突然大变，几乎就像《圣经》中的暂时休息期，雨停了，云开雾散，一道彩虹出现在空中。

"彩虹，彩虹！"杰克大喊道，双脚换来换去地蹦着，树叶仿佛火精灵一样在他周围跳舞。接着，好像有什么东西碰到了他，抑或是有人在他耳边低语，然后他站着不动了，望着穿透云层的光柱，此时那道彩虹已经消失在蓝天之中。

"你没事吧？"

"什么？哦，我没事。"我说道，抿了一小口啤酒。

"你走神了。"

"噢，抱歉。"

她没说话，把她的朗姆酒和可乐喝了一半，然后晃动着玻璃杯中的冰块。

"没关系，廷塔杰尔，"她说，"我就在这个村工作，在一个礼品店。我的朋友在这儿工作。"她指着那个一脸和善的吧台侍女。

"这是个不错的酒吧。"

"还行吧，"她说，"周末的时候生意更好，每周二还有卡拉OK。"

"你喜欢唱歌吗？"

她哼了一声，"就唱过一次，再没唱过。"

"好遗憾啊，我真想去听一听。"我笑着说道，和她对视着。

她开怀大笑，然后不好意思地把目光移开了。

"再来一杯？"我问她，"我在喝第二杯了。"

"那就不是从这里出了？"她越过我，拍着我夹克上的口袋，摸索着我的随身小酒壶。

我为她已经看到我刚才的举动而有些不高兴。就在我还在琢磨说什么的时候，她轻轻地碰了一下我的胳膊。

"你的手法还不是那么天衣无缝哦，老兄。"她看了看她的手腕，然后意识到自己没戴手表，于是改看手机上的时间。

"那就接着喝吧。最后一杯。"她说，低声笑着，裹着紧身裙的身子挣扎着从椅子上下来。我看她走向了洗手间——她状似清高地朝那边走去——而我则可以看到她裙子里面内裤的轮廓，还有她的大腿在高脚凳上留下的印子。

她回来时带着股香水味儿，补了妆，把头发在后面束了起来。我们要了点儿小杯的酒，聊天、喝酒，一起从我的小酒瓶里豪饮，然后她给我看 YouTube 上的狗狗视频，因为她家里养着几只脊背犬，接着还有人们打架的视频、树上的监视器拍到的人们被击倒后的视频，因为她在坎伯恩的一个同事曾是一个自由搏击手，但是现在因为殴打别人在坐牢。

随后我抬起头，发现一片模糊，就像时断时续的光盘，灯都亮着，我还能听到吸尘器刺耳的嘎嘎声。我怀疑自己是不是睡着了，但是查理仍然在我旁边，而且我意识到我们正在喝伏特加和红牛。我看了看她，她醉眼里带着微笑，然后又开始一边大笑，一边指着她的朋友，那个正闷闷不乐在地毯上来回推动电动吸尘器的吧台侍女。

随后，我们便离开了。其间还有一个小小的闹剧，她说她认为应该回家了，于是我们挽着胳膊沿着那条荒僻的大街，一会儿咯咯笑个不停，一会儿又发出嘘声，后来还从她上班的礼品店楼上的小公寓楼梯上跌了下来。当时，我俩上到了楼梯的顶层，她看着我，双唇嘟成心形，我感到了一种酩酊大醉后的强烈性欲，于是我把她拉到跟前，然后开始亲吻，我的手摸到了她的裙子下面。

完事以后，我们躺在她放在地板上的一个小小的单人床垫上，没有目光交流，两人都把头埋在对方的脖子里。我们搂着彼此一段时间后，我顺着走廊去找洗手间。我摸索着找到了一个开关，可是那不是洗手间，而是儿童房。虽然查理的房间东西稀少，没什么家具，这间卧室却像一个商场的展示厅。屋里有一盏灯酷似一架飞机，其光线反射在墙上一个巨大的金属模板上。堆放整齐的盒子里装满了各种玩具。一张书桌上放着彩色铅笔盒和成堆的纸。再然后，便是一块木板，上面用图钉钉着各种证书、奖状，有足球的、柔道的，还有一张是被评为学校的超级明星。

床的边上有一盏夜灯，我忍不住把它打开了。我看到灯光投射到房顶上，恰似好多淡蓝色的月亮和星星。我走向窗边，闻到了淡淡的织物柔顺剂和儿童香波的味道。在房间的一角，我发现一个黄色的小手电筒，杰克原来也有一个。我拿起那个手电筒，感觉到那粗糙的塑料材质、耐磨橡胶，以及专为儿童不太灵活的小手指而设计的大按键。

"嘿。"查理喊道，那声音吓了我一跳。她的声调几乎带有些疑惑。

"抱歉。"我结结巴巴地说，突然感觉头脑非常清醒，而双手又开始抖动，"我在找洗手间。"

她低头看着我的手，然后我意识到我仍拿着那个手电筒。

"我的小儿子，"她说，夜色下的一抹月光在她的脸上舞动，"他今天晚上和我姐姐一起住，所以我才能在外面多喝点儿。"她整理了一些纸和蜡笔，使其与书桌边缘对齐。"我刚刚打扫了这个屋子的，"她一边说，一边把一些东西放进了床头柜的抽屉里，"我是卖了一些东西才买的它。它看着还不错，是吗？"

"很好啊。"我说，因为它的确很好。然后她笑了，我俩就那样站了一会儿，望着房间里舞动的星球和星星。

我知道查理想要问我一些事：比如，我是否有孩子，是否喜欢孩子。但是我不想回答，所以我吻了她，而且还能闻到伏特加和雪茄的味道。我想，在这里吻她，她可能会感觉不舒服，因为这是她儿子的房间，所以她推开了我，从我手中拿走了那个手电筒，并小心地将其放回书架上。

我们又回到刚才那个小床垫上，她匆匆地吻了一下我的脖子，就像和孩子的晚安吻一样，然后转过脸，没说一句话就睡着了。她的侧身裸露在外面，而房间又很冷，所以我伸过手去，把被子掖到她身下。这让我想起了杰克，"就像一只被温暖的毯子包裹住的小虫"。我把随身小酒瓶里剩下的酒喝完，然后在淡淡的琥珀色光线中睁着眼躺下，聆听着她的呼吸声。

2

　　早上有些凉意，但是阳光明媚。我沿着停车场散步，经过"魔力梅林"礼品店，广告牌上写着"亚瑟王之旅"以及"奶油茶点买一送一"。我背着装备，一头扎进了一个地洞，然后穿过了一条连接大陆与这个岛的岩石小道。在我的右边，是一条小草覆盖的斜坡路，向下一直通往悬崖边，中间散布着一些兔子洞，偶尔还有一小块沙地。

　　我昨晚在查理家就没睡。我离开的时候她动了动身子，我可以想象，她一直睁着眼，假装睡着了，等着门闩锁上的声音。那个宾馆只有几扇门是关着的。我明明住在附近，却要在宾馆睡觉，确实有些奇怪，但是我希望自己在喝酒的时候不用担心会被人赶出家门。

　　我吃力地沿着岩石小道往上爬，我的头不停地被撞，呼吸中仍然有红牛的味道。随着斜坡越来越窄，我缓慢地移动着，然后爬上一个通向遗址的陡峭木制台阶，相机包重重地压着我的肩。快接近悬崖边缘时，我都能感觉到海上的浪花，然后停了下来，望着海浪越来越近，越来越快，无情地冲走海滩上的沙堡和之前堆积的海藻。

　　我继续沿着丘陵往上爬，以到达那个古老的瞭望台遗址。这里没有游客，只有风和海鸥的叫声。我找了一块平地，把木板放在下面以固定三脚架，然后再增加一些重量，这样就不容易移动了。我调整好镜头，然后贴在相机上，检查其旋转是否有问题。

　　这里的条件堪称完美：大海、沙滩、草地，都是那么生机盎然，让人有种如临幻境的感觉。晨光下，它们就像孩子画的彩虹，五彩斑斓。我背对着大海，能够看到丘陵的天然拱势，缓缓地延伸至山谷，再向下连接到古玩镇。这是一个超乎寻常、触及内心深处情感的地方。从这里开始，你几乎可以伸出你的手在地上触摸，就像读盲文一样感受地上的凸起和凹陷。

　　风开始变大了，我知道我应该马上开始。我面向东北方先对海岬拍了几张全景，然后缓缓转动三脚架的圆盘，每隔一定间隔便停下来连拍，直到转完整整 360 度。

　　相机停止发出细微的旋转声后，我检查了一下液晶显示屏，看看是不是所有的照片都还在，然后装好设备，走回停车场。

　　那个小屋距离海岸大约有一个小时的车程。我驱车经过的村庄荒无人烟。住宅区附近的小商店依旧关着门，因为淡季，百叶窗都拉了下来。我驶过了教堂，顺着蜿蜒的公路，穿过沙丘，经过国民托管组织信息中心，然后又顺着没有铺砌的小道朝着悬崖边和那个小屋驶去。

　　小屋吸引我并不只是因为它孤零零地立在那儿，而且因为它毫无遮蔽地暴露在外，任由风吹雨打。小屋位于一块凸出地面的岩层之上，面朝着圣艾夫斯湾，它是这一片唯一能看到的建筑。小屋没有遮蔽，也没有山谷能够作为大西洋狂风的屏障。一旦雨水猛烈拍打在窗户上，海风肆虐不停，小屋则会摇摇欲坠，似乎会被风雨撕碎而落入大海。

　　我一进屋，便倒了一大杯伏特加。然后我走进楼上的办公室，坐在我的书桌旁边，透过屋顶的窗户，望着窗外的海湾。我登录我在OKCupid 约会网站和"罪恶天堂"的账号，看看有没有人给我发信息。

还真有一条，来自"萨满塔"，那是几周前和我聊过的一个女人。

"你好！你消失了，还想见面吗？"

我快速浏览了一下她的照片，有名牌皮鞋、废弃的雨伞、飞机的机翼，还有卡布奇诺奶泡上的心形造型，都是些单调乏味的东西，还有一张她在某个地方度假的照片，这让我想起来了，她长得很漂亮，身材纤瘦，一头深褐色头发。

"我倒觉得是你消失了呢！嗯，很想见见你……"

我把相机连上电脑，开始下载廷塔杰尔的照片。下载完毕后，我又浏览了一遍，令我满意的是所有照片都排列有序，不必我再做处理修改。我把这些照片都放进我曾经写过的一个渲染程序中，然后软件开始把照片缝合在一起，像素融合在一起就如同修复后的皮肤一般。

你永远无法对光线做出预测。有的时候，在我背着相机出去时，我以为光线不错，可是后来拍出来的照片却都有颗粒感，或者感光过度。但是今天，实在是太完美了。大海闪着微光，悬崖上的草又绿又密，仿佛斯诺克桌球的弹性护边。远处，我依稀能看到月亮模糊的轮廓。

电脑程序完成对全景照片的处理后，连在一起的影像就像一幅小型的贝叶挂毯，我把最终的照片放入一个代码层中，这样人们可以对照片进行放大、缩小以及旋转。做完所有工作后，我把照片上传到我的网站上，网站名为"我们的天空"。

令我感到意外的是，这个网站竟然颇受欢迎。我刚开始办它是出于业余爱好，能让我在下午的时候心情愉悦。但是这个链接很快就被一些业余摄影论坛共享了，人们留言问我相关的摄影技巧，问我使用的设备。《卫报》中关于全景摄影的一个篇幅还曾提到过我的网站。"极简却又完美。"作者如此写道，让我感到异常自豪。

人们有时在评论或者邮件里会问我："'我们的天空'是什么意思？

是有什么出处吗？"而事实是，我不知道该如何回答他们。因为自从我离开伦敦以后，这几个字就一直在我的脑海里出现，我也不知道是为什么。

当我走出去，在沙丘上散步时，或者坐在书桌边遥望大海时，我自己小声重复着这几个字——我们的天空，我们的天空。我睡醒后就听到这几个字的声音，睡之前也能听到，它们就像一句咒语，抑或祷文，把我当孩子似的不停地给我灌输。

这会儿照片已经上传了，我一边望着窗外，一边喝着我的伏特加，等着电脑上收到信息的咻咻声。今天的时间比往常要长一些，平常都是五分钟，这会儿等了有十分钟。然后，声音响了。一条评论，每次总是这个人发出第一条评论。

"天鹅09"。

"漂亮！继续上传好作品。"

这个人的评论千篇一律——"漂亮""真棒""照顾好自己"——而且每次都是在我刚刚上传照片后，就会收到这个人的评论，我猜想，这位用户一定是设置了某种提醒。

夜幕降临，在上床之前，我给自己又倒了一杯伏特加。我能感觉到睡意，那种酒精的麻醉效果，我要让这种感觉来得更快一些，更近一些。

有时候，我喜欢把那个评论我照片的人想成是杰克。我知道，他能认出那些照片，因为那些都是他曾经待过的地方，都是他曾用自己的双眼看到过的风景。博士山、伦敦眼、南唐斯丘陵上的瞭望台，还有现在的廷塔杰尔。

我只是想确认，他还记得，没有忘记我们曾经待过的地方，我给他留了信息，代码中隐藏着一段段文字，普通浏览者是看不见的，只有程序员的眼睛才能读出其中的内容。而且，我希望，这是专门给他看的。我想，如果有机会，那些都是我要对他说的话。如果她没有把他带走，那都是我想要告诉他的。

廷塔杰尔

还记得吗，杰克，当我们回到停车场，你摔倒在灌木丛中，然后受了伤。"两只手，爸爸，两只手的手掌上都有红色的小划痕。"于是我吻了你的手指，让自己亏欠的心情缓和一些，你用胳膊搂住我，把你的脸轻轻地贴在我的脖子上。我记得。永远都不会忘记。你的亲吻，就像在说悄悄话，你脸上姜饼色的雀斑，还有你那如一湾浅水般温柔的眼神。

第二部分

我把头放在杰克的胸上，用我的胳膊搂住他小小的身子，然后我感觉安娜的胳膊搂住了我，也或许是安娜先搂着他的。我们就这样相互搂着，十分钟、二十分钟、三十分钟，我俩的身体就像翅膀一样保护着一只幼鸟。

1

"你看上去不像一个电脑科学家。"她说。

在剑桥一个学生酒吧的吧台旁，我有点儿醉，开始和她说话。那会儿正是考试完等待成绩的最煎熬的时候，是我们学生时代最后挤出来的一段慵懒的、阳光明媚的时光。

"就因为我没有拎着公文包，没有穿印有《指环王》的 T 恤吗？"

她笑了起来，虽未明说，但已意会，似乎她听到的有关自己的笑话就是如此。趁着她转向吧台准备要酒的空当，我偷偷瞟了她一眼。她身材娇小，黑色的头发整齐地束在脑后。她的面容轮廓清晰，苍白的皮肤倒是让其显得柔和一些。

"对了，我叫罗伯。"

"我叫安娜，"她说道，"很高兴认识你。"

我几乎大笑起来。她回答得那么正式，以至于我不确定她刚才是不是在开玩笑。

"那么，你是学什么的？"我结结巴巴地问她，试图找到一些话题。

"经济学。"安娜回答说，从她的眼镜里斜眼看着我。

"哦，不错啊。"

"其实，你应该说我看上去不像一个经济学家。"

我看了看她干净利落的头发，那么黑，就像照镜子一样。她包里装满了书，包带固定在她坐着的高脚凳的椅腿上。我笑了。

"怎么了？"

"不过其实你有一点点像，"我说，"我的意思是，这样挺好的。"

她眨巴着眼睛，张着嘴，似乎有话要说，想说一些逗乐的话，但后来她又决定不说了。

我知道她是洛拉的朋友，我们曾在洛拉的生日会上见过。她们看上去好像不太像朋友。那个嬉皮风格、傻不拉叽的洛拉总喜欢告诉别人，她的名字来自奇想乐队的一首歌，而且只要别人让她唱，她是肯定会唱那首歌的。洛拉在小镇上很出名，大家都知道那姑娘在夏日舞会上曾经赤身裸体。

而这个安娜，穿着却挺严实，鞋子也是那种结实坚固的。我曾在校园里见过她，她背后常常背着一把乐器，不是随随便便地挂在肩上，而是仔细牢牢地贴着。她似乎总是煞有介事地在走路，就好像马上有紧急约会似的。

"那么，你在电脑科学方面都研究什么？"她问。

我有些慌乱，期盼着我那些正在测试机上的朋友，因为我不确定该如何回答一个我以为学过古代史的人通常很少问的问题。安娜几乎有点爱德华七世时的口音，发元音时让人感觉模糊不清，辅音反而清晰干净。她说话严谨，举止就像伊妮德·布莱顿小说中的人物，有点故作优雅、自命清高。

"地图。"我说。

"地图？"

"网上绘制地图。"

安娜没吭声。她一脸茫然，完全不懂的样子。

"你听说过新的谷歌地图吗？"

她摇了摇头。

"最近的新闻里已经播过了。我正在写的就是与这个相关的软件程序。"

"这么说，你以后要进入一家公司？"安娜问。

"不，我准备自己创业。"

"哦，"她说，轻轻碰了一下她那个空玻璃杯的边缘，"听起来好有雄心壮志，不过，说实话，我真的不太了解这些。"

"我能看看你的手机吗？"

"什么？"

安娜一脸疑惑，在她的包里一通翻找，然后拿出了一个老旧的诺基亚手机。

我笑了。

"怎么了？"她说道，咧嘴笑着，两颊上露出几乎对称的两个酒窝，"它可以满足我需要的所有功能。"

"这个我相信。"我说，从她手里拿过手机，我的手轻触了一下她的手指。

"那么，想象一下未来，你会拥有一部更大屏的手机，或许还是触摸屏，而且还有地图。任何人都能在这个地图上添加内容，他们跑步的路线，以及任何他们想增加的东西。所以我现在就是在研究一些可以让你实现那些功能的软件，让你在什么位置能够添加内容，同时按照你希望的样子对地图进行自定义。"

安娜一脸茫然，摸了一下诺基亚手机的蓝屏。"听起来挺有意思，"她说，"尽管我有些像阻碍技术进步的勒德分子。那我还能发短信吗？"

"可以啊。"我说，带着点嘲笑的口气。她是如此不加修饰、直截了当，以至于我无法认为她是在说笑话。

"好吧，那是一种宽慰。这么说，你也是洛拉的朋友？"

"是的，算是吧，"我说，"我是在来这儿第一年的时候认识她的。她住在我那个室外过道上。"

"啊，"安娜说，"这么说，你就是那个罗伯。"

那个罗伯，我回想了一下，难道我以前喝醉后做过什么？记得几个学期前在费斯的一个晚上，我曾和洛拉聊过。她絮絮叨叨地讲着她在肯辛顿受过的教育，仿佛那是一段咒语，缠绕在她脖子周围的麻风病人的信号铃。我发现她有些烦人，不招人喜欢，但是我觉得我并没有对她有过粗鲁的行为。

"那个罗伯？"我问道，紧张地笑着。

"哦，没有，只是洛拉提到过你，"安娜漫不经心地说，试图再次引起吧台男侍的注意，"她说你是电脑方面的天才，而且在市政公房方面和对靴子的研究上也都是高手。"她在说"市政公房"时，故意改成了一种装作愤恨的措辞。"她说你像我们一样有机会能来这里是件不错的事儿。"安娜说，微微傻笑着。

"她挺好的，"我微笑着说道，"那个男孩也干得不错。"

"你说什么？"

"那个男孩干得好啊。"

"什么意思？"

"噢，那是个足球裁判。"

"哦，抱歉，我不关心体育的。"她说，就好像那是棋盘问答游戏中的名称一样。

酒吧的人越来越多，我们被挤得更近了一些。我俩裸露在外的胳膊偶尔会碰到一起。在她脖子的一侧有一个心形的小胎记，片刻间，我有点不知所措，望着她皮肤上那个小小的印记，突然间我俩的目光碰撞在一起。

"那你是怎么认识洛拉的？"我说，迅速把视线从她那里移开。

"我们一起上学。"她含糊地说，好像还在琢磨其他事情。

"是去罗迪安公学吗？"

"是的。"

我已经料到安娜属于上流人士，但没想到是罗迪安公学之流。

"那你呢？"我问。

"我什么？"她说，她的话音简短生硬，而且突然有些防备的意味。

"我是说，我们在这儿的学习结束后你的打算。"

"哦，做会计。"她说道，没有丝毫踌躇，"我在市里已经有了五个工作机会，这周末我会决定到底去哪一家。"

"哇，真厉害。"

"其实没那么厉害，不过那就是我的工作，或者说是我未来要干的工作。"她有气无力地笑了笑，"我们还一杯没喝呢，对吧？"

"没呢。尤其这会儿没有。"我朝着一群穿橄榄球衫的男人点点头。其中一个人只穿了一条衬裤，戴着护目镜。

"没错。"安娜说着，目光移到别处。她似乎突然没了兴趣，我能够想象出她在她的朋友间来来回回，而我再也不会见到她的情形。

"你将来愿意出国吗？"我问。

"愿意。"她几乎瞬间说道，她回答得太快了，以至于我感觉她没有明白我的意思。

"我是说……"

"对不起，"她说，"可能我没搞清楚，我以为你是要约我出去。"

"是啊，我就是这个意思。"我说，靠她更近了些，这样才能透过音乐听到她的声音。

"好啊。"她说，脸上又露出了笑容，身上带着香皂和刚刚洗过头发的味道。

"抱歉，这里太吵了，"我说，"那我能知道你的手机号、电子邮箱，或者其他联系方式吗？"

安娜往后退了一步，我才意识到自己正斜靠在她身上。"可以，不过有一个条件。"

"好，"我说，脑子里仍然想着她对"那个罗伯"的评价，"什么条件？"

"你把我的手机还给我。"

我低下头，才意识到我还拿着她的诺基亚，"哦，见鬼，对不起。"

她笑了笑，把手机放进了包里。"好吧，"她说，"我的邮箱是AnnaMitche11Rose@yahoo.co.uk。整个是连着的一个词，米切尔的拼写中有两个1，没有句点或连字符。"

一周后，电影院里。在看预告片时，我能够感觉到她身上的暖意，我想伸手去抚摸她，把我的手放在她裸露的腿上。我看了她好几次，希望她能转过脸来，然后我们的目光交会。可是她只是盯着银幕，她的背挺得直直的，就好像坐在教堂里一样，一副黑框近视眼镜高高地架在她的鼻子上。她唯一的动作就是静静地从她那唱片包里掏出一些甜食。她在买这些甜食时，我就看见了她是怎么挑的：从最上排拿了五个，又从最下排拿了五个。

电影讲的是一个令人生厌的流浪汉搭乘便车游遍北美，最后死在了阿拉斯加。整个电影让我如坐针毡，我实在没法等到结尾。可是，安娜看上去挺喜欢这电影，这从她坐着一动不动的样子，和她从未离开过银幕的目光便可以判断出来。

等到电影结束时，我以为她会同那些人一样，静静地等着滚动字幕全部放完，然而银幕刚一黑，她便站起身，拿起了她的外套。

"你觉得这部电影怎么样？"在我们匆匆下楼，走向影院酒吧的途中我问道。

"我不喜欢，"安娜说，"里面的每一分钟我都不喜欢。"

"是吗？"

"是的。这电影太糟糕了。"

在影院大厅的小酒吧里，我们坐在一张桌边，旁边是一架有些年头的钢琴。"真有趣，"我说，"我还以为你很喜欢这部电影呢。"

"不，我讨厌它。我发现那个人非常不友善。到处游山玩水，却不让家里人知道。他不关心任何人，只关心他自己。"

这无关紧要。有一瞬间，我曾有过在那个市政公房里把她介绍给我的朋友们的念头。

"你难道不觉得他放弃所有财产、将钱财烧空的举动很酷吗？"我说道，故意刺激她。安娜取下眼镜，用一小块布擦了擦镜片，然后将其放回至一个老式镜盒里。

"'酷'到底是什么意思？"她红着两颊问道。然后她微微眯着眼，仿佛需要再把眼镜戴上。"哦，你开玩笑呢。"她说，微笑着，"我明白。但真是如此。他家人那么努力地为他创造了条件，结果最后他把一切都放弃了……因为一些令人生厌的青少年人生观。他是彻底放纵自己了。"就在服务员给我们送来饮品时，她似乎突然有些不自然，然后不再说话。

"那你喜欢这部电影吗？"等服务员走后，她问我。

"不喜欢，"我说，"一点儿也不喜欢。"

安娜面露喜色，"好，真高兴听到你这么说。"

"他总是给别人说什么'让每一天都有新视野'。"

"上帝啊，是的，"安娜说，"新世纪胡说八道的心灵鸡汤。"

"你知道有意思的地方是什么吗？"我说。

"什么？"

"有一件事，真的是他唯一想做的一件事，那就是住在荒郊野外，他其实不擅长这个，不是吗？所以他没能实现。"

"没错。"安娜说着便大笑起来，她那双蓝色的眼睛在酒吧昏暗的橘色灯光下忽闪忽闪的，"天哪，你说对了。他在野外生存方面就是个废物。问题是，如果他真正听了那些有野外生存经验的人的忠告，比如荒野专家之类的，那么他还有可能活下来。"

"荒野专家？"

"对，荒野专家，"她说，很严肃地看着我，"我认为这是他们的官方称呼。"

趁着安娜抿了一小口饮品，我看了看她。她真的很漂亮，她的嘴角总是带着微笑，眼里闪着希望的光芒。对我来说，她配我实在是绰绰有余。她要去伦敦，同一个小子结婚，那家伙曾被邀请参加她的六年级舞会。

"那说说你吧，你父母住在哪儿呢？"安娜说道，我这才意识到我正目不转睛地盯着她。

"我父亲还住在罗姆福。"

安娜犹豫了一下，喝了一小口饮料，"你父母离婚了？"

"我母亲去世了，那年我十五岁。"

"噢，"安娜说，"真对不起。"

"没关系，"我说，"这不是你的错。"她愣了一会儿才明白我的小幽默。我咧嘴笑着，她也笑了，神情比刚才放松了一些。

我不想谈论那个早上，当时父亲正在学校大门外等我。不知什么原因，他穿着他最体面的一件衣服。他没怎么说话。其实他完全没必要那样。"你妈妈在工作时晕倒了，"他说，"严重中风。"他俩曾经老开玩笑说我父亲会先离世。

"那么，你家在哪儿？"我问安娜。

"哦，我们的主要住房在萨克福马，但其实在那儿住的时间不长，所以还不太有家的感觉。"

"啊，苦难的生活啊，有多处住房……"我不知道自己为何要说这些。我本来想说点俏皮话，听起来却显得小气，而且不友善。

安娜怒视着我，迅速喝了一口饮料，似乎要马上离开，"罗伯，如果你真想知道，那我告诉你，实际上我曾经是罗迪安公学拿奖学金的女生，我父母根本拿不出多余的钱来供我读书。"

"对不起，我不是这个意思……"我结结巴巴地说。她皱起了眉，而且我能看出，她想掩饰自己的不高兴，却做不到。

"在你要把我的窘迫情况挖个底朝天之前，罗伯，我告诉你，我父母都是传教士，我童年的大多数时间都是在肯尼亚的贫民窟度过的，相比之下你的市政公房简直就是伦敦郊区的大村庄了。"

她把身子转得离我远些，然后我俩各自默默地喝着饮料。

"再次向你表示歉意，我不是想表达那个意思，真的不是。"我说。

安娜叹了口气，神情紧张地乱翻着菜单。然后，她笑了，再次看着我，"对不起，我可能有点儿激动了。显然，你不是那种耿耿于怀的人。"

那天夜里，刚关上卧室的门，我们便开始亲吻。几分钟的激动过后，安娜停了下来，我以为她是有其他想法了。可是接着，她开始脱衣服，就好像她独自在自己的房间一样。我注视着她：那臀部瘦削的骨架、娇小的乳房、苍白纤细的胳膊。彻底光着身子后，她把她的衣服叠好，整齐地摞在我的书桌上。

自打我进入青少年时期后，对于性，我一直都是谨慎小心，慢慢地试水，而且一直希望我那探索的双手会被立马推开。安娜却完全不是这样。她饥渴而且无拘无束，所以没有拘谨和一本正经，她很主动。她的欲望很简单，就是要有质量。然后，并不真正了解女人的我，好奇地发现她竟然有阳刚之气。我们一直睡不着，直到清晨时分。在匆忙拉上的窗帘的遮掩下，我俩相依在一起的身体已经湿乎乎的，最后，终于睡着了。

我在球场等着她出来，感觉穿着西汉姆衬衫和茵宝短裤有些不舒服。球场里有股避孕套和淡淡汗水的味道。我希望给她留下这样的印象，那就是我酷爱运动，我并非所有的时间都是坐在电脑前。所以我同意来一场壁球比赛，安娜说她曾在学校打过一两次。

一段似乎很漫长的时间后，她终于来到了球场。她穿着宽松的男士短裤和白色罩衫，看上去就像 20 世纪 20 年代的一位网球明星。

"怎么了？"她说。

"什么怎么了？"我说，强忍着笑。

"好吧，你的衣服也不怎么正式啊，还穿着你的足球衫。"

"我什么都没说啊。"我表示抗议，幸灾乐祸地笑着，把目光从她身上移开。

"好吧，那咱们开始比赛吗？"她说，两只手笨拙地握着球拍。

我们开始热身，缓缓地来回击球。安娜一直在胡乱地挥着球拍，甚至在她试着发球时，也在努力能接着进行下去，可是她并没有真正击到球。

"如果没有戴眼镜的话，我是不可能打得这么好的。"安娜一边说着，一边把球朝着屋顶的方向铲起来。

我们就那样打了一会儿，一点儿没有比赛的痕迹。

"好吧，我承认，我撒谎了。"安娜说，她又一次没打到球。

"你撒谎了？"

"实际上，我从来没有打过壁球。"

"啊。"我说，再次忍住了笑。

"我问了洛拉，她说很简单，任何人都能打得好。可是很明显，不是这回事儿。"

然后，我便想着要是能够拍下她在壁球场的照片就好了。她看上去那么美，深色的法兰绒短裤更加衬托出白白的双腿，脸颊随着运动而泛着红晕。

"你真的只打过几次吗？"安娜问。

"我也不知道，四次或者五次吧，还是在学校的时候。"

安娜没说话，咬了咬嘴唇，"嗯，事实上，我讨厌运动。"

"我以为你想打球呢。"说着，我搂住了她的肩。

"其实不想，我以为是你想打呢。"她说，用球拍轻轻地拍打着她的腿，"我刚才打球，只是因为，呃……我不希望你认为我是一个久坐不动的宅女。"

听到她说这些，我笑了。久坐不动，这绝对是安娜说话的风格。我们又装模作样地打了五分钟后，便放弃了，走出了球场。

太阳下面简直是酷热难耐。我们坐在一堵矮墙上，那里可以俯瞰到一个封闭的冰球场。一些小孩，大多数是小宝宝，还有几个大一点的少年，正围着一个类似运动营的地方在跑步。

我俩已经决定在剑桥过夏天，靠剩下的学生贷款来维持生活。安娜说她要把剑桥所有的观光景点都游览一遍，因为之前为了获得一等奖学金，她太拼命了，所以没有去参观过那里的任何地方。于是，我们去坐了平底游船，逛了一些校园，还有一个下午去了费兹威廉博物馆，另外一个上午去了植物园。不过大多数时候，我俩都是在床上度过的。

随着夏季一天天过去，我们的朋友陆陆续续地都走了。他们都去旅行了：在澳大利亚当背包客，或者开着房车穿越南美。尽管在他们离开时我有些伤感，感觉自己好像错过了什么，但是安娜和我一致认为，旅游并不适合我俩。我们并没有去剑桥，只是在安第斯山的某个地方（所谓的）"发现自我"，挥霍时光。此外，我还有一些打算，比如我正编写的软件程序，以及我想要创建的公司。

不过，真正的原因其实是我俩不想分开。我们是分不开的，就像一对父母和朋友都知道的已经坠入爱河的青年，正日益陷入热恋之中。每当我们试着仅仅一晚分开待在各自的房间时，我们都感到痛苦难耐，坐立不安。我们分开的时间通常不会超过一个小时。有一首老歌里面的一句歌词，我俩都很喜欢：陶醉于爱情中。这正是我们之间所发生的，我俩都陷入了爱的旋涡。

人们都认为安娜是一个自我封闭、冷酷无情的人，可她在我面前不是那样的。有一天晚上，我都没问，她就给我讲了她在肯尼亚的生活以及做传教士的父母。通过这些仔细琢磨过的话语，她谈论了她的父亲，他的风流韵事，以及他与教会之间的隔阂。她也谈到了她的母亲，她如何不能接受她父亲的那些不道德的行为，她如何把自己的爱转移到工作当中。

我顿时发觉这个发现如同一场洪水一般向我袭来：我曾经以为如此谨慎戒备的这个人，其实非常外向、毫不掩藏，而她希望走进她内心的人，不是她的父亲，或者洛拉，或是她的某个同屋室友，而是我。

太阳下面越来越热，我们坐在矮墙上，喝了些安娜在保温杯里装的水。

"你还想再去打壁球吗？"

"不想，"安娜说，"我觉得自己今天已经糗够了。"

"我倒是乐在其中。"

"没错，"她说，"我觉得你确实如此。"

"你穿着短裤时，真的很可爱。"

她笑了，轻轻地戳了下我的肋骨。"上帝，真热啊！是不是？"安娜说道，擦拭着她的眉毛。

微风带来的凉爽只停留了片刻，感觉这会儿的温度有 100 度。"我们是不是可以到那边的阴凉处去？"我说道，指着运动场对面的一个遮阳棚。

安娜抬头看了看。"可以，但是我们得穿过那个运动场，"她说，"你看。"

之前我们没有注意，还有一群动物——其实是穿着动物衣服的大人，已经加入到运动场的孩子们当中。有狮子、老虎，还有熊猫，那些衣服看上去就像迪士尼巡游表演中剩下来的，邋遢不堪。他们好像有什么颁奖仪式，孩子们正排着队等着领奖品。

"他们在干吗？"安娜问。

"我觉得是领奖牌吧。"

"哦，明白了，可为什么都是动物呢？"

我耸了耸肩，然后安娜眯着眼，试图看得更清楚一些。

"是动物还是孩子啊？"

"动物。"

我从上面望着他们。在某种光线下，他们看上去着实有些吓人，毛茸茸的大嘴始终在笑。

"他们人挺多的。"我说。

"确实是。"安娜小心翼翼地说。

"那我们还要冒险过去吗?"我说,从矮墙上站了起来。

"算了,"安娜义愤填膺地说,"我们没办法跑过操场,罗伯。那好像是学校组织的活动。"

"我们不会被抓的。"

"有可能啊。"她说。

"那么,我打算过去。"我边说边望着后面,盼望着她能跟着我回头,"总比坐在这儿被太阳晒得要死强。"我开始跑着穿过球场,安娜却继续逗留在边界线上,看上去有些局促不安,就好像正在鼓足勇气,要跳进游泳池一样。

现在,我安全地待在对面的阴凉下了。我向她挥挥手,示意她过来,她便小心翼翼地开始移动。为了不让自己那么引人注目,她决定走着过来,可是她那紧张的神情反而引起了别人的注意。那边仪式上拿着话筒的主持人停止了说话,孩子们、家长们,还有那些动物的头全都扭过来,盯着安娜。

她很有礼貌地笑笑,意识到所有的目光都集中在她身上,然后突然开始碎步小跑。她穿着运动短裤和宽松罩衫,有可能被当作其中的青少年了,所以一只橘色的大"老虎"把她堵在用胳膊围成的中心圆里,接着把她拽到孩子们排成的队伍中。我开始大笑,以为她会猛地冲出去,但是安娜——文雅、勤奋的安娜——却待在队伍中,等着领她的奖品。

领完奖后,安娜不得不走过向她祝贺的"动物"队伍。即使我在这儿,都能看见她脸上的恐惧。她把奖牌挂在脖子上,顺着队伍往前挪,一个一个地拥抱每只"动物"。尽管"动物"们还在不断往前挪,她却没有再回抱他们。甚至当一只"熊"试图把头靠在她脖子上时,她将其推开了。

一直到全部活动结束后，所有孩子都跑去祝贺令他们自豪的父母时，安娜这才怯怯地回到我所站的阴凉处，她的脸颊红红的，宽大的上衣上还沾着小撮动物的皮毛。

"我的天哪，"我说，仍旧哈哈大笑着，"你在干吗呀？"

安娜也开始咯咯地笑起来，然后擦掉了额头上的汗珠，"我真的是吓着了，不知道该怎么办，那只老虎把我困住了。"

"那你为什么不直接走开呢？"我问道，手里拿着她的保温杯。

"我也不知道为啥。我就站在队伍当中，然后……太晚了……不许笑了，"她说，生气地瞪着我，"这没什么可笑的。"

"是的。"

"好吧，或许是有那么一点点好笑。不过，不管怎么样，都是你的错。"

"我怎么错了？"

"你就错在让我穿过那个球场。你就是个十足的白痴，"她一边说，一边喝了一小口水，"这真是我长这么大最可怕的一次噩梦了。当着那么多人的面，被他们拥抱。"

"而且还被'动物'拥抱了。"

"嗯，真的是。"

我们在树荫下，坐着凉快了一会儿。我知道，当时我真是太喜欢她了，安娜从来不怕嘲笑自己。而且我也明白，只要我住在这儿，我就永远不会忘记她当时怒视那只开玩笑过分的"熊"时，脸上显现出的愤怒表情。

我们坐在剑河河边，带了一瓶红酒和几块三明治。那又是酷暑难耐的一天，炙热的薄雾就像早上还未散去的晨雾一样笼罩着河岸，一阵阵爵士钢琴的叮当声从对岸的一间咖啡屋里穿过河面，飘了过来。

"你真打算放弃吗？"安娜说。

我把学生贷款的剩余部分都花在了买数码相机和一些备用的镜头上。"对啊，对啊。"我一边说，一边摆弄着相机设置，想找出在哪儿能够改变快门的速度。

"说正经的，别把相机对着我，感觉我就像个模特还是什么似的。"

"你就像个模特啊。"我说，然后给她拍了一张。她吐了吐舌头，然后把头转向河面，在河岸上伸了伸双腿。

"那么，有什么进展吗？"安娜漫不经心地说。

"哪方面啊？"

"我是说找工作啊。"

"哦，这个啊，"我说，"我发出去好几份简历，但是到现在还没有任何回音。再来点儿红酒吗？"

安娜把她的手放在塑料杯盖上，摇了摇头，然后我给自己加了点儿红酒。

"你好像对找工作这事儿，丝毫不觉得紧张。"

我耸了耸肩，"我不打算为这事儿操心。"

她抿了抿嘴唇，好像她做了自己不赞同做的事儿，"嗯，你只发出了几份简历。我发出去差不多十五份求职信，可是只收到了五份工作邀请函。"

"那另外十份呢？"我说。

"我不知道。"她说，看着有点孤独无助的样子，她没有意识到我是在和她开玩笑，"他们没有回音，真是闹心。我不明白到底是什么原因。"

最近几周，她变得有些焦虑不安，突然开始关心我的职业计划。安娜有一份工作已经有了眉目，是在市里的一家公司做会计工作，现在已经在了解情况了。那我下一步该怎么办？我要和她一起待在伦敦，然后找一份工作吗？

我的心其实真的不在找工作这事儿上，因为我能考虑的都是地图，那些仍在使用，而且满是数据的地图，还有青少年用聚友网上的账号和一台笔记本就能创造出来的地图。

"说实话，我还是希望我的地图想法能够成功出炉。"我一边说，一边往自己的杯子里又倒了些红酒，然后伸了伸腿。

安娜的脸紧绷着。"那我再问一遍，那些地图到底都是什么？"她问道，同时把墨镜从脸上摘了下来，"你从来没有真正解释过。"

"我觉得我给你解释过。"

"好吧，或许你是说过，但是我还是不明白。"她说，然后似乎生气了，我不知道她为什么生气。

"好吧。"我说道，端坐起来，转过头面对着她，"现在其实还属于它的初始阶段，但是这款软件基本上能够让用户自定义他们自己的地图了。比如说，你可以画出你骑自行车的路线或者你慢跑的位置，你也可以上传你的照片到一个游客地图上，让其他人观看。"

"你把照片放在地图上了？"

"是的。"

安娜噘起了嘴，"那是不是有点儿奇怪啊？为什么大家都希望那样做呢？"

"我不知道，"我说道，开始感觉有一点点生气，"因为他们可以这样做。"

我们没有说话，默默地坐了一会儿，然后安娜开始把野餐的东西往她的背包里面装。

"不管怎么说，你不了解有关地图的最初那些事儿，对吧？"安娜说，"我的意思是，人们要学习好多年才能成为一名地图制作者。我爸爸的一个堂哥曾经就是一个制图师。那是一项超乎寻常的熟练专业。"

"你为啥对这个感觉那么奇怪呢？"

"不是的，罗伯。我只是问问。"

"什么都没有改变，安娜。"

"什么意思？"

"我还是会去伦敦，如果真的是你说的那样的话。"

她轻轻哼了一声，"这不关地图的事儿，和地图无关。"

"那你为什么对它这么紧张？"

她没有回答，继续收拾着野餐的东西。我知道她为何对此那么紧张，是因为我单干的计划让她紧张。她认为这是有风险的，偏离了正常的轨道。按照她的想法，我应该申请一份带有保险金和养老金的工作。因为毕竟，那是我们去剑桥、去努力学习的原因。

"有的时候，你真是气死人，"她说，眼睛望着河对面，"你总是那么确定，你能得到你想要的。"

"那有什么不对吗？"

"因为不是所有的时候都如人所愿的。"

"但是到目前为止，一切都如我所愿。"

"什么意思？"

"嗯，我是说我所做的所有工作，到现在一直有用啊。"

我知道，这话听起来有些傲慢，但我还是感觉自己受到了打击。安娜生气地转过脸去，把她的裙子弄平整了些，"好吧，只要你清楚自己在做什么就好。"

"你为什么这么纠结这个事儿？"我问。

"没有啊。"

"明明就是，你现在已经生气了。"

她的手绕过我，给她自己倒了些红酒。"这似乎是一种冲动，好像你之前压根没有仔细考虑过这事儿。罗伯，你刚刚拿了一等奖学金，好多公司肯定会抢着要你，你却要做那些和地图有关的事儿。"

"没错，因为我认为我能成功。而且，我也不想为任何公司卖命。"

安娜深深地呼了口气。"是的，你已经说得相当清楚了。"她说。

我俩陷入了僵局，坐在那儿，望着剑河上的撑船人。我们之前不过有一些小的拌嘴而已，而这次是我们有史以来第一次争吵。

"都是因为它。"过了一会儿，安娜说道，声音小得几乎听不见。

"什么它？"

"我之前说过的。我说不是因为伦敦，其实就是。我就是想知道你也会来伦敦。"

我看着她。她真的很美，双膝弯曲着快靠近她的胸前，头发上星星点点地散落着蒲公英的种子。

"当然我会来伦敦的，"我说着，往她身边挪了挪，"但是有一件事儿。"

"什么？"

"我想咱俩住在一起。我知道时间不会长，但我还是希望能和你住一起。"

2

"安娜，你现在能说话吗？你不会相信这是真的。"

我站在老街上的一所事务所的会议室外面。

"一切顺利吗？"她说。

我尽量控制着我的音量，因为走廊的墙壁很薄，"他们想要它，就是那个软件。他们想买下那个软件！"

电话那头停顿了一下，然后传来微弱的噼啪声。

"你不是在开玩笑吧，罗伯？"安娜说。

"没有，没开玩笑。我这会儿不能跟你说太多了，因为他们正在房间里看我的稿纸。我甚至都没有推销，他们就是想要。他们拿到了。"

我是被一位编程的朋友介绍给 Simtech 公司的。这家公司最早由一个叫思科特的人经营，那个人在剑桥学习的时候比我早几年。

"太棒了，罗伯，真是天大的好消息！"她说，但是好像她还在等着我告诉她别的消息。

"猜猜他们准备给我开多少钱。"

"不知道，是？"

"一百五十万。"

就连安娜也控制不住兴奋的情绪了，"你是说英镑吗？"

"没错，英镑。我也不敢相信这是真的。"

安娜深吸了一口气，我都能听见慢慢移动的声音，好像她在擦鼻子。

"安娜，你没事吧？"

"没事，"她说，轻轻吸了吸鼻子，"我只是……我只是不知道该说什么了……"

"我明白，我也一样。今晚我们必须庆祝一下。"

"是的，必须。"她说，但是声音里带着一丝谨慎，"不过，我还是不明白，到底发生了什么？他们到底……"

我能听到会议室里的椅子在地板上摩擦的声音，说明里面的人都站起来了。

"安娜，我得走了。我过一会儿再打给你，好吗？"

"好的，"她说，"但是不要轻率地做任何决定啊，罗伯。不要签任何字，好吗？就说你需要和你的律师商量所有事情。"

"是的，是的……我知道了……"

"我是说正经的，罗伯……"

"好的，好的，别担心。我一会儿打给你……"

我刚走出大楼，一股闷闷的热气便扑面而来。我站立了片刻，在阳光下眨了眨眼，然后望着成群的车辆围着环岛快速地穿梭，这就是伦敦欢乐而又肮脏的喧嚣。

过去的九个月过得并不轻松。我们住在克拉珀姆的一套底层公寓里，那是安娜出钱租的。尽管我在咖啡因的作用下，通宵兴奋地写编码，但是安娜每天很早就起床上班去了。我俩并不常见面，都是穿着睡衣在楼梯平台上挥手示意——她起床上班，我上床睡觉。我俩都认为，这样只是暂时的。等她的培训结束，等我写完我的软件，一切都会好起来的。

安娜热爱她的工作，她所在的部门是审查银行是否遵守金融规定。这对她来说太合适了：作为一个非常注重规则的人，她知道银行可能会在哪儿犯错误。因为她知道那些规定，同时也知道如何逃避这些规定，找到合法的捷径和间接途径，附加条款都隐藏在用小号字体写的细则当中。她的天赋得到了赏识，然后她被提升，仅仅在刚刚工作六个月后便迅速进入了管理层。

而我，还在东奔西跑，也不知道该怎么打发日子，于是我开始沿着利物浦街散步，现在远离阳光，待在这座城市的昏暗之处。我试着给安娜打了个电话，可是她给挂了，于是我飞快地闪进了一间酒吧，喝了一杯啤酒。

我知道我是对的。一弄就是二三十个小时的编码，盖着旧毛毯睡在地板上……现在看来这些经历都是值得的。我让人们知道，智能手机将会改变一切，他们却翻着白眼不相信，但那是事实。过去的地图往往是静止的，我们只能把它叠起来放在双肩背包里，或者放在车里的储物箱内。而现在，地图可以随时跟着我们，可以个性定制，而且是动态的，可以在我们的手机里，也可以放在我们的口袋中。

啤酒的镇静效果开始发作，我感觉身上的重量好像轻了许多。其实我们原来不是这么计划的——安娜交房租，还借钱给我买了一套新西装。虽然她没有直截了当地说出来，但是我知道她是怎么想的。她认为我应该去读一个商科的课程，在一家游戏公司实习，至于我那些有关地图的愚蠢想法应该暂时先放在一边。

这让我有些恼火。因为所有人一直以为那样才是我应该有的状态，认为我应该是一个在挣钱方面具有超强能力的天才青年。因为我过去有过出色的表现。我告诉大家，我会拿第一，然后我做到了。我告诉一直不相信我的导师们，我会在剑桥年度的黑客比赛中获胜，我也做到了，而且每年都是。但是，伦敦与剑桥不一样。尽管安娜每两周就得飞一次日内瓦出差，我却穿着平角短裤坐在沙发上，一边看电视节目《乡村档案》，一边吃着从炸鸡王带回来的吃剩的米饭。

我的电话响了，是安娜。

"嘿。"

"你在酒吧，对吗？"

"你怎么猜到的？"

"我今天搞了培训，结束得早一些。你想过来和我在利物浦大街见面吗？"

那是一个热闹的周四晚上。街上到处是穿着西装的上班族，而且你都能听到工作周即将结束时人们兴奋的谈话声。我在安娜到之前，先进了一家酒吧，站在拥挤的人群之中，等着要酒。

我见她走了进来。虽然我们已经在伦敦住了九个月，可是我从来没有在她的地盘上见过她。我喜欢看着她：看她小心翼翼地靠近吧台，看她正在算计哪个地方是最佳站立位置，看她慌乱地摆弄着新买的工作眼镜，她说戴上那眼镜让她看起来就像色情电影中的女秘书。

"嘿。"我说，她转过身，冲着我微笑。顷刻间，我以为她会过来拥抱我。然而她只是盯着我，聚精会神地盯着我，然后眨了眨眼睛，仿佛灯光刺伤了她的双眼。

"我欠你一个道歉。"她说。

"为什么？"

"因为有些时候，我不支持你的想法，也不看好你的软件，对不起了。"

"不是那样的，安娜。你交了房租，其实是给这一切提供了赞助……"

　　"是，但我不是那个意思。说出来真是让人不开心，但是我觉得，我曾经怀疑过你，真的对不起。我感到非常内疚。"

　　她咽了下口水，突然看上去非常局促不安。"没关系的，安娜。"我一边说着，一边把胳膊绕在她的腰间，"我知道，有时候要看清一个天才不是那么容易的。"

　　她戳了戳我的肋骨，把我的胳膊从她腰间移开，"别那么骄傲啊。你等一下，知道我到底想说什么吗？你是我认识的最狂妄自大的人。"

　　"深刻。我们要来点儿喝的吗？"

　　安娜不满足似的望着吧台，"虽然我的攻击计划没有成功，但是我还在努力。"

　　突然，她转过来对着我，笨拙地在我的脸颊上亲了一口。那是一种很纯洁的吻，就像你要吻你的阿姨一样，但是对于安娜来说，在公众场合表达爱意实属罕见。"我向自己保证过，我不会哭，"她说，"我做到了。但是我其实想说，我为你骄傲。真的，罗伯，你工作得那么努力，所以你理应收获所有的成功。"

　　我本打算说点儿什么，但是看见她把笔记本包的肩带束紧了。她朝着吧台点点头。"咱们走吧，"她说，"有一个空位可以坐。"

　　"你告诉你父亲了吗？"找到一张空桌子后，安娜问道。我自然记得那次见面所发生的一切。

　　"太棒了，儿子。那相当于一个职业足球运动员的工资了，真的。"我模仿着我父亲伦敦东部的口音，"其实，他真的好高兴。你知道，他是一个多愁善感的人。"

　　当我告诉他这个消息时，我看得出，他努力让自己不要大叫起来。他还在出租车站，等着别人叫车。"你真牛，儿子！"他不停地说着，"牛！"

等他平复了一下心情后，他告诉我，他是有多么自豪。"我还是不敢相信，"他说，"剑桥的高才生，现在又有这么好的工作。我一个出租车司机，和一个清洁工——你都不知道你是从哪儿来的吧，儿子。"

安娜从她包里拿出一个笔记本，"我当然是非常高兴了，不过我确实还有一些问题。"

"哦，你把问题都列出来了，是吗？"

"当然。"安娜翻了一页，那上面是她用罕见的整洁字体列出的一堆问题。

"天哪，你还真写出来了。"

她的脸有些红，"这对你来说是一个绝好的机会，罗伯。我不想让你浪费这个机会。"

"这对于我们俩来说，都是一个绝好的机会。"

安娜拨弄着桌上的盐瓶，又喝了一口饮料，"说正经的，我们能不能往下看看我列的这些问题啊？我现在有点儿紧张了。"

"我们应该先要一点儿香槟。"

安娜缓慢地摇了摇头，显得很坚定。

"真不要？得了，还是庆祝一下吧。"

"我并不想扫兴，罗伯。只是在这儿的话，我们会花费很多钱。"

"哎呀，安娜，我刚刚挣了一百五十万英镑呢。"

"我知道，那很好，"她小声地说着，生怕别人听到，"这就让我想到了第一个问题。"

"你戴着新眼镜，好性感。"我说着，抬了一下眉毛。

"谢谢，你真好。可是，罗伯，拜托。"她把那一页上的灰擦了擦，"那么，他们会给你薪水吗？"

"什么？"

"除了那些钱以外，他们还会给你发薪水吗？"

我回想了一下见面的情形，一切都变得有些模糊，不过他们确实谈到了薪水。

"他们确实会给。他们希望我能帮他们经营那家公司。"

安娜面露喜色，"哦，我太高兴了。"

"等等，你是说，你听到这个比听到他们买我的软件还高兴？"

"是啊，我是这么认为的。你可能会觉得我有些奇怪，但是对我来说，固定收入确实显得更重要一些。"

"等一下，你说什么？"

安娜突然看上去非常严肃，像她客户的脸，"真的，确实如此。你看，意外之财自然是好，但是，那就相当于一口锅，里面的东西会越来越少。而如果把你的固定收入也看作一口锅，那么随着时间的推移，里面的东西则会越来越多。"

"嗯，我觉得有道理。"

"这就是有一个当会计的女朋友的诸多好处中的一条。"安娜笑着说，翻到笔记本上的那一页，"现在，我能读完后面列出来的问题吗？"

安娜父母的房子里有一股奇怪的发霉的味道，让我想起帕尔马紫罗兰，或是那种老年人放在抽屉里散发着茉莉花香味的手帕。

我们几乎静静地坐着，吃着东西，只听得见时钟充满厄运的嘀嗒声，还有刀叉在骨瓷上划过的刺耳声。我们吃的有一大块烤火鸡，煮得已成糊糊的蔬菜，和一杯雪莉酒，安娜说这酒是专门为我准备的。

"你父亲怎么样，罗伯？"安娜的父亲放下手里的叉子问我。他穿着一身西装，是那种三件套的，但是衣服的边缘已经破烂不堪了。

"他挺好的，谢谢。嗯，还是开着他的出租车。不过最近他的身体状况不是太好，有些糖尿病上的问题。"

安娜的父亲没说话，低头看了看他的餐盘。

最近的三个圣诞节我们都是在我父亲家过的。我们告诉安娜的父母，那是出于距离近的考虑。罗姆福离伦敦更近一些，而且我父亲一直是自己住的。但是今年，由于安娜把责任心看得比什么都重，所以我们决定在那个位于萨福克海岸线上的小村子里，同他们一起过圣诞。

"那你父亲一个人过圣诞节吗？"

"不，他会去找他最好的伙伴……最好的朋友，去史蒂夫家吃晚饭。"

"是那个小史蒂夫吗？"安娜有点儿幸灾乐祸地说。她说，我用上流社会的腔调和她父母说话，让她禁不住想笑。

"对，就是小史蒂夫。不过他没事儿的。他花钱给自己买了个大平板电视，然后我们给他缴了天空体育台的费用。所以，是的，他就像头猪在……"我差点被甘蓝给噎住，"所以，是的，他真的很幸福……"

餐桌的另一边，安娜强忍住笑，优雅地喝了一小口雪莉酒。

"那很贵的，是吗？我是说那些新出的电视。"安娜的母亲一边说，一边用餐巾纸擦了擦嘴。和往常一样，她还是穿着格子花两件套，像一位严厉的女家庭教师。不知什么原因，她端菜时总是戴着橡胶手套，藏在手套里的双手十分苍白，就好像用钢丝球擦过似的。

"哦，他是分期付款的，"我说，"他办的是那种圣诞节做活动，不收利息的分期付款。"

一阵沉默，大家都听着时钟的嘀嗒声、风声和雨水打在窗玻璃上的声音。

"我们从来没有欠过债，珍妮特，是吧？从来没有过抵押贷款，或者赊账买东西。在这方面，非洲人可以教会你很多。"

我礼貌地笑了笑。其实，我想说，那是因为教会给了你们这栋房子，而且因为你们可以三十年不买一件新衬衫。

安娜说，他曾经是一个才华横溢的人，但是他多变。他们用斯瓦西里语叫他为"Daktari"，也就是医生。在这个村子里，他最早是一位牧师，后来又做医生，再后来还当了工程师、法官，以及纠纷调解员。他们在肯尼亚所待过的所有村子里，他都受到了贵族般的对待。

尽管他们也碰到过一些麻烦，安娜说。那是安娜使用的字眼，"麻烦"。其实是他父亲和当地人、女信徒们有了风流韵事。最后，教会没法再视而不见，只好悄悄地让他们家返回英国。

"嗯，他很喜欢看电视里播放的足球赛和各种电影。"我说道，安娜的母亲含混地说了声"那挺好的"，还说了其他什么我就听不见了。

我一直在想，父亲这会儿会在干啥。正坐着和小史蒂夫以及他夫人一起共进晚餐，听女王的讲话，然后再玩一局赌博游戏？

"那么，你怎么样，罗伯？"安娜的父亲问我，终于打破了沉默，"你现在工作忙吗？"

我其实真不忙，但是我不能告诉他。Simtech 公司压根连一间办公室都没有。因为没有必要设立办公室，这是那位投资人思科特说的。我们只能把大多数编程设计都外包给比利时的一家公司。所以，每周有两到三次，我会坐着与布鲁塞尔的马克进行一次电话会议。其他的所有事情，我们都通过电子邮件和谷歌聊天来搞定。我真的没有太多事情去做。每天的大多数时候，我都在程序员论坛中写评论，或者玩《梦幻足球》游戏。

"啊，你知道的，公司里零零碎碎的事情很多。"

我等着安娜的父亲说点什么，可是他只是点了点头，目光越过我，盯着墙上的什么东西。他并没有赞同我的职业，认为不过是幸运降临在我的头上而已，似乎挣钱像魔术师变戏法那般容易。

我有些不高兴，因为他觉得我们花钱大手大脚。我们把大部分钱投在了那个房子上，那是一栋高高的、有些破旧的乔治王时期的排屋，正好位于国会山的山顶。我们买了新衣服，还有一辆车，可是我们也没有每个星期乘飞机去巴哈马群岛吧。

"你看，现在找到一份工作不容易，这是肯定的。"他说，就好像我没有工作、没有能力给家里挣钱似的。

"那你呢，安娜？我是说你的工作。"他严肃地说道，那口气让我很难理解他俩是父亲和女儿的关系。

"很好，是的。"安娜说，我以为她会接着往下说，再多说一点儿，可是她没有。她沉默了，眼睛注视着餐柜上的一件非洲木雕。

在我来见他们之前，安娜已经提醒过我，对她父母的言行要有思想准备。她说他们冷漠、古怪，而且从来不会和人亲近。她还说，主要问题是他们喜欢非洲，他们在传教方面所做的工作甚至比在她身上花的工夫还要多。好的时候，他俩就像蜜月中的情人，而安娜就像个电灯泡。不好的时候，当她父亲离开家"外出有事"时，她母亲便会对安娜发脾气，仿佛她父亲对村里的姑娘永不满足的性欲都莫名其妙地成了安娜的错。

安娜给我讲过一个关于内罗毕的故事，但是不管她怎么描述，我还是没有搞明白。她父母常常会从教区收留一些女孩，要么是一贫如洗的，要么是遇到麻烦的。安娜的父母希望她能够招待她们，不是简单地欢迎一下（她更愿意这样做），而是要给她们倒茶，为她们铺床，等她们洗完澡后给她们递浴巾。她说，她明白那些不幸的人需要帮助。在她孩提时代，她就被反复地灌输这一思想。但是有些时候，她说，好像她们是亲生女儿似的，她反而不是。

在安娜父母家的那天晚上，我在我的房间里，裹着一条毛毯，读着詹姆斯·赫里奥特过去的一部小说。虽然我们已经结婚了——在巴厘岛的海边举行了一场仓促的婚礼——我们还是被安排在各自的房间里。房间里的东西很少：一张床、一张床头柜，还有一本《圣经》。没有无线网，也没有电话信号，只有一个简单的书架，上面摆满了陈旧的原色精装书，但是书名已经磨损得看不清了。安娜认为，这样的就寝安排是对我俩没有计划、没有声张的婚礼的惩罚，我们的结合并没有得到教会的祝福。这就是他们之间的区别。而我的父亲对于这一突如其来的惊喜，高兴坏了，兴奋得不行，他告诉我们，那是属于我们的婚礼，我们想怎么办就怎么办。安娜的父母却闷在心里不吭声。

我听到了轻轻的敲门声，接着安娜穿着外套走进了我的房间。"我实在受不了了，"她说，"我们得去找个酒吧。"

我们跟她父母说，就出去简单地散会儿步，可实际上，我们走了两英里，到了最近的一个小镇上。感觉吹在我们脸上的小风从没有如此甜美过。我们太专心于要找到有人烟的地方，所以在沿着漆黑的乡村小路快速行走时，两人几乎没怎么说话。

索斯沃尔德这个海边小镇死气沉沉，只有那个灯塔看上去还有点儿生气，只是高出小镇许多，有些不协调，灯塔里的光束似乎要与月光一争高下。我们只听得见自己的脚步声和温柔的海水声。

"全关门了，是不是？"我说。

"我们再找找看，必须再找找。"安娜说道，然后我们转到了另一条漆黑的圆石子路上。

就在我们准备放弃，打算打车到隔壁的小镇时，我们一转弯，发现有灯光照在那条街上。那是一家饭店，同时也可以当作一个酒吧。

我们推开门，感觉就像进入了热气萦绕的浴室一样，人一下子放松下来。我们站在门口，环视了一下里面：吧台温暖的灯光和嗒嗒作响的声音，水果机闪烁着，伴有砰砰的撞击声。角落里，有一群喧闹的当地人，都穿着圣诞服，戴着圣诞帽。

"你想喝什么？"我在吧台边问安娜，我必须大声喊，才能盖过喧嚣的噪声。

"一品脱淡啤酒，我想我还会要双份其他的酒。"

"什么？"

"双份。我想要双份，双份的烈酒。"

我开始大笑。安娜不太喝酒，而且我也从来没见她喝过烈酒。

"呃，好吧，我就要一杯啤酒。"

"很好。"安娜说话的口气有点儿像她父亲。她望着吧台上方的灯光，"杜松子酒，我想要杜松子酒。"

"好的。"我一边说，一边努力想吸引吧台男侍的注意力，"一杯啤酒，和一杯杜松子酒。"

她用手肘推了推我，"可是，罗伯，应该是双份的。一杯里应该有两品脱。"

"是的，我知道，亲爱的。"我笑着说。

我们坐在吧台边的两张高脚凳上，面对着对方。安娜喝了一口杜松子酒，杯子里的酒立马下去了一半，然后她稍稍咧了一下嘴，两颊开始发红。她长长地舒了一口气。

"对不起，"她一边说，一边把杜松子酒和她的啤酒兑在一起，"我是说，因为他们，我向你道歉。我知道这对你来说不是件容易的事儿。"

"没关系。"我说。

安娜摇了摇头，"根本就不好。他们是那么奇怪，越老越怪。而且问题是，他们就这样已经算是表现得很好了。"

"是吗？"我说道，差点把我喝的啤酒吐出来。

"真的，"她说，"他们只是不喜欢这儿。我是说，不喜欢在英格兰。他们不开心，这能看出来。"她喝了一大口酒，"我更希望和你父亲住在一起。我这样说可能会让他们不高兴，但是我真的希望，我们每年都能去你父亲那儿。"

现在我终于知道，安娜为什么那么希望在罗姆福过圣诞了，我们在那儿的小房子被父亲装饰了鹿角灯，还在房前的花园里放了一个大大的充气圣诞老人。

记得我第一次带安娜回家过圣诞时，心里有些紧张。自从母亲去世后，父亲便不想真正庆祝圣诞。有一年，我们订的是中餐；还有一年，我们在酒吧吃的圣诞午餐。

但是因为安娜来了，父亲说他要张罗所有的事情，就像母亲以前常常忙碌的那样。他让小史蒂夫的太太教他怎么做火鸡、怎么烤土豆。他从阁楼上把圣诞树搬下来，还从佳世客买了些彩色拉炮。而且他有生以来第一次买了一条褐色的切片面包，以前他都是买白面包。

从父亲见到安娜的第一刻开始，他便说，她就是家。我一直觉得他可能是在开玩笑——让自己显得更像上流人士一些——但其实，他根本没有开玩笑。那个我们一起度过的第一个圣诞节，他俩大多数时间在客厅里聊天。父亲喜欢听安娜讲她在非洲的经历，以及在寄宿学校的故事。安娜则喜欢听父亲讲出租车站的一些传闻以及跟着西汉姆联队一起离开的故事。

那天下午的晚些时候，几杯酒下肚后，父亲拿出了相册，然后我们一起挤坐在破旧下陷的沙发上。

"这是你的母亲，是吗，罗伯？"安娜指着一张照片说，照片里的母亲在布莱顿海滩上戴着太阳帽。

"是的。那是什么时候，爸爸？"我说。

"哦，我不知道，儿子。那应该是你七八岁的时候吧，我想……"父亲说道，声音有些嘶哑。

"她真美。"安娜突然说道，然后我们再次把目光都集中在母亲的那张照片上。

"是的，她是……"父亲说道，他用的时态明显是考虑过的，因为他一直不肯接受母亲已经去世的事实，"你看，"他一边翻着相册一边说，"这儿还有一张不错的，那是我们过圣诞的时候拍的。你母亲刚刚做了发型。"

"她看上去真的很迷人，"安娜说，"天哪，再看看你，"安娜指着那个笨手笨脚，还在青春期的我说，"你太瘦啦。"

"他一直这样。都不知道他是从哪里冒出来的，肯定不是我生的。"父亲大笑着说道。

那天下午，我从来没见过安娜如此放松，比在她家还放松，双脚放在咖啡桌上，手里拿着一听嘉士伯。从那以后，我们每一个圣诞节都去罗姆福，安娜的出现让我们家又恢复了过去的传统。她说，她喜欢那些风俗传统，那都是她以前从未见过的：上午十点左右要喝的起泡酒，庆祝仪式开始时的超大巧克力罐头，正做着火鸡的酒吧，宾戈游戏，还有父亲让我们从清晨一直戴到晚上的派对帽。

到了下午，父亲因为起泡酒会更加激动，他会告诉我和安娜，他有多么爱我们，安娜如何像他从未有过的女儿等。再然后，几乎每年都是同样的时候，就是在跟着卡拉OK唱完他的传统曲目《嘿，朱迪》后，他便会在沙发上睡着。

"其实我们大家可以在一起过圣诞，包括我父亲，还有你的父母，"我一边说，一边把我的手搭在安娜的胳膊上，"尽管我很难想象出你母亲唱卡拉OK的情景。"

"哈。"安娜说道，然后突然把身子靠过来，狂热地吻我，让我感觉到一股强烈的欲望朝我扑来，就像葬礼过后被压抑得急需爆发的性欲。

"啊哦，注意点儿，安娜。这可绝对是在公开场合秀恩爱。"

她坐回到高脚凳上，"我觉得，是杜松子酒的反应。虽然我也是认真的。我不想再来这儿过圣诞。我知道，他们是我的父母，但是我不想和他们一起过。"安娜低下头，好像对自己说的话感觉很尴尬。"昨晚我想你了。"她说。

"在你的卧室？"

"是的，这让我感觉真的有些性冲动。"

"是吗？我其实可以去找你的。"

"不，"安娜迅速说道，然后偷偷看了看周围，"我去找你。"

我开始大笑，"你没喝多吧？"

她咯咯地笑起来，"真有一点儿多了，那是因为圣诞节高兴。不过，说正经的，罗伯，我不准你从你的房间出来。因为我更容易些。我知道他们什么时候睡着，你懂的，我知道楼梯平台上的哪些地板会吱吱作响，我还知道怎样关门才不会弄出门闩的碰撞声。"

"佩服。"

"我其实不像你想的那么正经，亲爱的。"

"但是如果我们弄出了响声怎么办？"我半开玩笑地说，开心地喝完了啤酒。

"我们不会的，至少我不会。"

我好奇地看着她。

"我上过寄宿学校，罗伯。我知道怎么做可以不弄出响声。"她淘气地朝我笑了笑，结果引起了吧台男侍的注意。

"我能不能再要一份杜松子酒？"

那个男侍点了点头。

"双份，谢谢。"

回家的路上，我俩都有些喝多了。为了安全起见，安娜让我和她朝着过来的车辆，一前一后地走着。只要有车靠近时，她便会把我拉到路边的植草边缘，让车辆通过。

快到家的最后一段路上有人行道，于是我俩手挽着手。

"你还打算去我的房间吗？"我说。

"是的，当然了。我们已经达成一致了。"她几乎有些严肃地说，然后她停住了脚步，我以为又有车过来了，可其实路上空荡荡的没有车。

"也许，我们应该试试……"她说。

"试什么？"

"要孩子。"

"你喝多了吧？"

"有点儿醉。"她说。

"你当真吗？"我说。我们以前从来没有聊过太多要孩子的事。对于目前在伦敦没有小孩的生活，我很满意：安娜的职业，"星球大战"主题马拉松，还有周末的快餐食品节。我们在公园里划船，有雨的日子去逛博物馆，还有在酒吧度过的无数慵懒的下午。那就是我们一直设想的伦敦生活。有孩子的世界对我们来说还是很遥远的未来，那是一个不再有真实生活、不再有自我的未来，一个与让我们在秘鲁生活没有两样的未来。

每当安娜身边有小孩的时候，我都会观察她。她不像别的女人一样，会轻声细语地哄小孩。有一次我见过她抱她朋友的宝宝，姿势很笨拙，就像圣诞剧里面那个粗心大意的玛丽一样。等她把小宝宝送回给他妈妈时，我看见她小心地擦掉了宝宝留在她裤子上面的口水。

　　"是的，我是当真的。"她说道，有些紧张地咬了下嘴唇，"今天午饭的时候，我就在想你的父亲，以及我是有多喜欢去他那里过圣诞。就是因为那里有家的温暖。所以我真的希望让我自己的家也有这样的温暖。"

　　我把她拉到我身边，吻了吻她的额头。我对安娜的爱，就像一个任何其他人都不知道的秘密。这个秘密是你一直深藏着、绝不会泄露出去的。因为我是唯一的人——唯一被允许进入她内心的人。我们就那样在路边站了一会儿，在月光下轻轻地摇晃着。

　　我认为就是在那天晚上，或者是第二天早上安娜父母去教堂后，安娜怀孕了。几周以后，安娜把我叫到浴室。她坐在浴缸边上，从不同的光线角度，近距离地检查着验孕试纸上那条清晰的蓝线。我看了一下说明，以确定我们的理解没错。是的，那儿真的有一条线，无可辩驳，一道粗粗的蓝条。

　　"真不敢相信。"我说。

　　"我知道，"安娜说，"我们先别庆祝了，因为还没有完全确认。"

　　她见我的脸沉了下来，便把她的手放在我的胳膊上，"对了，这个牌子是市场上误报率最低的。我选它就是因为这个。"

　　我什么也没说，她的两只胳膊环绕着我，然后把脸埋进了我的脖子里，"我只是不希望太激动，好吗？"

　　"好的。"我说，然后我俩站在那儿，看着那道蓝线，比之前变得更鲜艳、更清晰。

石拱门

你说，岩石上的那个大洞不是海水冲刷而形成的。

是蝙蝠侠用他的蝙蝠飞镖和蝙蝠炮炸出来的。我们站在伸向海里的悬崖上往下看，一艘坐满孩子的橡皮小船正从拱门下穿过，然后你开始又跑又跳地穿过草地，一边躲开兔子洞，一边大声地叫喊着。接着我开始追你，努力要抓住你，我们一边跑，一边开怀大笑，地上的树叶被我们踢了起来，就像一阵阵彩虹雨。

3

　　一道蓝线，最后的确就是这样。我记得医生当时停顿了一下。我以为那个超声波检测仪卡住了，因为那团灰白色、模糊的小东西没有动静。我能感觉到站在身边的安娜屏住了呼吸，努力想辨认出面前屏幕上的那些阴影。

　　"嗯，我怕我没有捕捉到胎儿的心跳声，就是现在。"医生一边说，一边拿着扫描仪在安娜的肚子上来回移动。我们曾经在这儿听到过胎心，是那种电子摇摆声，还有白色的箭图，然而现在，什么都没有。

　　她开始测量胎儿的大小。长了吗？我问。很小，才八周，医生说。但是安娜算的已经有十周了。所以是很小，我说道，因为我不懂这些事儿的。那胎儿是体重过轻了？

　　安娜确实了解这些事儿。还没有任何人示意或提醒，她便用一张纸巾把腹部上下都擦干净，然后坐在床边，两只眼睛紧盯着墙上的检测仪。

　　安娜第二次流产了，胎儿刚满十三周。

　　"对不起，"医生说，"我们只是没有看到我们所希望的这个时候胎儿应有的生长。"不过这一次，它不仅仅是一小团羊水细胞了，而是有了人形，有四肢、心脏和嘴巴，宝宝还有眼睑。那个不得不从安娜的身体里取出来的孩子，本来是应该被我俩捧在手心的。尽管我们不知道胎儿的性别，但是安娜后来告诉我，她已经给他起名为露西。

安娜默默地伤心。她没有告诉她的母亲，也没有告诉洛拉，因为洛拉曾对自己的流产情绪激动过。这就是安娜的方式，是她曾经被教育过的方式。坚韧克己是最重要的。

还在肯尼亚的时候，她住在一个又穷又脏的教区，身上挂着家里的钥匙。每天早上在上学的路上，当地人都会用石子儿和侮辱的语言和她打招呼，叫她白人小恶魔和布法罗臭三八。当安娜把这些告诉她的父母时，他们却说她是在发牢骚，是被宠坏了，没有做好为主受难的准备。

这件事我们没有告诉任何人。失去的宝宝是我俩之间的秘密。他们让我俩绑在了一起。没错，那些秘密确实令人伤心，但是他们是我俩之间的秘密，只属于我们俩。

她什么都跟我说，甚至是她感到丢脸的一些感受。她觉得她这是在受惩罚，但她不能这样说。她说她受不了去超市看到那些年轻的妈妈，因为她感觉是她们抢走了她的孩子。她说她相信她的卵子，还有我们共同孕育的胎儿没有任何问题，但是问题在于她的保胎能力。她认为自己受过伤，认为她的身体在机能上有缺陷。那就是流产。我从来没有往保胎这上面想过。

不过，安娜没有打消要孩子的念头。她像第一次一样努力地想要怀上宝宝。我们去看了哈利街的专家，专家们做了各种各样的检查，却没有发现她有什么问题。只有其中一项，那就是下一次最好再走运一点。

所以我们一直在努力，没有放弃，因为那是安娜看世界的方式：在战斗中，你的背靠在墙上，要时刻保持警惕。那是我俩交会的地方。一个来自艾塞克斯市政公房的小孩，和一个拿奖学金的女生，两人都感觉我们要证明点儿什么给世人看。

在安娜的建议下，我去了一家诊所，在一间配有扶手和应急绳索的卫生间里，看着老套的色情作品做了些手淫。然而，我的精子没有任何问题。医生说，那是高质量、没有受过任何破坏的精子。

安娜第三次怀孕时，我俩并不感到奇怪，因为同房对我们来说从来就不是问题。我们带着一种宿命感，去追求怀孕这事儿。到了差不多八周的时候，我们预料会出现同样的情形：安娜的腹部奇怪地绞痛，她形容是一种被掏空的感觉，即便前两次孩子还在肚子里，不管是活的还是夭折的，她都有这种感觉。然而这次，不是的，检测仪上有胎心。不是一般的胎心，而是非常强有力的心跳声。那上面能看见手和脚，还有肋骨的精致轮廓，有眼睛，有一个半成型的胰腺，还有眼睑。

到了怀孕中期时，他们告诉我们，即使是高危妊娠，失去孩子的概率也很小。我们不相信。我对安娜说，这么说是不妥的，感觉我们就像在参加"你想成为百万富翁"的节目，问题越来越难，而我们只能靠留在游戏中来保持运气。

"你的比喻不成立，"安娜说，"因为我们不可能套现退出。如果你能够用一个婴儿来套现，那就达到效果了。"

那是在安娜刚进入孕晚期时我发现的。有一天我在后院，发现两株之前并没有的向日葵。安娜讨厌园艺活儿，她说那是一件很讨厌的工作，所以她这辈子从没种过任何东西。

我走进厨房，她正系着围裙站在水槽边，在洗咖啡杯。

"我喜欢你种的向日葵，"我说，"是你种的吗？"

"是的，"她说道，脸上溢出高兴的神色，"它们很漂亮，是吗？"

"很漂亮，我都惊住了。我以为你不喜欢种花种草的。"

"啊，我喜欢的，你别担心……那只是……"她咽了下口水，把一只咖啡杯放下，"你会认为我很傻吧，可是我只是想做些事情。你知道的，为那些小宝贝。我明白那不是我平常做的事儿，但是我想，这样做会有好处的。"然后她转过脸背对着我，因为她不想让我看见她在哭，我用双臂搂着她，她把头埋进了我的脖子里。

"花卉市场的那个妇人说过，它们的生命力很旺盛，任何季节都会长得很好的。"

我坐在浴室的地上，看着浴缸中的安娜。她在看书，书放在一个用钢丝搭成用来放香皂的连接物上，我记得我奶奶家也有类似的东西。她心不在焉地把头发绕在她的指头上，然后我看着那些泡泡从她身体隆起的地方飘过。

人的皮肤的伸缩力之大，真的让我吃惊，她的肚子就像一个紧绷的鼓，最外面一层几乎是半透明的。我都紧张得害怕去碰她。我很想去摸摸，可是又担心碰错了地方，怕我那不专业的手会伤害到她肚子里的小家伙。

我看着她读书。她的粉红剃刀放在浴缸的边上，虽然过去这么多年了，这东西还是能够让人感到些许安慰。我还记得刚开始的那种感觉，那是我们在剑桥开始在我房间同居的时候，我喜欢看见她在浴室里摆放的各种沐浴露和洗发香波、她放在床头柜上的书本，还有她细心地放在五斗橱上一个小碟子里的耳环。是的，那是对自己地盘的一种争取，但是也让人觉得这是一种自由和释放。

"对了，我要告诉你，"安娜一边说，一边放下手里的书，双手在水里摆动发出哗哗的声音，"我加入了脸书上的这个群，叫'宝宝与幼儿园'。"

"这是个什么群？"

"顾名思义啊，罗伯，宝宝与幼儿园，就是妈妈们聊天的那种群。"

"有用吗？"

"嘿，我只是刚刚加进去，不过，简单地说，很糟糕。是洛拉让我加的。"

"她还在做生食的生意吗？"

"还在做？是的，罗伯。她建了自己的博客，名字就是'生食妈妈'，而且她现在还在忙着出她的第一本烹饪书。"

"哦，可怜的印度。"

"我知道，她就是这样诅咒印度的。不过她说，自从她开始生食后，她的臀部就彻底变平了。"

"哦，对了，洛拉也在推特上，"我说，"你知道她的个人简历怎么写的吗？"

"嗯，让我猜猜……"

"等一下。"我拿出了我的手机，"洛拉·布里·黑斯廷斯。母亲、女儿、姐妹、朋友、火舞艺人、瑜伽信徒、生食支持者。"

"天哪，这就是洛拉的风格，"安娜一边说，一边拨拉了一缕头发，"在'生'和'食'之间，她得加上连字符。依照她的风格，你知道她在脸书上是怎么写她的工作的吗？"

"什么？"

"拥抱的首席执行官和首席饲养助理员。"

"哦，天哪！"我一边说着，一边开始大笑，"那么，这个'宝宝与幼儿园'群怎么糟糕了？"我给自己倒了杯酒，然后给安娜倒了些她喝的泡泡龙"儿童香槟"。

安娜摇了摇头，"这东西足够我喝一辈子的了……不过，我想那应该都是一些像我一样初为人母的人，问的都是母乳喂养、宝宝怎么睡觉之类的问题。但是，我的天，这些人都是怪怪的。"

"这话怎么讲？"

"这个米兰达，是群里的一个管理员。她给我发了一长串她们在这个群里用的首字母缩略词。说真的，我从来没听过这些词。"

"比如 YOLO？"

"那是什么意思？"

"你只活一次。"

"哦。为什么会有人说这个？"

"不知道，或许你要是打算蹦极或者做其他事儿的时候，你可以说，YOLO！"

安娜摇摇头，眯起双眼，"反正，我发现这里面有些缩略词完全是匪夷所思。"

"难道都是 DD、DS、DH 之类的吗？"

"什么？"安娜朝我转过身来，摆出一副假装生气的表情，"你都知道这些？"

"所有人都知道，亲爱的女儿、亲爱的儿子、亲爱的老公。"

"不对，不是所有人都知道的，"安娜说，"那好，聪明绝顶的人，EBM，EBM 是什么意思啊？"

我想了一会儿，"预期的胸部处理？"

"真是会猜啊。至少你还有胸部哈。"

"我一直有啊。"

安娜抬了抬眉毛，"这好笑吗？"

"一点儿都不好笑？"我一边说，一边摸着她的后背、挠她的手臂。

"别别，求你了，别挠我，"她一边说，一边咯咯地笑着，"扛着这么大个肚子，我一笑就疼。"

"那么，EBM 是指什么？"

"挤出的母乳。"

"啊哈。"我边说边转过身背对着她,偷偷在我手机上查看西汉姆联队的比分。

"还有一个女人,"安娜说,"我觉得她可能也是管理员中的一个。她经常分享她所有的手工理念,以及她为她的孩子们做的了不起的事儿。今天她又发帖子了,问在哪里能找到聚苯乙烯的小颗粒球,因为她需要用那些颗粒球来填充她自己做的母乳喂养时的枕头。接着,群里便开始讨论聚苯乙烯里的化学成分会不会侵入到她的母乳之中。"

"最后的结论呢?"

"换成小扁豆和干豆。那样更便宜,而且更安全。"

"当然。"

安娜沮丧地低下头,用她的指尖摸了摸隆起的肚子。她的上嘴唇和额头上有一道水印子。

我放下杯子,在浴室的地板上慢慢向她靠近,"要我帮你擦背吗?"

"可能需要。"她把身子往前探了探,然后我看到小水滴顺着她的背快速地流下来。她的皮肤又热又光滑,就像阳光下湿润的滑水道。

安娜从浴缸里出来,走回到卧室。她有点儿蹒跚:企鹅似的步子又小又慢,就好像走在鹅卵石上面。她没有其他女人怀孕时那种漫不经心的自信。她睡觉的时候,都是侧卧着睡。如果她碰到了隆起的肚子,她会为此苦闷好几天。

我理解其中的原因。因为即便现在,宝宝还有几周就快出生了,可我感觉我们是在借日子过活。我曾料想他的心脏会停止跳动。扫描仪上有一个黑洞、一团排泄物。我们不想谈论那些名称。

我在床上挨着安娜坐着。没有任何征兆,她突然开始哭泣,她的头紧贴着我的胸。

"你没事吧,亲爱的?"我边说边抚摸着她的头发。

"没事，"她说道，擦擦眼睛，轻轻吸了吸鼻子，"我觉得我只是有点儿情绪化。脸书上那个傻瓜群让我越来越激动。"

"什么意思啊？"

"我就是担心，怕我做得不够好。我是说，要做一个十足的好妈妈。因为我根本不像这些女人，而且也不想变得和这些女人一样。"

我摸摸她的胳膊，然后她把身子靠在我身上。

"但是后来，"她说，"我想，为这些事操心总比我们总是担心那些事要好。"

我们在床上紧挨着躺下，她的双唇就在咫尺之间，彼此盯着对方的眼睛。

那是一直吸引我的地方：她的眼睛，她那温柔如水的瞳孔，那薄如糖纸的眼皮，随着她的每一次心跳而轻轻颤动。

"我都等不及了，"我说道，声音有些嘶哑，"我真希望父亲能在这儿看见他。"

安娜把我拉得更近一些，抚摸着我的脖颈，"我知道。太不公平了。不然的话，他肯定会特别骄傲的。"

在我们告诉父亲这个消息两天后，他便因心脏病而离世了。是小史蒂夫，因为有一把备用钥匙，才发现躺在床上的父亲，和以往睡在母亲旁边一样。在他旁边的床头柜上，是我们给他的超声波照片。

安娜看着我，双眼有些湿润。"我等不及了，"她说，"想看到他的小脸蛋。"

"我也是。"

"我不敢相信这是真的，"她说，"如果你特别想要一样东西，你又等了那么久，然后终于——终于它真的发生了，我就是……"她说不下去了，想说的话都化作了眼泪。

　　我在外面的院子里，试验着我的遥控直升机。安娜说那是我的玩具，尽管其实不是。我有一款新的遥控直升机，是一种拥有同轴叶片的教练机，而且我在机身的下方焊接了一个小数码摄像头。我试图让直升机飞到空中，但是摄像头太沉了，结果直升机掉到了玫瑰棚架里。

　　我仔细地听着，以为我可能会听到有人大叫。我们随时等待着问题的出现。安娜在楼上，在床上休息。她的预产期已经过去一周了，就像我们被告知的，这种等待是最难受的。

　　我拾起了直升机，在风渐渐停下来后又试验了一次。直升机起飞后，我努力让其保持平稳，同时在法式窗户边悬停。可是突然刮起一阵强风，直升机被重重地撞在窗玻璃上，其中的一个旋翼被折断了。

　　"罗伯。"就在我走回客厅的时候，我听到安娜在叫我。

　　"怎么了？"

　　"你能上来吗？"

　　我跑上楼，发现她正两腿叉开坐在床尾。

　　"见鬼，你没事儿吧？"

　　"我觉得是宫缩了。"

　　"是吗？你确定？"

　　"是的，"她一边说，一边把手放在膝盖上以保持平衡，"我记录了宫缩的时间，那绝对和我之前的感觉不一样。"她查看了一下手表，那是一块硕大的卡西欧，她曾对这表的夜光灯和准时性大加赞赏。

　　"你记录了多长时间？"我说。

　　"我不知道，大概四十五分钟吧。"

　　"天哪，安娜！你应该早点叫我的……"

　　"我只是想先确认一下，"她看上去吓坏了，一脸灰土色，"我觉得，我们应该去医院。"

"我得拿上那个包。"

"拿白天用的那个包。"

安娜有两个装好行李的包，都放在门厅里，手柄上分别贴上了行李签，其中一个写着"白天"，另一个写着"夜间"。

"好的。"我说道。等我俩站在门口时，我拿着包，安娜在脑子里再检查一遍是否带齐所有东西。就在我们准备出门时，我伸手从靠墙的桌子上抓起了我的相机包。

"你就别想着照相的事儿了，罗伯。"

我望着她的脸。这会儿实在不是和她争论的时候。

医生刚走，安娜便尖叫起来，我的第一反应是孩子没了。我赶紧按下了紧急呼叫铃，但是已经看到了一撮头发，那是杰克的头顶，他的头已经开始露出来了。医生跑了回来，然后呼叫护士，可是那护士正在别处休息。

安娜还在尖叫，于是医生猛推她的双腿，将其放在接生用的 U 形支架上，然后把一盘子的器具塞到我的手中。她对着我大声喊叫，可我不知道如何是好，所以在安娜大喊着疼、大喊着杰克的时候，我只能端着那个盘子，站在床尾。

我们最早开玩笑，说他不是人，我们叫他"我们的小外星人"。因为，即使在我看到他那又黑又亮的头发，还有藏在那团黏糊糊东西里的小身体时，在他被放在那台古老的机械秤上、我听到他的尖叫穿透寒冷的空气时，我还不敢相信，他是真真切切地存在了。

我忘不了安娜对着他的那种微笑，她的双臂抱着那个抽着鼻子的小身体，让他靠在自己胸前，动作是那么自然，就好像之前有天上的助产士教过她似的。她的笑是那么自然，没有任何防备神情，我觉得以前任何时候都没有见过她如此笑过。

"我给孩子母亲缝合伤口时,你想抱抱他吗?"医生问。

我轻轻地把他抱在怀里,生怕我会挤着他。他就像在子宫里一样,穿着束身衣,被包裹得严严实实的,他的眼睛肿胀得就留出一道缝。令我开心的是,他现在终于没被放在那台冰冷的秤上面,而是被医生粗糙的双手托着,总算舒服了一些。

我看过的有关育儿的书上说,和宝宝建立感情需要一段时间。安娜会感受到这种感情,而于我而言,这需要时间。不过其实不然。我即刻就已经感受到了,那种感觉就像一道闪电击中了我的脖子、我的脊柱,感觉一切都是为他而来。

我们竟然能够创造出这个,就是这个既会哇哇大哭,又会呢喃轻语的小肉球。不,这不可能是真的。我俩竟然又造出了一个人,有手指,有脚趾,有大脑,还有灵魂。我们竟然能创造生命,我们居然创造了杰克!

4

　　这个春天有些热，汉普特斯西斯公园里到处是跑步的人、游客，还有一家家带着婴儿车的人，草地上零零散散地有一些野餐垫和食品篮。那些每天都来这儿的老年常客，则坐在他们通常坐的长凳上，拿着小收音机，放在耳边听着。一个小女孩和一个小男孩正围着他们的妈妈在踢足球：他们总是助跑很长一段，踢球时反而没有多大劲儿，只见球在风中弹来弹去。

　　杰克刚刚有了一辆新的蜘蛛侠自行车，有挡风玻璃，侧面还有大炮，所以他想出去试试。在国会山附近很难找到一块平坦的地方，就是一块没有繁忙道路的空地，所以和往常一样，我们来到了汉普特斯西斯。

　　我看着杰克骑着车往山上走，这辆自行车对于他来说还是太大了。我们这个世界变化得实在太快。他才五岁，是个不折不扣的小男孩，我父亲肯定会这么说。然而，他那弓着腿蹒跚学步的模样、那嫩声嫩气的孩童语调早已不复存在。如今我们的世界都是在图书馆里看书，还有在晚上努力劝说杰克，课后的戏剧俱乐部是有多酷。

　　"这里怎么样？"在进入一片平地时，我说。

　　"挺好。"杰克一边说，一边把腿放在自行车的横梁上。

　　"不行，男孩们，"安娜说，"这里太陡了。我觉得我们得去再平坦一点的地儿。"

"这就很平了。"我说。

"这里就可以了，妈妈。"杰克也说道。

安娜想了想，又上下看了看这条道，"不行，我还是觉得不行。太陡了。"

杰克叹了口气，翻了翻白眼，都是他在学校跟人学的动作。

"来吧，杰克，"我说，"我们再往那上面走一段。"

"好。"杰克一边说，一边开始把自行车往山上推。

当我们到达山顶的平地时，看见一个男孩骑着一辆三轮车，他的父亲正在他后面担心地跑着。

"这里应该没事儿。"我说。

安娜看上去神情忐忑，还有一点点紧张。"好吧，"她边说边查看着地形，"但是你还是要小心，杰克。"

杰克就像战斗机飞行员一样，系好了头盔上的皮带，然后顺着那条道往下骑，在行人之中穿来穿去。我跟在他边上跑，脸上带着笑，心里充满了骄傲，就好像胶片电影中的一个瞬间，一排排树木沙沙作响，耀眼的光线下透着镜头的光斑。

我突然感觉有什么东西碰到了我的胳膊，然后意识到是安娜在我旁边。刚开始我以为她碰我是因为紧张，以为她已准备好随时扑过去救杰克，直到我看到她正在笑，很乐意地让他骑着车往山下走。

杰克稍微放慢了速度，原来遇到了一个平缓的坡。于是我跑到他后面，推了他一把，我的手放在他的车座后面，就像我的父亲看到我第一次在住宅区骑自行车时一样，骄傲地欢呼着。

"你太棒了，杰克，干得不错。"在他很专业地刹住车时，我说道。

杰克下了车，开始查看那些大炮是不是还在工作。

"看来他真是掌握了骑车的窍门。"我对安娜说。

"是的，没错。"

"我能再骑一次吗？"杰克一边说，一边系紧了头盔。

"当然可以。"

杰克又骑上他的自行车，练习绕圈骑行，并在草地上的树桩之间穿来穿去。安娜和我说着话，没太注意，突然，杰克没有转完，而是朝着一棵树直冲过去。

安娜尖叫起来，我俩赶紧跑了过去。杰克倒在地上，眼里一片茫然。

"你没事吧？"我边说，边俯下身挨着他。

他表情木然地点点头，仿佛不知道发生了什么。

"有没有伤着哪儿？"我说，"我竖起了几个手指？"

杰克冲着我笑了，"一百万。"

"记得你叫什么名字吗？"

"杰克。"

"那你记得我的名字吗？"

"我的小猪脸。"他说道，然后开始咯咯地笑起来。

"好吧，我觉得你没事儿。"

我扶着杰克站起来，又从地上把自行车扶了起来。

"发生什么事了，宝贝？你没事儿吧？"安娜一边说，一边掸掉他上衣和裤子上的土。

"我没事儿。"杰克说道，但是仍然有些困惑。

"怎么了，老兄？"

"不知道。我正骑着这辆蜘蛛侠自行车，然后就……我也不知道……我感觉各种动作都挺好玩的，然后就猛地撞到了树上……"

我们回到家里后，我和杰克坐在客厅里，一边喝着热巧克力，一边看着电视节目《最后得分》。杰克在留意地听，嘴里念叨着一些球队的名字：阿克灵顿、切斯特菲尔德、布莱克本。他还试着大声说出一些更为复杂的名字：吉林汉姆、斯肯索普、什鲁斯伯里。

杰克一边听，一边开始翻看他相机里的照片。那是一部傻瓜相机，是他五岁生日的礼物，他在任何时候都带着这部相机。

他总是用两只手轻轻地握住相机，就像我们教他的那样。因为那不是玩具，我们告诉过他，那不是玩具。在他拍完照后，他会用一张卫生纸擦拭相机屏幕，然后再将其放回相机盒里。

"爸爸，"他一边说，一边小心翼翼地把相机放在咖啡桌上，"我能吃特色奶酪吐司吗？"

吐司上的特色奶酪其实就是黄油，酵母酱，还有一些在微波炉里融化的厚芝士片。

"当然可以。我想，妈妈这会儿一定正做着呢。"

"你也要吃吗？"

"不，"我说，"我要把你的全吃掉。"

"不行——"杰克看着我，眼里透着不高兴，"你如果那样的话，我会对你做些坏事的。"

"比如说？"

"嗯，"杰克把手指放在他的嘴唇上，"让你不得不去睡觉……而且……"他使劲想着，我抬了抬眉毛，"而且……而且让你看不了足球赛。"他耀武扬威地说道。

"哦，好吧，"我边说，边挠着下巴，"你赢了，我就不吃你的特色奶酪吐司了。"

杰克眉开眼笑，然后我进厨房看吐司做好了没有。安娜正在把吐司切成小块。

"他没事儿吧？"她说。

"没事儿，他好着呢。"

"可我还是不明白到底发生了什么事。"

"安娜，他就是从自行车上摔下来了。这很正常。"

"可是他好像那会儿失去知觉了。他还说觉得好玩。"

"他只是不专心。这是刚刚学，还有好多需要掌握的地方呢。"

安娜似乎不太信服。她把盘子递给我，然后我端到杰克面前。

这是我父亲唯一会做的食品。家里所有的事儿他都做，但是从来不学如何做饭。如果母亲在城里打扫办公室卫生，那么，这个就是父亲给我做的晚餐。他知道如何做好吐司。先把吐司烤到有点褐色，然后等多士炉的烤架一弹起来，便迅速给吐司抹上黄油，再涂上一层酵母酱和几块薄薄的芝士片。他总是把涂好酱的吐司放进微波炉里转三十秒，然后会一直看着，蹲在厨房操作台边上，等着芝士刚开始冒气泡之前的完美焦顶。

母亲去世后，我便给他做特色奶酪吐司。他会静静地坐在厨房的餐桌边，母亲的位置上，摆着她曾用过的刀叉，就在父亲的刀叉旁边。每天晚上，他都坐着伤心，我能做的就是给他做好晚餐，就像母亲在的时候一样。

"谢谢，真好看。"每当我把盘子放在他面前时，他总是这么说。在我朋友面前或在西汉姆时，他总会说"帅哥"或者"儿子"。但是当我俩独处时，他总是说"好看"。

所以这就是我能做的，也是我唯一能做的。这一年里，我给父亲做他最爱吃的冷冻比萨、酥脆烤薄饼，还有乌拉圭馅饼。每当他周五下午换班回家后，我都会做好晚餐等着他：两个特色奶酪吐司，旁边配有番茄酱。

我看着杰克吃着吐司，他的嘴角边挂着一点点番茄酱。他还在看足球赛的结果，嘴里念叨着几支球队的名字。有时候，我真的能在他身上看到父亲的影子。他吃饭时那种仔细、深思熟虑的样子，他倾听时把头偏向一边，就好像有些耳背的神态。

有时候我会突发奇想，幻想着他俩在一起。幻想着父亲如何让杰克坐在他身上，就像我小时候一样；幻想在某一天，杰克长到一定岁数了，我们三个一起去西汉姆；幻想父亲会让杰克坐在出租车前排，在广播里对着停车场的调度员说话。父亲也因为杰克而引人注目。

★

"说真的，老兄，别再倒腾那些无人机了。老天哪，拜托，别再他妈弄无人机了。"

我和思科特坐在一家小店里，这算是我们的临时办公室。每到下午，这里总是很安静，好多大桌子都空无一人，正好让我们有足够的地方打开笔记本电脑。木制的镶板让你感觉好像在船上，彩色玻璃又让你觉得好像在教堂。

"是这样的……"我正准备往下说。

"别了。"

"可是我已经有进展了，思科特……"

"老天哪，罗伯，拜托你别再……"

"如果你给我五分钟的时间给你讲讲无人机，那么你在这儿想喝什么，都算我的。"

思科特笑了起来，用手拍了拍桌子，"你不用请我喝任何东西，因为我是不会让你再给我叨叨无人机的事儿的。"

"走开！"

虽然思科特成长的地方离我家也就是几条街的距离，而且后来也去了剑桥，但是在我进入 Simtech 公司的会议室之前，我俩从未见过面。我们总是开玩笑说，这就是平行生活。思科特是我见过的唯一一个在罗姆福市场买内衣、在十八岁之前每年都吃西汉姆生日蛋糕的剑桥毕业生。

"不过还有另一个问题，我真的需要那个编码。"思科特说。

我看了一下手机，假装刚刚收到了一封邮件。我本应该为中国的一家制图公司写一些脚本，但是我一直在拖延，思科特知道这事儿。

"我正在做，思科特。我在做着呢，但它比我之前想的要复杂得多。"

"那就把这活儿给马克。"

"对他来说一样很复杂。"思科特想把这活儿外包给我们在比利时的程序员团队，但是我一直坚持要自己做。

"好吧，但是他们有六个人。"思科特说。

"是的，但是编程并不总是人越多越好。"

这是我的撒手锏。思科特不懂科学。他有钱，是个精明的生意人，但是他不会写代码。他只会签字和坐在转椅上转来转去。

思科特的脸上露出些许愁容。我知道，他正在考虑转让这家公司的问题。自从那次车祸后，他便受了打击，现在"就是把一些东西倒来倒去"。这就是他为何让我写那个代码的原因：为了打动一个潜在的中国客户。

"罗伯，你看，咱们是兄弟，而且在一起共事这么久了。我一直不想在一些小事上面管你，但是在这个问题上我还是有原则的。这个周末，我要拿到那个代码，行吗？"

他的目光转向窗外，我注意到他的脚正拍打着椅子底部。我不想他卖掉公司，那样的话，我会没有薪水，那会把安娜吓坏的。但更重要的是，要想让我的无人机设想启动，我必须要有 Simtech 这个平台。我需要他们的公司名称、他们的商业背景，以及思科特与金融界的联系。如果没有这些，我将会回到最初的起点，穿着安娜买的西装，到处去讲我那胡乱写出的商业计划。

"如果最晚周五我给你那个代码，那么我能谈谈无人机的事儿吗？"

"看在他妈的上天的分上，罗伯。"思科特边说边笑，他那浓厚的口音，就好像在对罗姆福的狗说话，"胡安，"他看着那个吧台男服务员说道，他用西班牙语讲出的发言无懈可击，"等你有空时，能给我们两杯啤酒吗？"

胡安点点头，尽职地从桶里汲取出两品脱啤酒，送到我们跟前。

"好吧，你接着说，我洗耳恭听。"思科特一边说，一边喝了一大口啤酒，"但是你得保证，周五把代码给我。"

"我保证。"

思科特笑了，然后摇了摇头，"那么，好吧，无人机。你最钟爱的话题。"

"是的，"我说，"我们之前谈过，你知道我是怎么想的。那就是未来的世界。到时候硬件很便宜，在所有的地方人们都会用到硬件。它们能够给我们送比萨，送我们在亚马逊上订购的商品，建筑工人们会利用它们为自己送上一杯茶……"

"罗伯，让我先做个开场白，"思科特说，"我之前已经听过这个一百万遍了。你应该跟我讲讲搜救小组……"

"对，但是还有些新东西，也是我想和你谈的东西。"

"好吧，你继续。"

"私人无人机。"

"私人无人机？"

"是的。非常便宜，超轻，而且超级耐用。"

"好，"思科特说，"那么这些私人无人机都能做些什么？"

"大多数时候是拍照。"

"拍照？"

"对啊，你见过这些自拍杆的。"

"很遗憾，是的。"

"那么，这就是这些小无人机所能做的事儿，所有的操作都在你手机上控制。想象一下：你在参加一场婚礼，而你需要拍一张合照。或者，你正在爬上楼，想让大家看看你在多高的位置，那里的风景有多迷人……或者你正在拥挤的人群里观看一场足球赛。这些事在几年前只有专业人士才能办到，但是现在，任何人，只要有一个五美元的塑料产品，就能够实现。"

思科特想了一会儿，摸了摸未刮干净的胡楂，"这样，我明白了，罗伯。有一些东西，你可能确实在研究，但是它太……"

"太什么？"

"市场太大了，罗伯。"

"那是他们对自拍杆的看法。"

思科特的手机响了，他看了一下表，"妈的，我得走了。"

"有约会？"

"不是。新来一个女士。"

"哦。"

"她是俄罗斯人，很可爱，但是要求有点儿高。"

"不出六个月，你就会烦她了。"

思科特低头看着他的笔记本电脑。"有点儿难听啊，老兄。"他一边说，一边从桌子下面拾起他的车钥匙。

"抱歉，只是开个玩笑。"

"不过，还真有可能，"思科特边说，边向胡安挥手道别，"但不管怎样，你个讨厌鬼，我也会对你说同样的话。你喜欢猎奇，开发新项目，但是随后你就会烦了。"

"说得好！"

"好吧，"思科特一边说，一边把剩下的啤酒喝完，"别操心埋单的事儿了。我已经埋过了。只是拜托，我的小美人儿，拜托一定把他妈的那个代码给我，行吧？"

汉普特斯西斯

那是你第一次看到雪，然后我们便去滑雪橇。在山上，有一群大男孩，我只记得猛冲下去的时候，你紧紧地挤在我的两条大腿之间，溅起的雪花打在我们脸上，就好像具有异常速度的千年猎鹰。杰克，我唯一希望改变的是，我能够看到你的脸，就是在我们往下滑时，我能够看到你的脸。

5

我们站在纪念碑的底座时，正下着小雨。我们抬头仰望纪念碑，这块灰褐色的石柱已经融入雨中，我们唯一看得见的颜色只是纪念碑顶端那只小鸟的金色羽毛。

我们开始顺着螺旋式阶梯往上走。杰克在前面，肩上背着相机盒，以他最快的速度往前走着。在我们走到一半时，我能感觉到从台阶上吹下来的寒风，一缕暗淡的姜黄色灯光从上面照了下来。

我们一直记得，可能从杰克会说话开始，他就喜欢站在高处。最早的时候，是站在楼梯的顶端、阁楼，到后来就是高层建筑、小山、悬崖——任何他能从顶端看到风景的地方。

我们会爬到国会山的顶上，远眺伦敦的全景。杰克会坐在我的肩上，两个脚后跟拍打着我的胸咚咚作响，然后我会说出耸立在地平线上的所有建筑：电视塔、金融城的"小黄瓜"，还有加纳利码头。

杰克再大一点的时候，便打印出了一些摩天大厦的照片——哈利法塔、台北 101、上海中心大厦以及吉隆坡石油双塔——然后将这些照片都贴在他床边的墙上。他说，所有的这些摩天大楼，他都准备上去。

到了纪念碑的顶层，我们发现自己是唯一在观景平台上的人，那上面极其窄小的空间让我吃惊：一圈由铁丝网围成的狭窄走道，墙上涂抹着那种易碎的白色石膏。

"今天在学校怎么样啊？学什么东西了吗？"

他还穿着他的灰色校裤和印有学校名字的绿色球衣。

杰克没有回答我，因为他正忙着从栅栏上面往外偷看。

"杰克？"

他像个十几岁的孩子一样叹了口气，"数学、阅读、写作，还有体育。"他一连串地说出来，跟放炮似的，然后抬头看着我，"爸爸，为什么要叫它纪念碑呢？"

"你还记得我跟你讲过的关于伦敦大火的故事吗？"

"是在古代吗？"

"是的，在古代。他们修建这个就是为了记住那些人。"

"为什么？"

"因为人们常常这样做。他们修建一些建筑就是为了记住一些人。"

"那当时为什么会着火呢？"

"是这样的，那场火一开始时离这儿很近，就在一个角落，但是在古代，很多房子是用木头建造的。"

"那他们是不是只能再修那么多房子？"

"没错。"

"太酷了。"

杰克试图再从栅栏上往外看。"酷。"自从他上学后，所有的事儿都很酷。

"你想上到天空中吗？"我问，"那样的话，你就能看到一些东西了。"

"我现在还不算长大吗？"

"你长大了，但还没有那么大。"我一边说，一边举起他放在我的肩上。我能感觉到他转过头去了，小屁股在动，两个脚后跟搭在我胸前。

我们往边上又靠近了些，顺着那条河往东看。灰色当中，有几道其他的色彩：沿着北岸有一片绿树，两栋建筑之间夹着一个红色沥青铺成的儿童游乐场。

"你看，爸爸，我能看到塔桥。"

"哇，是的，你真棒。你想拍些照片吗？"

他认真地点了点头，我都能感觉到他在使劲儿拽他的包，然后小心翼翼地取出了相机。

杰克开始拍照，我能感觉到他的小屁股晃来晃去，试图尽可能拍到最佳角度的景色。他喜欢从上往下拍照，我们挑出了一些最好的照片，增加他床边的照片集锦：有从他的卧室窗户透出来的清晨的阳光；有在多赛特过周末时，拍下的紫色天空下的白色灯塔；有从加纳利港的顶部拍摄的雨水滴落到窗玻璃上的景色。

杰克忽然停止了晃动，一动不动地坐在我的肩上，我以为可能出现什么问题了，于是抬头看他。可是他还是一动不动，凝视着这座城市，就好像老农民审视着自己的土地一样。

伦敦是他所知道的一切。他的飞龙就是地铁，他知道如果他踩到了裂缝上，熊将会吃掉他。在他两岁的时候，他去唐人街吃过点心，而且他能说出泰晤士河上所有桥梁的名字。他喜欢这一切：从泰晤士河的南岸看日落，在比林斯门鱼市穿着长筒雨靴在满是鱼腥味的水坑里蹦来蹦去，在地铁口吹着沙哑而又温暖的风，还有那似乎已是你身上一部分的尘垢。

我们就这样站了有一会儿，像一个四臂巨人，听着远处传来的警笛声、往来车辆的低鸣声，一种只有它经过时你才会注意到的声音。

回来的时候，杰克在地铁上很安静。我知道他在数有多少站，这是安娜遗传给他的一个特点。安娜到现在，每次坐地铁时还会这样。她会快速地扫一眼地图，然后在脑海里重复所有的站点时，她会非常轻地动动嘴唇。

当她到伦敦时，她能背出她的所有行程。我以前常常考她，给她出智力小测验。她完全不带停顿地就能告诉我，如何从皮卡迪利广场到卡姆登镇，或是从兰开斯特门到摄政公园最快的路线。有些时候，问安娜比查地图要来得容易一些。

当我们走出地铁时，雨还在下。我们准备去汉普斯特德参加亲子活动，那里有专为母亲和儿童设计的瑜伽，而且只提供有机的印迪亚素菜和苏门答腊烤咖啡。杰克朝着那个装满彩球的大坑走去，我则找了一张没人的桌子，然后点了一杯美式咖啡。我听到旁边桌的两个女人正在谈论另一位母亲，那位母亲的孩子不肯吃东西，搞得她束手无策。她俩一致认为，确实会是这样，如果你一直用奶瓶喂养孩子，一直给他们吃经过处理的食之无味的东西，那孩子肯定会拒绝。

我一边喝咖啡，一边在手机上查看电子邮件。有些是新兴企业投资的宣传邮件，还有一些是我们的会计发来的文书。有人让我在一个技术孵化器的活动上发言，就是在虚拟的现实环境中酝酿一种新的思维方式。

杰克已经从那个彩球坑里出来了，正和一个男孩在冲过一个塑料管子，那个男孩和杰克是一个学校的，所以认识。那两个女人还在聊，谈论让她们发愁的保姆，认为那一定与斯拉夫人有关。我终于明白安娜为什么在这儿待不下去了。你若是个男士，或许情况还会好一些。因为她们会把你一个人晾在一边。

我的手机有短信的声音，是思科特。

"你还没给我发那个代码。"

"我在亲子活动上，咱俩能过一会儿再聊吗？"

接着，没有回音了，他应该是在考虑措辞。然后，我几乎能看到他正在输入文字。

"罗伯，请给我来电话，我现在生气了。"

"没问题，过一会儿打给你。"

我不打算写代码。那家中国公司规模很大，而且资金雄厚，肯定会吃下我们公司的。他们有自己的人，有自己的基础设备。而据我们所了解，Simtech 必死无疑，而我的无人机项目也会随之泡汤。

我环顾四周看杰克在哪儿，原来他正和另外一个男孩试图从窗户里钻进一辆塑料车内，那车像《正义先锋》里的那种款式。我放下手机，望着他们。自从他还是小不点的时候，我就喜欢看他和其他小朋友一起玩儿，看他第一次笨嘴笨舌地和别人交朋友，看他如何拿出自己的所有家当，包括彩色铅笔、各种玩具，还有他 T 恤衫上的图画，来吸引小伙伴们的注意。

我在我的口袋里摸到了一张安娜给我的购物清单。她的清单总是会让我发笑。那些清单的工整性和特别之处、她如何描述小西红柿的特殊品牌、她那星星点点的标记注释，以及如何挑选芦笋尖的详细说明等，都让我忍俊不禁。我常常把她过去的购物清单留在我的钱夹里，然后在地铁上、公交车上，只要我坐着等她来的时候，我都会再看看那些清单。

"请翻到背面，"她曾经写道，"以了解有关买芝士的问题，如果他们没有瑞士干酪卖的话。"的确，在纸的背面，她工整地列出了七种芝士，而且还附加了一句话，说这些芝士是根据重要性按递减顺序排列的。

我的目光从购物单上抬起，突然，杰克不见了。我站起身，咖啡洒到了桌上。可是他不在那个彩球堆里，也不在玩具城的汽车里。终于，

082

我在那个垫子边上的角落里发现了他，他正一动不动地躺在地上。

我冲了过去，可他还是那个姿势，两眼望着天花板。

"杰克，杰克，你没事吧？"

他看看我，目光呆滞无神，就好像他刚刚起床，不知道自己在哪儿。

"你是弄伤自己了吗？"

"没有啊，"杰克说，"我只是摔了一跤。"

"伤着哪里没有？"

杰克眯缝着眼，"我觉得……我觉得挺有趣。"

"怎么有趣啊？漂亮，还是感觉头晕目眩？"

"什么是头晕目眩？"他问道。

"比如，当你坐在游乐场里的旋转木马上的时候。"

"是那个大游乐场还是小游乐场呢？"

"大游乐场。"

杰克点了点头。

"那么，你就知道了，当你坐在旋转木马上转得飞快，然后你从上面跳下来，你便感觉很有趣，那就是头晕目眩。是你现在的感觉吗？"

"是的，我觉得是。"

"那你在其他时候有过这种感觉吗，比如在学校的时候？"

杰克考虑着我说的话。

"我原先和南森在蹦蹦床上的时候，我的头有种在宇宙飞船里飞翔的感觉。"

"那你现在有坐宇宙飞船的感觉吗？"

"没有，爸爸，别傻了。"他一边说，一边坐了起来，脸颊上恢复了原先的气色。

自从他上次在公园里从自行车上摔下来后，安娜就确信，杰克的平衡能力不好。我却不这么认为。那不过是他手脚还不太灵活或者是表现过度了。我告诉她，孩子撞到东西上很正常。但她还是坚持己见，她说，那不是在他东奔西跑的时候才出现的。在他上床睡觉之前去厕所的时候，她就发现了这个问题。

"我能再去和我的小伙伴们一起玩吗？"

"你现在感觉好了吗？"

杰克轻轻拍了拍他的头，然后又拍拍他的肚子和腿，"嗯，我没事了。"

"那去吧，小心点儿啊。"我一边说，一边上下看了看他。

他跑开了，找到了他的小伙伴。我看着他在隧道里穿行，爬进警车，然后和他新认识的伙伴一起干坏事，开始用橡皮球对着儿童游乐室扔过去。

"今天过得怎么样？"安娜回到家问我。她刚和一个客户见完面，回来便把电脑包、平底鞋和化妆品统统扔在了一边。

"挺好的，相当安静。"我边说边把意大利调味饭收了起来。

"你没事儿吧？"

"是的，没事，只是有点儿累。"

"杰克在哪儿呢？"

"在楼上他的房间里。"

"哦，好，那我上去。"

她往玻璃杯里倒了些自来水，斜靠在厨房的台面上，然后踢掉了脚上的鞋子。我知道，尽管我负责接送和照看杰克，但是她在银行工作也不轻松。尽管她曾上过一所很现代的学校，那里的女生都被教育得很独立，而且有能力，但是当回到家里，看到我在给杰克做晚餐，看到我和杰克在拿我们那天的经历开玩笑时，她打心眼里还是觉得难以接受。

不过，安娜绝对不是那种让情感打败自己的人。她找到了一个办法。在她回家后，不是把双脚高高地跷起，而是把她所有的时间都花在杰克身上，给他洗澡，给他讲故事，和他一起做学校布置的一点点家庭作业。工作一整天下来，每次都是安娜检查杰克的水杯是否装满水、他的卧室门是否开在恰当的角度、大小泰迪熊是否都在站岗放哨。

她把她的双臂环绕在我腰间，然后把头紧贴在我的脖子上，"今晚我们是吃儿童餐还是成人餐呢？"

"成人餐。"

"真的？"

"你又想吃炸鱼条和黄豆了吧，对吗？没有哦，我做的是意大利调味饭。"

"哦，没想到啊。"

"让你失望了？"

"没有，意大利调味饭听起来很不错啊。"她说，"对了，那个亲子活动怎么样啊？"

"挺好。杰克很喜欢，还见到了他的一个小伙伴。哦，我觉得我在那儿还见到了洛拉的一个朋友。"

"谁呀？"

"那个漂亮时髦的朋友。"

"啊，那真是帮大忙了。"

"我不知道。她戴着头巾，穿了一条肥大的妈咪裤。"

安娜摇了摇头，"你这是对她所有朋友的描述。"

我开始切细香葱，正在琢磨如何下刀，"没什么好担心的，不过他今天又摔了一跤。"

"是吗？"安娜一边说，一边把脸转向我，"那他没事儿吧？"

"嗯，没一点儿事。他摔倒后，说感觉头晕目眩。"

安娜的脸色变白，然后她开始把手指攥成了拳头，"我就知道，就知道有问题。"

"亲爱的，你总是这样。"我一边说，一边搂着她。

"你明天会带他去看医生吗？"安娜边说，边把我推开。

"当然会去，不过你真的认为有必要……"

"是的，必须得去，罗伯。这个问题出现的时间已经够长了。"

"好吧，我会带他去的。他们有一个课后无须预约的医生。杰克可能就是有点儿支气管炎或者其他毛病。他小的时候，常常出现这种情况，你有印象吧？"

"那么你觉得他还是有毛病？"她说。

"拜托，安娜，我不是那个意思，根本不是。我只是说，我真的觉得你不用担心……"

我们说话的时候，看着杰克爬上了沙发的靠背，然后沿着沙发的一边做走钢丝的动作。

"你看他，"我说，"他就没有任何毛病。"

"我希望是这样，"安娜说，"他上完学确实很累了，是不是？"

杰克这会儿已经从沙发上爬了下来，正试着在地板上做头手倒立。

"放心吧亲爱的，他绝对会没事儿的。"

6

　　"是这样的，我觉得你们不必担心，但是有些方面我觉得我们应该稍微关注一下。"医生看着报告说道。在我身边，我能感觉到安娜的不安，然后她坐在椅子上，身体往前探了探。

　　两周前，我和杰克曾来过同一间医生办公室。医生看着他走直线，用光照了照他的眼睛，又用橡胶锤检查了他的条件反射反应。他没问题，医生说，绝对没问题。不过，杰克之前所出现的症状听起来确实有点儿像癫痫症，所以出于预防的目的，他们需要给杰克做一些血液检查和CT扫描。

　　做CT时，我们一直陪着杰克。我们告诉他，一点儿也不疼，他们只是给他的头部拍张照片。我们答应他，如果他能够非常非常安静，就像一尊雕像一样躺好，那么我们就一起去麦当劳吃欢乐餐和冰激凌。

　　"是这样，"医生说，"从扫描来看，杰克的脑部确实显示有一点小东西。现在我们还不能确定到底是什么，但是谨慎起见，我们要给你们预约一位专家。"

　　"一点小东西。那是什么意思？"我问道。

　　"哦，首先，你们不要慌。这些东西基本上查出来都不是什么问题。它有几种可能，一种可能是囊肿长大了。另外在极少数病例中，会是肿瘤。但即便是肿瘤，大多数情况查出的结果也是良性的。"

肿瘤。我突然想起了杰克，他在外面的游戏室里。

"您能再给我们说详细点儿吗？"安娜问道。

医生看着他的电脑屏幕，一边看，嘴里一边轻轻地默念着："没了，恐怕没有其他的了。只是由于存在机能障碍，所以还需要进一步研究。"

安娜深吸了一口气，我能看见她使劲掐着自己的手。

"那现在做什么？"我说，"他需要做手术吗？"

医生双手合十，"上帝啊，咱们别谈论手术了，科茨先生。我们还不知道那东西到底是什么呢。有可能什么问题都没有。不过，出于安全考虑，我已经找会诊医生去了解杰克的检查情况了，这样我们不会耽误任何时间。"

"我们有可能这周见到会诊医生吗？"安娜问。

医生深吸了一口气，然后低头看了看他的日历，"如果时间合适的话，我可以安排你们周三见面。"

"谢谢。"她说。

会诊医生？如果说可能什么问题都没有，那杰克为什么要去见会诊医生？"您真的不能给我们再说得详细点儿吗？"我问医生。

"抱歉，真的不能。肯尼提医生能更专业地对扫描结果做出判断。"

"好的，"我说，"我明白了。但是您肯定能够根据您的经验给我们讲讲……"

医生的桌上放着一张照片，离我们有些远，我怀疑那是他孩子的照片。

"如果是肿瘤，"医生说，"那么在杰克这个年龄，自然是需要做手术的。但是我们还没弄清楚结果，所以让我猜测是缺乏职业道德，也是不公平的。我已经说了，如果是肿瘤，而且体积很大，那么多数时候其结果显示是良性的。所以，我知道这对你们来说很难，但是请不要担心。"

良性，大多数情况下是良性。我们离开的时候，我的双腿在打战。当我正准备和安娜说话时，杰克突然穿着一个类似披风的东西朝我们跑过来。

"我们能去麦当劳了吗？"

"当然可以。"我一边说，一边拨弄着他的头发，帮他把披风整理好。

在麦当劳里，我抢占了一张桌子，杰克则和安娜一起走向点餐柜台。他穿着他的"愤怒的小鸟"汗衫和蓝色牛仔裤。他的头发有些长，金色的鬈发绕在耳后。他从柜台那边得意扬扬地走过来，手里抱着他的欢乐餐盒。

杰克坐在桌旁，小心翼翼地拆着他的汉堡。我们看着他，只见他有条不紊地把小黄瓜弄出来，刮掉沙司，然后有模有样、安静地吃起来。吃完后，他笑了，嘴边还挂着少许沙司，然后问我们，他能不能再要一个汉堡。他没有任何毛病。不可能有毛病。你就看看他！

"我不想去了，罗伯。"

"我知道，但是它会转移你的注意力。"

"是的，"安娜边说边把脸转了过去，"你为什么这么想去？你平常是很讨厌这种事儿的。"

那是在洛拉的《生食妈妈》食谱的发布会上。"必须承认，这的确不是我在这世上喜欢做的事儿，"我说，"但是，如果我们不去，我们就只能坐着担心。"

安娜从厨房餐桌那边看着我，"我只是……只是，上帝啊！我做不到，我甚至都不愿意想起这事儿……"

"亲爱的，"我一边说，一边走到桌边，把我的手放在她的胳膊上，

"我知道你在做什么，但是你不能那样想。你要记住医生说的话。只有在极少数病例中，才有可能是肿瘤。而且即使是肿瘤，大多数情况下也是良性的。他们只是出于认真谨慎的考虑，仅此而已。"

安娜没说话，而我能看见她在磨牙。"拜托，我们该走了。杰克正盼着去见印迪亚呢。"

"你说得对，"安娜停了一会儿说，"它会分散我的注意力，不让我再想这事儿。"

"你们好啊，宝贝们。"当我们走进哈克尼站被改装过的仓库时，洛拉对我们说。我们站在锻铁铸成的楼梯下面，那楼梯不通往任何地方。在我们旁边，有两个戴着管道清洁眼镜的人正坐在一张沙发上，那沙发看上去好像从装卸车上捡回来的。

洛拉穿着一件丛林连身衣，"喔，太好了，你们把杰克也带来了。印迪亚一定会很高兴的。"

"你好，洛拉阿姨。"杰克说道。

"哇，这是我最喜欢的小男孩。"洛拉说。她弯下身吻了吻杰克的头，而我能够感觉到身边的安娜有些往后退。"你们一家的气色都这么好。来吧，让我带你们参观参观。现在，我要是告诉你们，今晚这里提供的所有东西都出自我的创意，你们不要感到吃惊啊。都是没有加工的，天然有机的，里面是绝对不含任何化学成分的。"

我一边笑，一边想着我是不是应该用我的标准反应插一句，其实所有的东西都是一种化学品。我们的身体，洛拉，你的连身衣，你的琥珀项链，你那些自然生长的苹果，你那些装龙蒿叶的橘色滑动条，都是化学品。

"谢谢你的光临，罗伯，"洛拉一边说，一边捏着我的胳膊，"我知道，这完全不是你感兴趣的东西。"

"我不懂的，洛拉。或许可能懂一点儿。但是在你试过和做过相关的事之前，不要挑毛病。这话说得没错。"洛拉看上去很高兴，她的手仍然紧抓着我的胳膊。"另外，"我一边说，一边从一张贴着墙纸的桌子上拿起一个边缘有点缺口的老式香槟杯，"我们在回家的路上，总会在麦当劳门前停下来。"

"最好不要这样。"洛拉说道，但是她的目光已经越过我的肩，准备和下一位客人打招呼。

杰克跑去和印迪亚玩了，安娜和我都站在一张放有食品和饮料的桌子旁边。

"你还好吧？"我说。

"嗯，我没事儿。"

"你确定？"

"你能不能不要问我了好不好？"安娜猛地甩出一句。

"对不起，我只是……"

她转过脸，从桌子上拿了些像是用燕麦片做成的小馅饼。

"你要来杯酒吗？"我说。

"我要开车的，罗伯。"

"你不用开车。我们可以坐出租车回家，把车就放在这儿。"

"我还不至于那么想喝酒，以至于要把车撂在哈克尼区。"

"好吧。"我走到对面，看墙上挂着的一幅画。等我回来时，安娜还在吃。小馅饼已经被她用手掰成了一些小块儿。

"好吃吗？"

"不好吃，"她靠近我，小声地说道，"太糟糕了，感觉就像吃木屑一样。"

我偷偷地笑着，还喷了点儿香槟出来。

"我想把它扔掉，可是不知道怎么扔。"

"难道这里没有……"

"没有，我已经找过了。这儿什么都没有，没有垃圾桶，没有脏盘子，什么都没有。他们怎么会没有盘子呢？"

安娜还在寻找扔掉小馅饼的地方，她的脸紧绷着，死一般苍白，自从她流过几次产后，我就记得那张脸：她额头紧致的皮肤，还有她咬牙时脸颊上轻微的动作。

"我去看看杰克怎么样。"安娜说。

我在桌子边站了一会儿，实在不认识任何人，也不知道该做什么。

"啊，我还以为你是故意躲着我呢。"当我在拿另一杯香槟时，我听到有人说话。我回头看见了思科特，他正和一个棕色头发的高个儿女人站在一起。

"你好，老兄。我不知道你也在这儿啊，"我一边说，一边朝他和他的朋友笑了笑，"我准备今天晚上给你打电话的。"

"好啊。"思科特说。

"我还真不知道你也喜欢这种东西，"我爽朗地说道，"生食……"

"我出去了，至于，罗伯……"我以前从来没见他这样过。他明摆着对我有敌意。他给我打过几次电话，发过几封邮件，问我要那个让我写的代码，他希望那个小脚本能够帮他搞定那家中国公司，从而解决他的资金问题。但是我没有理睬他，欺骗了他，争取了时间——现在我的一切都围着杰克转，我根本没有一刻想过代码的事儿。

"嗯，这个发布会办得不错……"我说道，试图打破沉默。

"对了，这位是卡罗丽娜。"思科特一边说，一边朝她点点头。

"你好。"她冷冷地说道，带着浓厚的斯拉夫口音，然后她面露向往地看着房间另一边的一群年轻人。

"这是罗伯。"思科特说。

"啊哈。"卡罗丽娜说道,我已经料到她还会说什么,但是她只是自己点了点头。

"你瞧,思科特,我很抱歉,"我说,"我有一堆事儿在忙,一些家里的事儿。但是我一直希望我们能见面谈一谈……"

"我打算把公司卖了,罗伯。我已经打定主意,只是问你要一样东西……"

"我知道。对不起。但是那并不是那么简单的……"

思科特深吸了一口气,朝着混杂的人群望去,"罗伯,我们明天谈谈吧。我不会烦人地让你发给我那个代码了,因为我知道你是不会写的。就像我说的,我已经打定主意。"

我两在沉默中站了一会儿,都小口地吃着盘里的东西。"你尝过这些吃的吗,卡罗丽娜?"过了一会儿我问道。

"还可以,"她说道,看都没看我一眼,"没什么特别的。"我点点头,咽下食物,努力想找些话题,突然杰克和印迪亚跑了过来。

印迪亚比杰克大十八个月。在她小的时候,她总是叫杰克"我的洋娃娃"。她会玩他的头发,把他的小鬈发弄成一缕一缕的,并试图把他的发型改成马尾辫。杰克被他这个从未有过的姐姐迷住了。

"你好,罗伯叔叔。最近怎么样?"印迪亚只有六岁,可说起话来像十二岁的孩子似的。

"我很好,印迪亚。你呢?"

"非常好,谢谢。"

"你俩是不是玩得很高兴啊?"

杰克点了点头,"地板上有一只蜘蛛,所以我们来这里了。"

"哦。那你觉得它还在那儿吗?"我问他。

"我觉得它现在已经走了，杰克。"印迪亚说，杰克的脸有一点儿红，就像他妈妈一样。

"我们去看看我的妈妈需不需要帮忙吧。"印迪亚说道。

杰克使劲地点了点头，连他的耳朵都跟着摇晃了。

"你看见你的妈妈了吗，杰克？"我问道，"她说她要去找你的。"

杰克摇了摇头，"没有啊。或许妈妈已经回家了。"

"不会的，她就在这里的某个位置。"我一边说，一边又看了一圈。

"走吧，杰克。"印迪亚拉着杰克的手，带着他去了游戏区。我能听到她在给杰克讲那些营养物，以及如何让食品更干净。

"那是你的孩子吗？"当我再转向卡罗丽娜和思科特时，她问道。

"男孩是，女孩是洛拉的女儿。"

"谁是洛拉？"

"今天的主人啊，宝贝儿，"思科特一边说，一边看周围有没有人听见，"那个吃生食的女人。"

"哦，是她啊。"卡罗丽娜说道。她转过来看着我，我发现她很多情，让人感到紧张，"他看上去累了，你儿子。"

她突然说这么一句，挺奇怪的，我都不知道该如何作答。"他可能有点儿吧，"我有点儿慌乱地说道，"玩了一天了。"

"他有这个——你是怎么说的来着，思科特？"她转过去对着思科特说，然后用手指在她的眼睛下方做成半月形状，"库克香槟黑色的眼圈，这儿。"

"嗯，是，他这会儿是有点儿累了。"我一边说，一边尽量克制我声音中的不快。

"有些时候，这意味着肝脏或者肾脏有问题，这是有联系的。"卡罗丽娜说道。

"不好意思。"我说道。在我离开时,我能听见思科特提高了嗓门。

我去了洗手间,坐在小隔间里,在手机上用谷歌搜索"脑瘤、黑眼圈"。仅仅 0.59 秒,就出现了 125 万条搜索结果。我抖动着手,点开了一条,"儿科癌症的五大警告信号"。这里还有,神经母细胞瘤应提防注意的症状:眼睛突出、黑眼圈、眼皮下垂。

我坐在马桶上,听着水管里滴水的声音。洗手间外面的走廊里,我能听到演讲的声音,是洛拉从麦克风里讲话的声音。我又在谷歌上查了一些内容,逐一点开。还有其他的一些症状,比如目光呆滞,口吃越来越重,对强光过敏。杰克没有上述任何症状。我就是自己神经太紧张了,于是我深吸了一口气,回到了派对现场。

洛拉还在走廊的另一头拿着麦克风讲话,但是我没看见安娜。我四处看了看,发现她在外面,正坐在车里,没有开车灯。

"对不起,我知道我这样不礼貌。我只是现在不能待在那儿。"安娜说,"我一直在想那个事儿,我笑不出来,也没法假装一切都很正常。"

"我明白。"我一边说,一边把手放在安娜的肩上,"那我们为什么不走呢?我可以找些借口的。"

"你介意吗?我没法再回到那儿。"

"别担心,我会编个理由的。"

"对不起,我就不应该来的,这是个错误。"

"没事儿,亲爱的。我去找杰克,好吗?"

"谢谢了。"安娜看上去很消沉,感觉她在座椅上蜷成一团似的。我回到里面告诉洛拉,安娜有些不舒服,然后去找杰克。他正和印迪亚坐在香槟桌的下面。他俩把鞋子和袜子都脱了,在地上摆了一些纸盘了。

"我们正在野餐。"杰克一边说,一边拿着他的鞋子假装喝干了。

"我看出来了,看着很美味哦。"

"我们能再玩儿一会儿吗，爸爸？"

"恐怕我们得走了。妈妈感觉有些不舒服。"

"噢，爸——爸。"

"不过你很快就会再见到印迪亚的。"

杰克很不情愿地穿上了运动鞋，然后亲吻了印迪亚，同她告别。

"再见，杰克。"印迪亚礼貌地说道，"今天和你一起玩得很开心。"

在我们离开时，杰克不时地回头看印迪亚，看她是不是还在向他挥手告别。一上车，他便睡着了。我们开车往家走，一路上没有说话，只听见轮胎轧在柏油碎石上面低沉的呜呜声。

"你没事儿吧？"我停车时说道。

"没事，对不起。我知道我现在很讨厌，可是我就是不停地在想这事儿。"安娜仔细看了看杰克，见他还在睡，便压低了嗓门，"我不停地在想，如果……会怎么样，如果……又会怎么样，我也知道这很傻，但是我不能……"

"我明白。"我说道。我很想告诉她卡罗丽娜说的话，但是我很清楚，那样只会让她更加担心。"你不能那样想，你不能。"我边说，边把手放在她的腿上。

到家后，我们把杰克抱到床上。他还睡着，但我们想让他站起来，这样才好给他穿睡衣和刷牙。趁着安娜去给他出的疹子拿膏药的时候，我观察了一下他的眼睛，看看是否有眼皮下垂，或者眼皮肿胀，以及我在网上看到的所有症状。我让他对着光，从两侧都仔细看了，但是没有发现任何不正常的地方。

我们一起给他盖好被子，把他的东西——饼干盒盖子、达斯韦德的破斗篷——放在床尾，然后把他最喜欢的东西——小泰迪和手电筒——放在他的头边，这样他在夜里能够找到它们。

　　我坐在他的床尾，看着他的照片和墙上贴的摩天大楼的图片。有些时候，在我吻过他，和他道晚安后，我会从门缝里观察他。他会面朝上躺着，然后拿他的手电筒照亮墙上的那些图片，嘴里小声念叨着那些建筑的名字，他去过的地方，还有他打算去爬的摩天大楼。不过，今天晚上他很安静。今晚，他睡着了。

7

不管是在去往哈利街的出租车里，还是在会诊医生的等待室里，我们都没说话。安娜直直地坐在椅子上，一动不动，也没看她的手机。我们对面坐着一位穿着穆斯林长袍的女人，她是病人。对了，我可以看出来，她轻轻搓着拇指和食指，那节奏和她先生踱着步的节奏一样，她先生的指关节上绕着一圈念珠。

秘书叫到我们的名字，让我们直接去找肯尼提医生。那是一个小个子男人，坐在一张大桌子后面，就像一个穿着他父亲衣服的实习小孩。

"你们好，科茨先生和夫人，"他说道，趁我们坐下时他清了清嗓子，"感谢你们的到来。"他说，"你们是从很远的地方过来的吗？"

"没有，我们就在汉普斯特德。"安娜温柔地说道。

"哦，那挺好，我住得离这儿非常近。"他看看我们，然后低下头看他面前的一堆纸，"那么，我们来说说杰克的扫描结果吧。在我们开始之前，请记住，我只是一个医生。别的医生可能会对这个情况有不同的看法。我也一直建议我的病人和病人的父母，再去听听其他人的意见。"那医生看着我们，扬起眉毛，我不知道他是不是希望我们能有所回应。"那么，通常我在开始之前都会说这几句话。好了，从扫描的结果来看，很明显，杰克确实有我们所说的神经胶质瘤，是脑瘤的一种。"

我能听到汽车的报警声，还有等待室里的窃窃私语。窗外，一只鸽子正沿着溅有鸟屎的窗台走着。医生顿了一下，等着看我们是否有反应，可是我俩都静静地坐着，一声没吭，就好像医生刚才在对别人说那些话，也像是我们正在看舞台上表演的戏剧。我盯着他桌子上一个迪士尼乐园的压纸器，那里面有一张孩子的照片，孩子穿着《海底总动员》的 T 恤。

肯尼提医生的目光从那堆纸上移开，抬头看着我们，他的鼻孔里露出一根鼻毛。"需要给你们一分钟的时间吗？"他说。

我想说话，喉咙却打不开，好像被烟灰堵住了似的。我不知道安娜在做什么。我只能感觉到身边的她很沉默，能听到她呼吸的声音。

"很抱歉，"医生说，"我知道这个结果令人震惊。但是，它确实出现了——还有一个好消息是——它的发展速度很慢。"

我试图从椅子上坐起来，好让自己喘口气。

"嗯，这些肿瘤中有一些是不会发展的。它们本来就是良性的，只是存在好多年了，你可能永远不会知道。但是另一方面，有些肿瘤刚开始是良性的，到后来可能会转为恶性。从杰克的情况看，它虽然出现在早期，但我们还是希望把它切除，以防止其向不好的方向发展。"

"这儿，你们看。"肯尼提医生从他的文件夹里拿出杰克头部的扫描片。安娜和我上前了一步。"你们能看到这里有一块较亮的地方吗？"我们俯下身，点了点头。"我本来希望这个肿瘤能够比较像球形的，那样更好确诊一些，可是它只是一块无定形的阴影，就像照片过度曝光了一样。"

"看上去杰克的颅内长的是一种叫星形细胞瘤的肿瘤，他这种更具体的类型叫多形性黄色星形细胞瘤。很拗口，我知道，所以我们也叫它 PXA。"

这个房间开始旋转，我希望倒回去，再听一遍医生说的话，因为他的话没有任何意义。

　　"我们再说说下一步该怎么办吧。"他一边说，一边在他的便笺本上写着什么，"现在，我确实想重点关注那些积极的方面——这里面确实有很多积极的方面。"

　　肯尼提医生从他桌上拿起一个塑料的大脑模型。"那么，"他一边说，一边把那个模型放在我们面前，"这边有两个大脑的颞叶，而左边这个就是杰克的肿瘤所在位置。那么，越是难以发现的肿瘤，在颅内的位置就越深，而杰克的情况并非如此。这就意味着对于外科医生来说，他的情况要更容易处理一些。"

　　"这么说，他需要做手术？"安娜问道，这是她到现在说的第一句话。

　　"抱歉，是的。我现在已经跳过了我这个环节。没错，他要进行外科手术，把那个肿瘤拿掉。"

　　"然后会是那样吗？"我说，"他就不再需要任何治疗了？"

　　"是的，希望如此吧，"医生说，"在需要完全切除的病例中——意思是外科医生要设法切除所有的肿瘤——我们考虑的治愈率是百分之八十或九十。"

　　百分之八十或者九十，五分之一、十分之一。

　　"那如果手术不成功呢？"安娜说，她的声音冷静又清晰。

　　"哦，那就更棘手了，不过咱们现在先不考虑不成功的情况，"他一边说，一边把他的双手紧扣在一起，"从扫描的情况来看，似乎把它全部取出来不会有问题。"

　　"那就好。"我说道，但我的声音仍然像喉咙里有剃须刀片卡着似的。

　　"我知道，等待结果是件很恐怖的事，"肯尼提医生说，"但是做完手术后，我们便会知道更多的情况。"

我俩一起点点头，因为除此以外，我们还能做什么呢？

"我准备给你们预约一位神经外科医生。她是弗拉纳根医生，她绝对是这一行的权威。当然，你们也可以自己再找其他人，但是我还是推荐这位医生。而且，我还需要见见杰克，给他做全面的神经系统检查。"

肯尼提医生左右环视了一下，显然是在与我们目光交流。"那好吧。"他轻声说道，我注意到他的双手，像小孩的手一样小，跟母鸡啄米似的正敲打着键盘。

我们沿着哈利街，一路快步向牛津街走去。穿过街道的时候，我看也没看，在安娜的前面快步走着。你平常注意过发生在你周围的事情，那不过是在后面的嘈杂声、低语声。但是突然间，就是现在，它变成了刺耳的尖叫声，就像犬笛在我的耳边响起。穿着裙裤的女学生正在吃着薯片，大口喝着可乐；送货司机正在大声指挥着，好像有东西到晚了、有人挡住他的路了都让他生气；一间酒吧的外面，一本苏活区广告类的光面彩图杂志在哗哗作响。

我们就这样一直走着，大步地走着，好像我们在赛跑，但是要去哪儿，我们不知道。我满脑子都是数字：百分比、八十、九十，也就是我儿子能活着的概率。

"你能等等吗？求求你能不能等一下？"安娜说。

我停了下来。我们站在卡文迪什广场，在一座铜像下面的花园里，而且当时已经开始下雨了。

"我不敢相信，"我说，"我不明白。难道他看上去真像是他有……"

"不，"安娜说，"不，不可能。"她摇了摇头，下巴上开始出现凹痕，接着颤抖起来。到了下午，天上下起了毛毛雨，她开始哭泣。

"我希望是我，我只是希望是我就好了。"她说道。我用胳膊搂住她，让她离我更近一些，她把头靠在我的肩上。我们就那样站着，她的眼泪打湿了我的衬衫，我俩就那样听着这座城市的声音，听着别人的世界的声音。

"我们该回去了。"安娜突然说道，她的脸透出可怕的白。这会儿，大雨倾盆而下，排水沟里漂着汽油形成的五彩油花，一大片黑云压得整座城市都透不过气来。

我要见到杰克。要把他搂入我的怀中，感受他那贴近我的温暖的皮肤。我不想让他一个人待着。记得有一次，在他三四岁的时候，他说他很难过，因为粉红猪小妹不想和他交朋友。我好伤心。我不忍心想象杰克的孤独，就像一个小孩在别人家尿床后的那种感觉。

我们到家后，杰克向我们跑过来。我抱起他，来回地转圈。他看上去是那么活跃，那么兴高采烈，被他姥姥的甜言蜜语说得跟喝了蜜似的。

安娜的母亲能够看出我们脸上的神情。"那么，怎么样啊，有什么消息吗？"她说。

"我们一会儿再说这个。"安娜马上说道。珍妮特眯了眯眼，然后又睁大了眼睛，就像一只小狗在等着喂食。我很想对她吼道：你能先等等吗，能不能先他妈的等等？

"哦，杰克是个非常棒的小伙子，"珍妮特一边说，一边拨弄着他的头发，"我们刚才正在看故事书。"

我很反感珍妮特在这儿，在我家，在伦敦。这个女人一辈子都生活在萨福克和肯尼亚的农村，而且总是说城市生活不适合她。自从安娜的父亲突然离开，去往他深爱的非洲以后，珍妮特便说过，萨福克没有任何值得她留恋的东西了。她丈夫的突然离开就在杰克出生前一个月，这事儿很少被提及。珍妮特说，他有一种强烈的愿望，要去往人迹罕至的地方，要离上帝再近一些。他是要离那个村里的姑娘们更近一些，安娜说道，尽管她不应该跟她母亲这么说。

教会为她安排了一套公寓房。那是在普里德街上黎巴嫩人开的美发店楼上的一套小公寓，离那个收容中心只有几个门面的距离，她曾为那里无家可归的人供应过菜炖牛肉，作为他们念诵祷文的回报。她曾试过，却无法掩盖她的痛苦，她被抛弃的耻辱。你可以从她的肩和她脸上的皮肤看出一些痕迹，她的皮肤已经松弛下垂，而这与她的年龄没有任何关系。

"我们刚刚读了一个关于丹尼的故事，"杰克说，"他们把他扔到狮子群里，但是狮子们没有吃掉他，因为如果吃掉他，它们就会有麻烦。"

我不喜欢珍妮特给杰克讲《圣经》上的故事，但是现在不是发火的时候。"噢，我知道那个关于狮子的故事，"我说，"那个故事很精彩。"

珍妮特冲我赞许地笑了笑。

"好的，挺好，"我说，"我们准备上床睡觉吧。"

那天晚上，我们和杰克待的时间比平时要长一些。我俩一起给他读了《公园里的鲨鱼》，然后一起给他掖好被子，让他像毡毯上的小虫子一样舒服，一次、两次、三次。看着他躺下的样子，紧紧地抱住小泰迪和手电筒，把他的双膝蜷缩至胸前，我怎么能接受将这一切与之前我们所被告知的联系在一起？

我下楼后，安娜和她母亲正静静地坐着，身体僵硬，那是她们在危急关头的家族式反应。

"听到这个消息，我真的很难过。"珍妮特一边说，一边抬头看着我。

"谢谢你，珍妮特。"

她摇了摇头。"可怜的小东西。"她说道。小东西，就像维多利亚时代的一个无助小孩，小蒂姆，不过杰克的情况更糟糕。

"我会祈祷的。为了你们全家，我会每天祈祷。"珍妮特边说边低下头看着她的腿。安娜还是没有说话。从我进房间后，她就一直一动不动。

"我并不认为杰克现在需要祈祷。"我说她的表现就好像杰克快不行了似的，"这应该对他的情况有些帮助吧，这是我听他们说的。"

安娜的母亲同情地点了点头，但是她的反应好像有些机械呆板，是一种生搬硬套的反应，就好像她在收容中心劝导一位任性的醉汉。她不停地摇着头，"当然，当然，但是这太糟糕了。他还那么小，还是个孩子。"

我没再听她说话，而是找了个搪塞的理由离开了那个房间，到楼上的办公室去了。她的反应有些沾沾自喜，好像她早就知道了这一切。可怜的小东西，好像杰克已被抛弃、彻底无可救药了。

珍妮特走后，我们坐在客厅里。安娜的面色还是那么苍白，默默地坐着，看着电视里的财经频道。随后，我们看了一下肯尼提医生已经从邮件里发给我们的一张列示儿童神经外科医生的表。安娜准备去睡觉时，我坐在楼下，听见她在杰克房间的门外停了下来，然后进了他的房间。不一会儿，她又出来了，我能听到她开始哭泣的声音。

我过去看看杰克睡得怎么样。从虚掩着的门缝中，我能看到他手电筒的灯光，这样他就能看见去卫生间的路。每天晚上，他说，都像是一次探险。

我从门口观察着他。他侧躺着，正在看他的口袋妖怪游戏卡片。他把那些卡片都散开铺着，按照行和列摆好，好像他正在打发时间似的。分类的办法是他从安娜那里学的，要把所有的东西都整理得有条理，比如她贴有彩色编码的特百惠、她的电子表格，还有她的清单。

　　他用手电筒检查了每一张卡片，在把卡片放到床上之前，他都翻过来看看所有的细节。我能听见他对那些卡片的轻声嘀咕声——"你放这儿……那儿是你……你在这儿和它一块儿……"他喜欢按照颜色、类别、是否住在陆地或是海上等把这些卡片分成不同的小组。

　　"嘿，小帅哥。"我边说边走进他的房间。

　　"你好，爸爸。"他指着他的口袋妖怪，"我正在给它们分组。"

　　"好极了。"我一边说，一边坐在他的床上。

　　"这是那个淘气组，"杰克边说边指着其中的一堆卡片，"这些都是好人组。明天早上，它们会有一场大战。"

　　"哇哦，"我说，"那谁会赢呢？"

　　杰克想了想这个问题。"淘气组。"他说道，然后大声笑了起来。

　　"哦，拜托，你现在该睡觉了。"

　　"好吧。"他一边说，一边拾起那些卡片，将其放在他的床头柜上。

　　他又回到他的枕头上，我再次帮他把被子掖好。"你感觉怎么样，杰克？你没有感觉头晕或其他的呢？"我看着他头部的左侧。那个颞叶。

　　"没有，爸爸。"他说道，他的眼睛开始闭上，然后很快就睡着了。随着他的呼吸开始变深，我一直望着他，看着他小问号似的头发裹住了他的耳朵，他颈背上浅褐色的小痣。一个小小的我，安娜总是这么说。一个小小的我。

　　我吻了吻他的前额，在他那个闪着星星点点和舞动的彗星的沙发上又坐了一会儿。我让自己平静下来，努力放慢我的呼吸，这样我才能听见他的声音。但这还不够：我还是能听到我的呼吸声、我的心跳。于是我尽可能长时间地屏住呼吸——十秒、二十秒、三十秒——终于，我能够听到杰克的声音了，他呼吸的声音、他偶尔发出的鼻音和呢喃声，那是我在这个世界上唯一想听到的声音。

"小黄瓜"大楼

我们在电梯里快速上升，那速度就跟坐太空火箭似的。然后电梯门开了，我们进入了一个巨大的玻璃房间。你说那感觉就像踏入了天空一般。是的，杰克，真的就是，因为我们能够从伦敦的这边看到另一边，最远处能看到南唐斯丘陵，最近能看到大海。我们四处走了走，又像蒂莫西教皇一样拿着望远镜，上下左右地看了看。我永远也忘不了那一天，杰克，只要我还活着。当你伴着雨水打在玻璃上的叮当声，和那些影子跳舞时，你的笑就像巧克力一样甜。

8

日出之前，我就早早地醒了。安娜转过身去，像杰克那样，把双腿蜷缩在胸前，把被子拉到脖子上。我找了找杰克，但是他不在那儿。他是个早起的孩子，常常在我们起床前，他会蹑手蹑脚地来到我们的卧室，坐在我们床尾的地板上，一边小声地自言自语，一边一遍又一遍地指挥着他的口袋妖怪游戏卡片。

我走到楼下，拿着笔记本电脑坐在厨房的桌子旁，开始在谷歌上搜索，"多形性黄色星形细胞瘤""儿童脑瘤的治疗方法""儿童脑瘤的预测"。我阅读了英国国家医疗服务系统的情况说明书、维基百科的网页，还有来自美国脑瘤协会一位医生的一个长篇访谈。

我改变了一下搜索范围，深入到第三、四、五页研究结果。我找到的每条结果都确认了肯尼提医生所说的话。它们属于二级肿瘤，很少见，尤其在儿童中不常见。而且正如肯尼提医生所说，总的幸存率很高，能达到百分之九十。

我听到了一双小脚的走路声，然后看见杰克正站在楼梯的最下一级。他穿着蜘蛛侠的睡衣，看上去那么小、那么柔软。他还带着睡意，爬到我的大腿上后，两只胳膊搂着我，两条腿盘在我身上。我能感觉到他趴在我脖子上的呼吸。

"爸爸，我能吃芝士吐司吗？"

"当然可以。"

"特色奶酪吐司。"

"特色奶酪吐司？"我假装生气地说道，"真的？是早上吗？哦，我还不知道呢。那你打算给我什么作为交换呢？"

杰克考虑了一下能做的交易。"我会给你一个吻。"他笑着说。

"就一个吻啊。嗯，还有别的吗？"

杰克看了看他周围，然后跑到一个装玩具的柳条箱跟前。他在里面仔细翻了翻，回来的时候，他的小拳头里紧握着什么东西。

"我还要给你一件礼物。"他伸开了小手，那是一个变形金刚断了的胳膊。

"大黄蜂的胳膊？"

"是的。"杰克点点头，然后开始笑。

"成交。现在你能吻我了吗？"

杰克点了点头。当他的小嘴吻在我的脸上时，我听到了很小的抽泣声，还有猛吸气的声音，接着我看见安娜正站在楼梯的最底层，她洗完澡出来的头发还是湿漉漉的。她迅速转过身，又往楼上走去。

"妈妈去哪儿了？"

"去洗手间了。"

"为什么？"

"可能是去小便吧。那我们是不是应该做特色奶酪吐司了？不过首先，我要去看看妈妈是不是没事儿。"

"我能看看 iPad 吗？"

"当然，可以。"

杰克笑了，从书架上取下 iPad，然后盘腿坐在了沙发上。

"但是不要看那些傻乎乎的玩具视频，好吗？"

"好的，好的，小猪先生。"

"杰克，我是说正经的。"

楼上，安娜在套房的洗手间里，我能听到流水的声音。

"安娜？"我透过门轻声喊道。

"哎，"她答道，声音沙哑而又遥远，"我马上就出来。"

我坐在床上等她出来。"你没事吧？"她出来坐在我身边时，我问道。

她耸耸肩，脸上挂着眼泪，双眼红红的。

"我们会熬过这段时间的。"我一边说，一边搂住了她。

她点点头，然后转过身去，不想让我看到她流泪。

"真的，我们会的。你记住，有百分之九十的治愈率呢。"我边说边轻抚着她的背。

"我还是无法相信，"安娜说，"我受不了万一在他身上发生什么情况，我接受不了。我只希望……"她的声音越来越小，用手擦拭着眼睛。

"我们要和它抗争，而且要打败它，好吗？"我说，"等杰克参加亲子活动时，我们再把这些神经外科医生研究研究。"

安娜咬着下嘴唇，摇了摇头。"我不想让他参加今天的亲子活动了。"她说。

"为什么？"

安娜看着我，眯起了双眼："我们不能……我不想冒任何风险了。"

"安娜，你今天早上看见他了吗？他在楼下玩得欢着呢。我们必须让他感到一切和平时一样。"

在楼下，杰克的 iPad 正在播放《瑞安的玩具》视频，我能听到视频中瑞安的声音。

"我已经告诉艾玛，他去不了了。"

"你已经跟她说了？"

"我给她发的短信。"

"你没有告诉她，是吗？"

"没有，当然没有。"

"但是，安娜，我们必须装作一切都很正常，为了杰克。我不想让他知道他得病了。"

"我同意你的意见，但是他已经不是小宝宝了，"她说，"我们总有一天得告诉他。对每次去医生那里，他都会感到好奇，而且会奇怪为什么自己身体状况不佳。"

我走进洗手间，给她拿了张纸巾，让她擦干眼睛。"他现在并没有感觉不好啊。"我一边说，一边坐在她旁边，把我的手放在她的腿上，"他想吃奶酪吐司，特色奶酪吐司。"

安娜难过地笑笑，吸了吸鼻子，然后擦了擦脸，"我只是不希望他撞到自己的头。"她说道，然后又哭了起来，这一次，任何纸巾、拥抱，还是言语都阻止不了她的眼泪。我把她拉得离我更近一些，我能感觉到她的身体在颤抖，发疯似的吸着气。

"妈妈为什么哭了？"我们回过头，发现杰克正站在洗手间的门口。

安娜用她的袖子擦了擦眼睛，鼻子还有些抽泣。

"哦，有些时候，人们会感觉难过，就像你有时候难过一样。"我解释说。

"你对妈妈做什么坏事了吗？"杰克一边对着我说，一边往安娜身边靠近。

"没有，根本没有的事。"我说。

"你生气了吗，爸爸？"

"没有。"

"妈妈的脸就像消防员书上的那个男人一样，是被气红的吗？"

安娜笑了一下，她的啜泣声也渐渐小了些。

"爸爸，我能给你看样东西吗？"

"好啊，咱们下楼，妈妈一会儿就下来。"

我和杰克走下了楼。桌上有一些面包碎块，是从长条面包上掰下来的，上面抹有一团一团的黄油，还有一大块未切的切达干酪。

"我做了特色奶酪吐司。"

"你做的？"我一边说，一边拨弄着他的头发，"那让我感动了，杰克。"

"你满意吗，爸爸？"

"非常满意，杰克。"我说道。我看着他吃着面包和奶酪，上午的光线照得灰尘一缕缕发着光，照在杰克的头发上出现光晕。

下午，门铃响了。杰克正在午睡，我们则坐在客厅。我朝窗外看了看，只见洛拉的小菲亚特停在了外面。

"你告诉她了？"我问安娜。

"没有，我没有告诉她。"

"那她来……"

安娜站起身，"我不知道。你知道的，她有时候就是来串个门儿。"

"你能不能告诉她……"

安娜已经在开门了。"你好，宝宝。"洛拉说道，我听到她飞吻的声音，然后便没声了，"天哪，为什么看起来闷闷不乐的，亲爱的？"

安娜一句话也没说，我能够想象，洛拉正在努力读懂她，那个曾在寄宿学校和她同屋，而且床挨着床、彼此如此熟悉的女孩。

"你好，罗伯。"她们走进门厅时，洛拉和我打招呼。她面露疑惑地看着我，眉毛上扬着几乎像在谴责我一样。

"杰克呢？"

"他在楼上睡午觉。"我说。

洛拉看看安娜，安娜神情冷漠，一动不动。"安娜，亲爱的？"她叫道，然后又回头看看我，我觉得我能够觉察到她脸上的一丝不快，好像她感觉自己被当作了外人。洛拉总是必须要知道所有的事。

我咽了下口水，然后深吸了一口气，"我们昨天得到了一些不好的消息，是关于杰克的。"我说道，声音开始发颤，"他一直在平衡方面有一些问题，所以我们带他去做了检查。扫描的图片上有些东西，他们认为是……是一个……"肿瘤，肿瘤。我没法大声说出那个词，"机能障碍。是的，他有机能障碍……"

洛拉看上去很迷惑，"机能障碍？是什么意思？是像肿瘤吗？"这个词对她来说当然没有任何意义：那不过是几个元音、几个辅音，而不是我儿子脑子里正在长大的东西。

"是的，他们认为是。"

"哦，上帝啊，可怜的杰克。他需要治疗吗？"洛拉走过去，挨着坐在沙发上的安娜，用胳膊搂住她。

"是的，"我一边说，一边让自己尽量坚强些，"他会做手术，拿掉那个……你知道的，把所有的都切除，然后我们会了解得更清楚一些。不过医生认为做完手术就可以了，他不再需要其他治疗……"

"然后他就会没事了，对吧？"洛拉一边说，一边看着安娜，然后又看看我。

"是的，我们希望是这样。"我说。

"天哪，怎么这么糟糕？我都不敢想象，你们现在是怎么过的。"洛拉深吸了一口气，然后继续说话，以打破沉默的气氛，"印迪亚所在的托儿所有个小男孩和杰克的情况差不多。他已经把肿瘤切除了，现在彻底好了，完全康复了……"

洛拉把安娜拉到她身边，"哦，亲爱的，我不喜欢看见你这个样子。一切都会好起来的，我保证。"

安娜点点头，僵硬地躺在她的怀里，洛拉也不知道该说什么。她环视了一下客厅，就好像她感觉除了我们以外，还有其他人在这儿似的。

"其实，我在推特上关注过一个女人，她被诊断有脑瘤，然后我以为是另外一种癌症。不过，她用了另外的治疗方法，我忘了具体叫什么。但是她现在彻底没有肿瘤了。我可以把她的博客链接发给你们，如果你们想要的话。"

洛拉的话像风中的蒲公英种子一样飘飞起来。

"谢谢你，洛拉。我们这会儿正在查阅一切有关的信息。"

就在这时，安娜站了起来，然后走出了客厅。我能听到她快速上楼的声音。

"我要不要去看看她？"洛拉说道，看上去有些没精打采。

"不用，没事的。最好现在离开她。"

"思科特。"

"嘿。"

他的语气很冷淡，没有一丝宽恕。

"今天有时间见一面吗？"我说。

"我觉得我们应该上周见面。你知道的，要谈谈出售的事儿。"

"抱歉，"我说，"出了点情况。"

"是的，每次都是，对吧？老兄，你是我最好的朋友，但是现在我没法解决这个问题。"

我没说话，不知道该说什么，我能感觉到我的眼里已经涌出了泪水。

"罗伯，你还在吗？"

"你现在能见我吗，"我说道，声音有些沙哑，"在那家店里？"

"可以，当然可以。"思科特的语气柔和下来，"你没事吧？"

我什么也没说，什么都不能说。

"我大概十五分钟能到那家店。"

当我到达时，思科特已经在那儿了，他正坐在吧台边上，在手机上滚动浏览着什么。

"我给你点了一杯啤酒，和一杯'情人别为我哭泣'，"他一边说，一边指着一瓶威士忌，"似乎你需要来一杯这个。"

"谢谢。"

思科特喝了一大口啤酒，"怎么了，老兄？和太太之间有麻烦了？"

我倒出一份威士忌，然后不停地搅动着玻璃杯的冰块。"是杰克，"我一边说，一边深吸了一口气，使劲掐着我的大腿背面，"他们在他的颅内发现了一些东西，机能障碍之类的问题。"

"机能障碍？什么是机能障碍？是肿瘤吗？"

"是的。"

"对不起。太糟糕了。"

思科特示意吧台服务员我们再要些威士忌，"那医生怎么说？"

"呃，他必须得先做手术，然后他们才能弄得更清楚，"我边说，边拿起我的啤酒，"但愿是这样吧。"

"我相信不会有事的，老兄，"他一边说，一边用他的酒杯碰了碰我那杯威士忌，"而且请你也把情况告诉我，如果我能帮上忙的话，一定告诉我一声。对了，我还真的在高尔夫俱乐部认识一些哈利街的医生，我可以打听一下这一行里最顶尖的人。"思科特开始在手机上翻看，"对，就是这儿。这个人，可汗医生，是个印度人，非常聪明。如果你同意的话，我一会儿给他打个电话？"

我在冒汗，而且能够感觉到凉凉的汗滴正顺着我的后背往下淌。"我得去一趟。"我说道，突然间我有种慌乱得毛发竖起的感觉。

"好吧，老兄。"思科特一边说，一边悠闲地喝了口啤酒。在我离开时，他的胳膊搂住我，我想他是想拥抱一下，但是我没有回应，我的身体僵硬着。

"我是认真的啊，如果有什么需要，一定告诉我。你的杰克是个不会轻易服输的人，这一点尤其像他老爸。"

我们有什么需要，在走回国会山的路上我在想这个问题。我们有什么需要？大概是没有给你的新女朋友通电话，或者是在我告诉你我的儿子有脑瘤时，没有盯着看吧台侍女的胸部。

我到家的时候，安娜正坐在门厅的沙发上，咖啡桌上放着笔记本电脑。

"他还在睡觉吗？"我说。

"是的。我刚起来，然后发现他就像一道光似的出去了……之前的事儿我表示道歉。我知道，洛拉是好意，但是我就是无法……"

我坐在她旁边。她已经化了妆，而且把头发束在了脑后，"我已经查看过名单里的所有神经外科医生，并且把所有的联系方式存到了一张电子表格里。我给你打印了一份。我们可以将其分开，然后照着名单分别联系。"

我看了看那份电子表格：包括医生的名字、地址和电话，还有其从事专业的备注。

"我要开始了。"

"我在考虑再和肯尼提医生约一下，"她说，"之前他说的那些我都记不清了。我现在就是怪自己，当时怎么没有把所有东西都记下来。有那么多问题我当时都应该问的，可是现在突然感觉像一团雾似的……"

"是的，我明白。我之前也在想这个问题。"

安娜叹了口气，我把我的手搭在了她的膝盖上。

"我们要为下次见面做好准备，"我说道，"要提很多问题。我们要打败它，好吗？"

我的话让人感觉没有说服力，不过安娜握了握我的手，"是的，我们会的。我们必须打败它。"她说，"对了，洛拉给我发了一条非常暖心的消息，她担心她让我心烦意乱了。思科特怎么样？你跟他说了吗？"

"说了。"

"那他什么反应？"

"哦，思科特还是思科特。"

安娜似乎还要说什么，要再打探得多一些，但是她停住了，咬了咬嘴唇，"好吧，"她边说边站起身，"我想我漏了一页。"

我看着她，有些迷惑。

"我是说电子表格。"

趁着她朝打印机走过去时，我打开了笔记本电脑，这样我能研究一下思科特提起的那位医生。在一个公开的浏览器窗口，有一整页搜索结果。安娜已经在谷歌上查过了"流产与儿童脑瘤"。还有一个标签，是《赫芬顿邮报》上的一篇新闻报道：《流产是如何导致我的孩子患上癌症的》。

我没有看整篇报道，只是看了看里面的一位女人的照片，那女人低着头，紧紧捂着她的腹部。

安娜一直会在圣诞时给大家写信，这是从她母亲那儿传下来的习惯。

我曾在以前取笑过她的那些信。太糟糕了，我说，好像是来自另一个时代的。是中产阶级一种自感谦卑的自吹自擂。（"乔纳森又在牛津超乎寻常地度过了一年，他还在玩赛艇，而且和一群女队员结下了深厚的友谊，但是有些时候，我们还是希望他能够把更多的时间投入到他的学业上。"）

其实那些信不必写成那样，安娜说。她写的信就与其不同，而且，还是一种很好的联系方式。所以每年，尽管我总嘲笑她，但是她仍然会非常仔细地叠好一张 A4 纸，将其放入圣诞卡片中。

我不确定是否要发出邮件。因为我担心我们会花费大量时间来回复那些安慰的邮件，同时还要在门口谢绝那些提着食品篮的朋友的造访。但是安娜说服了我。这样更好一些，她说。让大家一起知道，这样我们会更容易对付一些。她的话让我有一点点紧张——对付——好像那是她的一位客户，或者一个工作中必须每个人都发言的关键时刻似的。

主　　题	杰克
发送时间	2014 年 5 月 12 日周一下午 14：00
发　　自	安娜·科茨
发 送 至	（未公开的收件人）
抄 送 至	罗伯

亲爱的朋友们：

我们希望你们一切安好，同时我们为群发邮件向你们表示道歉。

我们想告诉大家的是，杰克最近被诊断有星形细胞瘤，是一种脑瘤。

他不久会做手术切除肿瘤，医生们都很乐观，认为他一定会完全康复。

> 这无疑是一个令人惊讶的消息，但是我们充满希望，而且有信心能够渡过这一难关。我们也向你们的支持与安慰表示感谢。
>
> 祝好！
>
> 安娜，罗伯

"有信心能够渡过这一难关"这一句是我加的。我告诉安娜，她说得没错，而且另外，我们也希望大家不要过分担心，以为杰克快不行了。

有时候我真的搞不懂她，她有一种遗传性的关注事物消极面的冲动倾向。这一点是从她父母那儿传下来的，就像一个讨厌的传家宝似的。她常常开玩笑说，那是一个有悲观色彩的家庭。

很快我们便收到回信了。大家都在信中表达了他们的担心、震惊和难过。他们给我们讲述了许多故事：都是患有癌症，最后战胜病魔的朋友的母亲、父亲，或者朋友。他们告诉我们，他们认识的小孩也曾被诊断出有同样或类似的情况，但是现在活得很好。他们还告诉我们，他们会祈祷，会在心里记挂着杰克，会从早到晚地想着他的情况。

我又看了几遍安娜写的邮件。完全康复，她在信中是这样写的。那为什么大家的反应却好像他快不行了似的呢？难道他们知道一些我们并不知情的东西？

9

　　我坐在书桌边，由于咖啡因产生的兴奋作用，我在查看邮件时，手指头有些痉挛。我更喜欢坐在沙发上或者床上工作，只要我能把笔记本电脑放在我膝盖上的地方就可以。安娜却让我在家里弄了个办公室。我们去挑选了书桌和一把舒适的办公椅，然后她又买了一些文件整理架和文具。她说，这对于我的心境来说很重要，这样我就能感觉到我要工作了。

　　我看了一下我的收件箱。那些技术孵化器的筹建者还在追着找我，现在要给我除了我的开支以外，还有一笔发言人的费用。马克希望在其中的一个程序设计器上有一些投入。还有来自杰克托儿所的一封信，可是我不忍打开，随后，将它隐藏在一个园艺中心的宣传广告和思科特发给我的一张网上交易发票中间。

主　　题	
发送时间	2014 年 5 月 21 日周三上午 1：05
发　　自	思科特·韦兰
发 送 至	罗伯·科茨

　　你好，老兄。我想对那天在酒吧的事向你道个歉。我知道你现在正在经受煎熬，可能不是像我所应该的那么留意。

对了，我和我的医生朋友谈过了，了解了一些行内情况，他说这一行里，哈利街的肯尼提医生数第一，他绝对是个行家。如果你们想去找他，一定告诉我，我能给你们牵个线……

至于另一件事儿，我还是要和你聊一聊那家中国公司，我是说售卖的事儿。他们还在纠缠我，而我也不想失去这样一个渠道。有时间谈谈这事儿吗？如果你不想来公司，我们可以在那家小店见面，或者我顺道去一趟你家。

还要告诉你一个消息，卡罗丽娜和我分手了，我实在是难以接受这个结果，所以目前我过得也不开心……

不过不管怎样，振作起来，老兄。希望能尽早见到你。

发送自我的 iPhone

"振作起来，老兄"，好像西汉姆队被降级了似的。难道他意识不到他说这话的言外之意吗？随着这一切事情的发生，难道我真的应该去在乎思科特那个说着一口斯拉夫语的新朋友已经转向追求更有本事、更有钱的家伙了吗？

我冷静下来后，又添了些咖啡，然后开始研究搜集更多的资料。当我搜索"PXA 治疗选项"时，我点开了一个链接，那个链接将我带入了一个叫"希望之家"的论坛。论坛的首页有一些黄色羽翼的蝴蝶在淡蓝淡粉的空中飞舞。在页面的一角，有一道巨大的彩虹，彩虹下有一幅充满希望的图画：一个七岁小女孩，穿着印有"高兴"字样的 T 恤。

我点击了一下那张图片，进入了一个专门为脑瘤儿童的父母而开设的论坛。我又点进去看了一下，发现有关于杰克的肿瘤类型 PXA 的一条线索。

　　我从上到下快速浏览了论坛中的帖子。据我所知，通过外科手术切除是首选的治疗方法，但是有些儿童接受了放射治疗，我不知道为什么。那是针对有更严重肿瘤的儿童的吗？我们要不要考虑让杰克也接受这种治疗呢？

　　有人能帮我们吗？
　　发自罗伯 2014 年 5 月 21 日周三上午 8：45

　　大家好。我是希望之家的新人。我们最近得知我们五岁的儿子，杰克，被诊断为患有多形性黄色星形细胞瘤。
　　几周后，杰克将会接受手术切除肿瘤，然后我们会对肿瘤的性质了解得更清楚。
　　除此之外，杰克现在非常健康。他在平衡上有些问题，所以我们才想着带他去做检查，但是你根本不会想到他会有病。他现在还是非常活跃，反应也很灵敏。
　　医生非常有信心，认为杰克的病能够治愈，但是我们意识到可能还是有风险。他们都是建议做手术，但是我看到有些孩子还做了放射治疗。鉴于我们儿子的情况，通常是用哪种治疗方法呢？
　　另外，我在这个布告板上看到了伽马刀和质子疗法。我们需要考虑一下这些疗法吗？
　　对于大家给出的任何信息，我们将不胜感激。
　　祝好！

罗伯

　　我听到安娜回来的声音，门被轻轻地关上了。她的钥匙放在走廊桌子上，发出咔嗒声，但是没有听到杰克的声音，通常他都会招呼一声：
"大家好！"我冲到门口，发现安娜正站在门厅，杰克倒在她的肩上。

"他在车里睡着了。"她一边说，一边脱掉了另一只鞋。他现在好像瞌睡特别多，看动画片时会打盹儿，甚至就是坐车去最近的地方，他也会睡着。

我把他接了过来，抱着他上了楼。午后的阳光太刺眼，所以我拉上了窗帘，把他放在床上。他微微挪动了一下，翻了个身，然后把双膝蜷缩到了胸前。

等我到楼下时，看见安娜正呆呆地凝视着前方，她面前的咖啡桌上放着一杯红酒。

"你还好吧？"我说。

"不，其实我不怎么好。"她说道。她的脖子和胸部的皮肤红红的，只要她生气或紧张时，皮肤上就会出现疹子。

"怎么了？"

"上帝啊，我快气死了。蠢货！"她没让自己再往下说。自打我们在一起以来，我从来没见安娜骂过人，"愚蠢，到处都是愚蠢的人。"

她喝了一大口红酒，然后把酒杯放回咖啡桌上，"我在咖世家，就是山脚下的那家，那里挺安静的，杰克在游戏区画画。那感觉很好，因为我们有一段时间没有独处过了，他还要了巧克力奶昔，他真的好开心。然后，我看到了这个女人，乔安娜。你还记得她吗？她在杰克那个小健身房工作。"

"乔安娜，嗯，名字听起来挺耳熟。哦，是那个总是喜欢讲她离婚的女人吗？"

"对，就是她。她悄悄地走到我身边，那样子真的好恐怖，然后和我打招呼。我知道，她知道这事儿，因为她笑得很怪异、很紧张。然后她说，我非常难过，又看看杰克说，可怜的小东西，而他就在那儿，就在她旁边。接着她说，我猜想你现在正在编织回忆。编织回忆。她真的是这么说的。我都不知道该说什么，然后我回应道，杰克会完全康复的，似乎我必须得为自己辩护一下。针对她说的话。好像这跟她有什么关系似的。接下来，你知道发生了什么吗？"

"发生了什么？"

"她拥抱了我。就在咖世家的正中间，她抱了抱我。"

"我的天哪！"

"可不是嘛。你知道，我对这种事感觉很不自在的，即使是和你拥抱也是。真的是太可怕了。我感觉她不会松手。"

我开始咯咯地笑，想象着安娜在咖世家店里，就那样直挺挺地站着，也不回抱一下。

"这种情况发生之后我总会自责，因为我真希望我能告诉她，她当时有多无礼，而且多么不顾他人的感受。可是我不能说，因为杰克在旁边，而且就算说了，那又有什么意义呢？"

"那是太可怕了，"我说，"有些人就是傻瓜。"

我到厨房给自己倒了杯红酒，然后挨着安娜坐在沙发上。"为这事生气，不值当，"我说道，"尤其是对已经发生的事生气没意义。不过前几天，我倒是因为脸书上的一个帖子而火冒三丈。"

"谁的帖子？"

"就是那个女学生。她发了一个特别长的帖子，说她脖子上长了个东西，她担心是癌症，以为自己快不行了。于是他们把那东西切除了，不过查出来的结果并非癌症。然后她接着写道，医生正视着她的眼睛说：'现在，你应该不必担心了，放心过你的后半生吧。'然后便都是这一类的话题标签。关于阳性的话题，关于癌症的话题，都是他妈的这类话题。"

安娜笑了笑，我都不记得她最后一次笑是什么时候了。我们过去常常这样，借着酒劲儿痛骂朋友、同事。像两个极为兴奋的阴谋者，一直熬到深夜。

"我打算明天去谈谈工作的事儿，"安娜说，"我想在他做手术期间休假。"

"好。"我说。

"我觉得杰克的恢复期间，我应该一直陪着他。"

"你觉得他们会同意吗？"

"我不知道。有些情况下他们确实给过照顾性的假期，但那是因为，你知道……据我所知，有些人是无薪的公休假，所以我在想，我或许也可以这样。"

"你说得没错，那应该可以，我猜想的话。"

安娜眯起了眼睛，"这么说，你不赞成？"

"不是，我赞成，是的……说实话，我真没有考虑过这个问题。不过，你确定有这个必要吗？等他做完手术不上学时，我每天都会在这儿。而且还存在钱的问题。如果没有钱，我们办得到吗？"

安娜盯着我，脸颊因为红酒而泛红，"我不知道，罗伯。我希望能是那样。如果你这么担心钱的问题，或许你应该跟思科特说说。因为如果他卖掉公司，那么我们有一半的收入将不复存在。"

我什么也没说，仔细琢磨着我该说的话。我知道她是怎么想的。她肯定认为我很懒，不负责任，没有努力说服思科特不要把公司卖给那家中国公司。即使我俩都挣钱，她也总是担心钱的事。伦敦的消费很高，她说，我们是入不敷出了。我们没有积蓄，而如今杰克的学费还在上涨。

"那么，你跟他说过这事吗？"她问道。

"嗯，当然说过，但是我不确定我有多少能做的。我也没有精力再和他争论了。"

"很好，"安娜说道，把头转向另一边，"你没有精力。"安娜摇了摇头，"你有时候真的是不可思议，罗伯。你不上班，我上班。而我满脑子想的是要抽出一些时间，这样可以有更多时间和杰克在一起。然后你却让我为这一想法感到内疚。"

"对不起，"我说，"我真的不是那个意思。"

安娜站了起来，从暖气片上拿起杰克的裤子，"不管怎样，或许你是对的，也许我们真的负担不起他的医药费。"

"我并没有放弃去说服思科特。"我说。

"那你什么意思？"

"哦，我的意思是现在不是跟他说这事的最佳时机。不过我在无人机的研究上确实有突破。事实上，我认为这家中国公司有可能会帮上忙。"

安娜叹了口气，收拾着一堆衣服，"什么？"

她揉了揉前额，好像她有偏头痛似的，"请你不要又开始捣鼓无人机了。你知道，我是支持你的，可是到现在已经五年多了，你却拿不出任何东西能够证明你这些年的投入……"

"我明白。"我说，她的话听起来有些伤人。她对那些地图也是这种态度，有些过分谨慎，而且确信那是徒劳无功的差事。"这些东西要占用大量的时间。你还记得那些地图的事儿吗？很长时间我们一无所有，然后突然间，我挣钱了。所以，我不打算在无人机这事上拱手认输。"

安娜摇了摇头，在沙发上挨着我坐下来，"你总是认为一切都会好起来的。"她边说，边微微笑了笑，慢慢地往我身边挪了挪。

"当然，"我说，"其他选择是什么？认为一切都会变成狗屁？"

"没错。"她一边说，一边把她的脚放在沙发上，然后把头枕在我的大腿上。

她曾有一次这样睡着过，当时我俩背朝着布莱顿海滩边的人行步道。那是在海边一家宾馆度过的一个狂风暴雨的周末。当时我们彼此之间还不太熟，那个周末的大多数时间我们是在床上度过的。直到天色变暗，我们才拖着疲惫的身子去了皇家码头，吃了炸鱼薯片和棉花糖。之后，我们去了一家夜总会，一个档次低劣的非主流晚会，我们在那里跟着拉氏乐队和"快乐星期一"的音乐跳起了舞。

那个晚上，我们在舞池里无拘无束，没有任何含蓄害羞，我俩的手始终牵在一起，就像我们还在宾馆一样，欲望如火，两人的身体湿漉漉地缠绕在一起。凌晨四点，我们才走出夜总会，外面的空气吹得我们的后背瑟瑟发抖，我俩一边笑着，一边跌跌撞撞地走回海边。

安娜想看日出，于是我们坐在海滩上，聊了一会儿伦敦，我们可能会在那儿生活。我们还开玩笑说，有一天我们会有自己的孩子（像新婚夫妇一样）。

就在太阳快升起时，安娜却开始打盹儿了，她的头枕在我的腿上。我仍记得当时的情境：海浪温柔地拍打着岸边的小圆石，鸟儿们被黎明时泛红的天空唤醒，带着咸味的海风是那么温暖。安娜幸福得没有注意到这一切。我看着她睡着的样子，完全沉浸在我俩的幸福和这没有尽头的夏天之中，她的胸正好随着海浪的节奏而起伏。

那天晚上，我又登录了"希望之家"。我的帖子下面已经有十五条回复了。

回复：有人能帮我们吗？
发自 dxd576 2014 年 5 月 21 日周三上午 10：34

　　我可以对你所说的这一特殊情况提供帮助，或者给你推荐外科医生或其他，不过现在距离我们女儿的诊断时间已经十八个月了。我们一直是榨水果和蔬菜汁喝，我们的小宝贝（以及全家）都改为只吃蔬菜和纯天然未加工食品了。尽管我们不能说未来会怎样，但是我们的小翡翠现在很好，而且我们知道，这与我们改变饮食有很大的关系，其效果远大过医生让她吃的那些药。

回复：有人能帮我们吗？
发自化疗终身 2014 年 5 月 21 日周三上午 10：58

罗伯，

　　我为你要面对这一切而感到难过。它的到来一定是一个巨大的打击。当然，尽管那是个脑瘤（没人希望听那两个字），但是你一定要放宽心，因为 PXA 是一种非常容易治疗而且不会致命的癌症。

　　（因为你刚到这个论坛，所以我简要介绍一下我的情况。我失去了我唯一的女儿，她叫希望。五年前她被发现有多形性胶质细胞瘤，当时她八岁。为了纪念她，我建了这个论坛，希望能帮助其他的人。我是一名研究学家。）

　　所以，就具体的建议而言，如果你儿子还没有做基因检查的话，我强烈推荐要做一下。即使你们把外科切除视为一种治疗方法，而且这种肿瘤再出现的可能性也不大，但是未雨绸缪、有备无患总是好一些。

　　请不要介意问我任何事情。我会一直在这儿为你提供帮助。

　　祝好！

　　　　　　　　　　　　　　　　　　　　　化疗终身
　　　　　　　　　　　　　　　　　　　　　管理员

回复：有人能帮我们吗？

发自相信上帝 2014 年 5 月 21 日周三上午 11：44

　　罗伯，听到这个消息我很难过。尽管如你所说，有很多方面你还是持乐观态度的。我们的情况相似，尽管几周前我们的宝贝才被诊断出有问题。不过我们发现，内心的信念在这种艰难时刻对我们是一种极大的慰藉。但愿上帝能用他那回春的妙手抚摸我们的小宝贝。我会为你和你们全家祈祷。

　　我不再看后面的回复。这些人和我们不一样，他们是你在杂志上看到的那种已经绝望的父母，他们看着自己的孩子逝去。我们和他们没有共同点，因为杰克现在活蹦乱跳，医生也说了，他会治好的。突然间，我想要见到他，想摸摸他，而最近这种时刻变得越来越频繁，也越来越难受，就像痛风发作时撕裂的疼痛。

　　我正要关掉笔记本电脑，准备下楼，突然电脑上咻的一声出现了一个邮件的小图标，提醒我收到了来自论坛的一条私信，是一个叫尼夫的人发的。

主　　题	你好
发　　送	2014 年 5 月 21 日周三下午 22：16
发　　自	尼夫
收 件 人	罗伯

　　你好，罗伯。听到杰克的境况，我很难过，虽然看上去你好像非常乐观。

　　我想给你讲讲我的故事，也许有时候会事与愿违。三年前，我的儿子乔希被诊断为患有恶性胶质瘤，当时他六岁。医生们基本上认为他是没救了。切除肿瘤后，他们说他们毫无办法，肿瘤肯定还会出现，他们能做的就是作为临终关怀的化疗和放射性治疗。

直到后来我找到了斯拉科夫斯基医生。在你停止看下文之前，请听我说完。这是一家位于布拉格的合法诊所。它不是那种1000英镑给你一杯仙人掌汁治疗癌症的普通诊所。这是一个尖端医学的领军人物，他会运用所有最新的治疗方法，尤其是在免疫工程学方面。

当然，去布拉格也有风险。但是我们选择接受风险，然后乔希进行了各种各样的治疗。长话短说，六个月后，肿瘤不见了，而且至今也没再出现。他现在已经是一个快乐的九岁男孩，过着常人一样的生活，而癌症早已成为一段遥远的记忆。

我被禁止在"希望之家"粘贴有关斯拉科夫斯基医生的链接（那个软件甚至不允许我在私信中发送那些链接），所以我想告诉你的是上谷歌搜索布拉格的斯拉科夫斯基医生，然后你会找到你想知道的一切。

如果你希望知道更多有关乔希治疗方面的问题，请查看我的博客nevbarners.wordpress.com，或者直接给我发私信。

祝你好运。我会全身心为你祈祷。如果你想了解更多信息，请给我发私信。

尼夫

尼夫听起来像一个骗子。我在"希望之家"的搜索框里输入"斯拉科夫斯基"后，一下出来了几百条搜索结果。

请阅读"斯拉科夫斯基临床试验"修订版

发自化疗终身 2012 年 1 月 26 日周四上午 6：03

亲爱的所有人：

　　本公告栏的固定用户们可能已经看到了尼夫写的好几个帖子，都是建议让斯拉科夫斯基医生做临床试验。这些帖子不会再出现，而且已经被论坛版主删掉了。删掉这些帖子是因为其明显违反了"禁止鼓动和推销"的规定。

　　本论坛中还有关于斯拉科夫斯基诊所的大量讨论。对于可能还不熟悉该诊所"工作"的新用户来说，这里有其中的一连串帖子：Forum. hopesplace.topic/article/1265%444。

　　斯拉科夫斯基医生的诊所并非信誉良好。他从不允许他的免疫工程疗法在独立的及被认可的临床试验中接受评估，而且他也从未将其研究结果与其他研究人员共享过。所有拥有良好信誉的癌症治疗监察人员都认为，他的"免疫工程"疗法其实是个骗局。

　　祝一切顺利！

化疗终身

管理员

　　我很生气，考虑给这个尼夫回封信，告诉他，对于那些诈骗患儿父母、在互联网上推销虚假治疗的人，我是怎么看的。我又看了一遍他的帖子。他很确信，而且似乎让人相信他所写的内容。我猜想，这就是他把别人绕进去的伎俩。我退出了"希望之家"，关上了笔记本电脑，然后去找安娜和杰克。

10

　　傍晚时分，杰克还睡不着。这是类固醇的副作用反应，尽管类固醇减轻了肿瘤周围的液体肿胀。只有一个星期就要做手术了，杰克却比以前更加烦躁。我们试图让他疲劳下来，给他讲故事，让他看动画片，但有时唯一有效的方法是出去散步。

　　"你今天感觉怎么样，小帅哥？"我问道，我们沿着丘陵上蜿蜒的小路朝着荒原走去，"你的伤怎么样了？"

　　我们之前告诉他，他的头上曾受过伤，所以会去医院治疗。杰克想不到那么远。他似乎以为那不过和擦破胳膊肘或者肚子疼的严重程度差不多。去年，他曾从我们家花园的围墙上摔下来，然后不得不去医院给下巴缝针。这次会和那次一样吗？他问道。会比上次好一些，我们回答说。他会睡着，然后就什么都不知道了。

　　他轻轻拍了拍自己的头，好像现在他知道有些事不对似的，"我以为没事，但是……"

　　他犹豫了一下，拖着鞋沿着小路走着。

　　"但是什么，杰克？"

　　"有时在学校，要思考却很难。"

　　"是吗？"

"今天我们和杰克逊小姐一起做算术题，然后我……"他的声音越来越小。

"然后你发现很难？"

"是的。要把数都加起来，然后求总数……然后……我就把我算的数给忘了。"

"哦，"我一边说，一边用胳膊搂住他的肩，"加法是很难的，你已经很久没有做过加法了。"

杰克点点头，然后抬起头，用他那淡蓝色的眼睛看着我，"我们还学了字母，而且我得了一张小贴画。"

"真的吗？"

"是的，你看。"只见杰克上衣的翻领上，有一枚小星星，上面写着"真棒"。

"我把它贴在这儿，这样就不会被弄破了。"

"好样儿的。你真的做得很好，杰克。那么，不要担心学校的事，好吗？因为我们要准备去治疗那些伤处了。"

"在医院吗？"

"是的，在医院。"

"然后我会睡着？在我睡着的时候，他们会把那些伤都治好？"

"没错，小帅哥。"

杰克眉开眼笑。

"爸爸，我会在那儿待很久很久以前吗？"

我笑了，把他脸上的头发撩开，"不会，就几天，医生说可能一周吧。对了，杰克，你不必说'很久很久以前'。"

"为什么？"

"因为你不需要那么说。你只需要说很长一段时间，而不用说

'以前'。"

杰克似乎不信服，"可是在故事书里，他们总是说'很久很久以前'。"

"没错，可是……"

杰克抬头看着我，他的眼睫毛不时眨巴着。

"没关系，儿子。"我一边说，一边把他搂得更紧一些。

我们从荒原上朝着家的方向往回走，杰克似乎很满足，但是很严肃，好像他脑子里在想着什么。他眯缝着眼，和他要解决一个难题或者玩拼图游戏时的表情一个样。

"爸爸，我住院以后，身体会变得更好吗？"他突然说道。

"当然会了，"我一边说，一边高兴地冲他笑笑，"那就是你要去医院的原因，这样他们就能让你变得更健康。"

杰克抬头看看我，但是接着又垂下了头。

"爸爸，"他边说边低头看他的鞋子，"你认识杰米·雷蒙德吗？"

"我觉得不认识。"

"他是我学校的。他在二年级，但是他的有些课是和我们一起上的。"

"他是你的朋友吗？"

"不是，"杰克一边说，一边在人行道上停了下来，好像我刚刚说了什么荒唐可笑的事儿似的，"杰米·雷蒙德和任何人都不是朋友！"

"哦，好吧，如果他没有任何朋友，那你应该对他好一点儿。"

我们默默地走着，我能感觉到他在想什么事儿。

"你怎么想起问这个杰米·雷蒙德了呢？"过了一会儿，我问道。

杰克想了一下，看上去有些局促不安，似乎他遇到麻烦了，"因为杰米·雷蒙德说我快要死了。他说，我的头部受了伤，所有头部有伤的人都会死掉。"

杰克似乎并不为此感到烦恼，好像死是无关紧要的事儿，就像睡着了或者学校提前放学一样。

"哦，杰米·雷蒙德并不知道他在说什么。你不会死，杰克，而且你还会越来越健康。好吗？他不应该那样说的。"

"没关系，爸爸，我已经说他是个傻瓜了，"杰克说，"我告诉他，每个人总有一天会死，而且大家都知道。"

"不错。"我说。

"事实上，爸爸，有好多事儿杰米·雷蒙德根本不懂。可能这就是他是二年级学生，却总跟着我们上课的原因吧。"

我偷偷笑了笑，"你没这么跟他说吧，有没有？"

"没有。"杰克说。

"那就好，因为即使他是有意的，你却没想对他怎么样。"

杰克点了点头，"我没有那样对他说，因为杰米·雷蒙德的块头很大，而且他还打人。他的个头甚至比你还高，爸爸。"

"哦，"我边说边捏捏杰克的肩，"他比绿巨人还要大吗？"

"别犯傻了！谁也比不过绿巨人大呀。"

弗拉纳根医生的办公室和肯尼提医生的没有太大区别，都是高高的乔治王时代的天花板，以及特大号的老式家具。弗拉纳根医生的外科诊所看上去像一个儿童病区，有壁画，有儿童家具，在一个大壁橱里面还有一个设有彩球池的游乐角。

"你好。"弗拉纳根医生一边说，一边走进了候诊室。她穿着黄色工作服，脚蹬一双亮橘色卡洛驰洞洞鞋，看上去就像一个从护士学校毕业的助理。别被她的外表给骗了，肯尼提医生曾说过，茱莉亚·弗拉纳根是这一行里最出类拔萃的医生。我们在网上看到过有关她的介绍。孩子的父母们都称她为创造奇迹的人：她是脑外科医生中的开路先锋，她将自己的职业生涯全部投入到挽救儿童的生命当中。

"这位一定是杰克吧，"在把我们领进办公室的时候她说道，"我喜欢你身上的 T 恤。"她一边说，一边指着恐龙头边上正在飞行的蝙蝠。杰克的脸红了，接着笑了起来。

我们坐下后，弗拉纳根医生转过来对着我们，"在我们开始之前，有件事要告诉爸爸和妈妈。"突然间，她变成一副公事公办的样子。

"我相信你们已经看过我的网页，但是我有一个习惯。我不允许我的任何咨询超过二十分钟，我对守时的要求非常苛刻。这一点对我来说非常重要。因为这样，我就能尽可能给更多的病人看病。"

"是的，当然。"我说。我们已经知道她对预约时间很严格。"希望之家"上的人说，她会指着她的手表，中断他们还没说完的话。

"好的，"她一边说，一边转向杰克，"你看，我桌子里有一些棒棒糖。你想要一个吗？"

杰克紧张地点了点头。

"我也觉得你会要。不过，要吃棒棒糖，你必须得先帮我个忙，行吗？"

"行。"

"好的，杰克。你能不能闭上眼睛，然后从 1 开始帮我数数，能数多少数多少，行吗？"

杰克闭上了双眼，开始数数。"1、2、3、4……"自从他三岁生日后，他便能数到 20 了。但是现在，他数到 11 便停下来了。"1 和 2，1 和 4。"他说道，然后停下来，看上去有些害羞，好像做了什么错事似的。

"真棒，杰克，好孩子。"医生说道，"那现在，你能不能来这儿找找棒棒糖呢？它们在我桌子里的某个地方。"杰克朝她走过去，然后开始环顾那张桌子，碰了碰弗拉纳根医生的镇纸，还有她的台历。她一直观察着他，看他走路的姿势，以及他手的动作。

"你已经离棒棒糖很近了，它可能就在这里的某个地方。"她一边说，一边打开了她的抽屉。

杰克往里面看时，脸上变得兴奋起来，"哇，这么多糖！"

医生把手伸进抽屉里，拿出了一根红色的棒棒糖，"给你！好，你能告诉我它是什么颜色吗？"

"红色。"杰克立马说道。

"棒极了！"她说，"那你记不记得，我们叫它们什么？这是什么，杰克？"她一边说，一边把棒棒糖放在他的鼻子下方。

杰克看着那根棒棒糖，想着或许这是个捉弄人的问题，"它是棒棒糖啊。"

"很好。"弗拉纳根医生一边说，一边把棒棒糖递给了杰克。他面露喜色，小心地把棒棒糖放进了口袋里。

"嗯，杰克，你能看到这道线吗？"她指着地板上贴满小鱼贴画的一道线。杰克点点头。"我想让你沿着这条线走走，可以吗？"

杰克没有动。他看了看安娜和我，希望得到鼓励，然后我们微笑着鼓励他过去。他有些犹豫，咬着手指头，感觉我们好像要让他走悬崖峭壁似的。终于，他开始缓缓地走起来，但是走不了直线，他的脚步顺着那道线迂回前进，就像喝醉了酒似的。

"你真棒！"医生说道，"好了，最后一件事儿了。你能站在这儿吗，杰克？"她轻轻摸了摸杰克两边的脸蛋儿，然后检查了他的头部，以及他皮肤下面已经出现的一些小小的肿块。

"哇，你真是个了不起的小男孩。你想出去在前台和苏西玩一会儿吗？"

杰克没有动，而是紧张地看看安娜和我。

"我们有一台游戏机，"医生补充道，"现在正好没有人玩。"

"真的？"杰克说道，眼里露出喜悦。

"是真的。"弗拉纳根医生说道，伸出手，把杰克领了出去。

"那东西总能吸引他们，"弗拉纳根医生回到办公室的时候说，"我侄子有一台游戏机，他玩起来的时候感觉我们总是不存在似的。"她看了看手表，"好了，我们还有十一分钟。这样，我已经看了所有的扫描片和报告，我完全同意肯尼提医生和放射科医生的判断。它几乎必然就是星形细胞瘤。但是，从这个影像上的形状来看，我认为这个肿瘤可能有点儿晚期的样子了。"

我感觉喘不过气来，就像第一次在肯尼提医生的办公室见面一样。内心的绝望，让我感觉像孩子得了思乡病一样。"那么，它会是更晚期的肿瘤吗？是恶性胶质瘤吗？"我问道，声音颤抖着。我在"希望之家"看到过有关恶性胶质瘤的帖子。那是星形细胞瘤更为难看的一种同类物，其复杂性和侵袭性是那么强，以至于在数周之内就能要人的命。

"不，我不这么认为。"医生一边说，一边从她的夹子里拿起一张杰克的扫描片。她在电脑上敲了些什么，然后把屏幕转向我们，"那就是恶性胶质瘤的样子。在那儿，你们看，在它的外围都是白色区域。现在，我们对比一下它和杰克的肿瘤。"

我们看着那个影像。没有白色部分，只有一团没有固定形状的黑色东西。

"不，我几乎可以肯定这是个星形细胞瘤。它只是比我们认为的接近晚期一些。"

"那会影响杰克的预后诊断吗？"安娜问。

医生停了停，"可能会，但是我不想猜测或者说出具体的数字，这得做完外科手术之后再看。相信我，我理解这种需要——你们需要知道——但是，这样真的于事无补。"

我还想说话，可是我的声带卡住了。肯尼提医生说有百分之八十或九十的治愈率。他说过，杰克会治愈的。

医生看了看表，"好了，时间快到了。那么，肯尼提医生给你们讲了多少关于手术的事呢？"

"一点点，"安娜说，"从那时开始，我们俩一直在仔细研究。他给了我们一些文字资料的。"

"很好，"她说，"所以，我们的目标是要切除所有的东西。对于杰克来说，那是最佳的治疗机会。而且从这些扫描片来看，肿瘤的位置不是太糟糕，虽然我还是有一点点担心这个部分。"她一边说，一边指了指其中的一块阴影。

我感觉那团雾又在下降，感觉自己在这儿，又不在这儿，好像飘在空中，俯视着自己。我曾暗暗地希望能从弗拉纳根医生这里听到好消息，希望她说这个肿瘤其实是良性的，或者根本就不是肿瘤。我没想到自己会听到杰克的预后诊断可能会更糟糕的消息。

一阵微弱的闹钟声从弗拉纳根医生桌子里的某个地方传出来。

"我知道，我说出来很容易，"她在示意让我们出去的时候说道，"但是真的请你们尽量保持乐观积极的心态。这是治愈率非常高的肿瘤类型，而且有合理的机会让我们把它拿掉，然后一切都会好的。请尽量记住我说的话。"

"谢谢您。"我俩说道，但是她的话听起来毫无意义，好像不过是事后产生的想法而已。

"好吧，那到周二时我会和你们见面，谈谈手术的事情。你们需要在有关杰克住院的一些表格上签字，不过苏西会在前台替你们做好。"

我们和医生握了握手，然后回到了前台。杰克正在儿童角玩"超级玛丽"。他在懒人沙发上左摇右晃的，差点从上面掉下来。

"你还好吧，伙计？"他结束游戏时我问道。

"是的，开车真的好过瘾。"

"看上去很酷哦。"我说。可是我没法停下来不想弗拉纳根医生刚才说的话，还有她对于扫描片上那些阴影的担心。

杰克坐在懒人沙发上抬起头，"爸爸，你为什么看上去那么难过？"

我笑了笑，本能地擦了擦眼睛，"我没有难过呀，我可高兴了。"

杰克看上去有些怀疑，然后把控制器递给了我，"你想玩开车的游戏吗？或许它会让你高兴起来。"

"好。"我一边说，一边挨着他坐在懒人沙发上，"他们有双人模式，所以如果你想玩的话，我们可以比赛。"

"太棒了。"杰克说。

我们玩了好几局，我都忘了我们是在医生的候诊室里。我回过头看安娜，她正坐在椅子上，微笑着看着我俩，耐心地等着我们玩儿完游戏。

埃普瑟姆丘陵

你还记得那天吗，杰克？妈妈在上班，我们勇敢地穿过车水马龙，来到埃普瑟姆丘陵。你拍了照片，练习把镜头拉近和拉远，然后我们在车上一边吃打包的午餐，一边俯瞰着这座城市。或许你已经忘了回家的路上所发生的事儿，但是你想小便，却不愿意在路边方便，因为你说那样你会有麻烦，会进监狱。所以在回家的路上你一直憋着。你真是太有趣了，杰克，你扮着鬼脸，两腿盘在一起，抱怨说每次我都会在路上颠一下。

11

　　我们出去采购一些必需品：杰克最喜欢的盒装橘子汁、佳发蛋糕，还有他的超级英雄杂志。我们把他和安娜的母亲留在医院，等我们回来时，她正坐在他的病床上，斜靠着枕头，杰克蜷着身子睡在她边上。

　　"我能再听一遍鲸鱼的故事吗？"杰克问。

　　"你喜欢那个故事，对吗？"

　　杰克点点头。安娜的母亲便又开始讲这个故事。约拿是如何惹上帝生气的，以至于在水手们将他扔进大海之前，突然出现狂风暴雨。最后，还是上帝，出于正义和慈爱，派那条鲸鱼救起了他。

　　自打我们到医院以后，便不断有人来到杰克的床前看他：外科医生、小病号们、登记探望的访客。杰克一遍又一遍接受着各种检查，要扎针，还要被指指戳戳。他们给他抽血，擦洗他的舌下，给他做心电图。今天上午，他们带他去做了核磁共振，以映现他的脑部。等他出来时，他的头被剃了，衣领上贴有甜甜圈形状的小贴画，以便提示外科医生。

　　"约拿不听话后，上帝对他真是太好了。"杰克说。

　　"哦，上帝就是这样啊，"珍妮特边说边朝我这边看，"他会一直帮助你，他帮助所有人。而这就是他在天堂做的工作。"

　　我用怀疑的目光看看安娜，希望她能说点什么，让她母亲别再说了。

可是安娜默不作声，似乎在想其他事情。

"珍妮特，"我小声说道，因为护士正在杰克身边忙着，"请你不要给他讲这些故事了，不要讲《圣经》上这些与死和天堂有关的故事。"

"为什么不能讲？"她说，"他喜欢听这些故事。"

"他可能喜欢，"我压低声音说道，"只是我们不想给他讲关于天堂或者其他任何与此有关的事儿……"

"但是安娜从来没说过什么呀。"她一边说一边避开了我凝视的目光。我看了看安娜，她正在打扫杰克的床头柜，在把水壶里溅出的水滴擦干净。

就在进医院的前几周，珍妮特一直吵嚷着让杰克接受洗礼。现在是时候了，她说。一开始的时候，她还非常小心谨慎地说这些事儿。但是后来，她见安娜一直在动摇，于是她的游说便越来越频繁。我觉得安娜的态度最终会软下来，毕竟她是传教士的女儿，那么多年都在上读经班和主日学校。但是她没有，完全没有。我曾说过，我料想我们之间会有争论，然而出乎我意料的是，即便我知道这样会折磨她，可是安娜默认了。

正当我在考虑如何回应珍妮特时，洛拉和印迪亚走进来了，手里拿着一大束气球。杰克的脸上露出喜悦，因为那些不是一般的气球，而是圆鼓鼓的像要爆炸似的，那些气球按照颜色扎成了一道彩虹，上面系着定做的羊毛绳，每个气球上面都印有"祝杰克健康"的字样。

"你好，亲爱的。"她一边说，一边亲吻了安娜的两颊。"你好，小可爱。"她说道，亲了亲杰克的额头。

"你好，洛拉阿姨。"

安娜笑了。每当洛拉在身边的时候，她总是显得很放松。

"喏，这些都是给你的，杰克。不过，你想不想挑一个拿在手上？"

杰克的小脸上泛起高兴的红晕。他一直很喜欢气球。他在街上找到过气球，那是电话公司和竞选的政客免费发放的。在儿童派对上，他会问能不能带一个多余的气球回家。

"嗯，是这样的，"在杰克选了一个红色的气球后，洛拉说，"我在这些气球上都贴了标签，上面写着'祝杰克健康'的字样。然后我在推特上启动了一个小活动，只是为了那些真正拥有善意的人。现在我们已经收到了一些回复，有些是来自那个埃塞克斯项目的人，还有来自Gogglebox影视台的那个斯嘉丽女孩。"

"Gogglebox是什么？"安娜问。

"哦，你一定要看看，特别逗。但是不管怎样，我觉得这会有助于提高大家对于杰克病情的关注度。不过有些时候，让这些名人在推特上参与活动，可能会改变真正的游戏规则。他们要去迪士尼乐园，要乘气球观光等。"

她提到杰克的时候好像他就要不行了。所有人在谈论他的时候都好像他快不行了。

"印迪亚，"洛拉一边说，一边把所有的毛线都塞进她女儿紧握着的小拳头里，"你想把剩下的气球都给杰克吗？"

印迪亚犹豫了。那一刻，她一反常态地有些害羞，但是洛拉轻轻把她往前推了推，然后她站在杰克的床边，穿着粉红色的小女装，戴着编织的头巾。她每次拿出一个气球进行瞄准，这让杰克确信，那些气球还是在他的手里安全些。

正当我们看着杰克和印迪亚时，突然传来了敲门声。一位护士走了进来，递给杰克一个包裹。

"这是给我的吗？"杰克问。

"你的名字是叫杰克·科茨吗？"

杰克兴奋地点了点头，然后盯着那个盒子，摸了摸它，然后又轻轻摇了摇，那动作和他在圣诞树下摇礼物一样。

在安娜的帮助下，他打开了那个包裹，他把包装纸整整齐齐地撕下来，然后折叠后放在病床上。包裹里是一个剪贴簿，封面上写着："亲爱的杰克，这是来自你在1A的所有朋友的问候。"

杰克翻开剪贴簿，就好像每一页都是由最珍贵、精美的花瓣制作而成似的。第一页上有着按照大小字母分类的一些话语，都是由不同的孩子画的：

杰克，我们知道你是有多喜欢站在高处。所以我们想专门为你做些什么……我们希望你会马上好起来，我们已经等不及要再和你见面啦！

他开始慢慢地翻动页面。贴在彩虹色纸上的是他同学的照片，他们站在摩天大楼的顶端，站在悬崖峭壁上，俯视着大海。照片里有电视塔，有伦敦金融区，还有比奇角的灯塔。孩子们都拿着写有"早日康复，杰克""你是最棒的，杰克""我们爱你，杰克"的指示牌。

我以前从未见过他这个样子，他好像打开了整个世界一样。他欣赏了每一张图片，不漏掉每一页上任何一个信息。然后他停了下来，眼睛盯着其中的一张照片。那是他在学校玩得最好的几个朋友，马丁、托尼，还有埃米尔。照片是他们在伦敦城里一座摩天大楼的顶层拍摄的。他们都咧嘴笑着，手里拿着一个标牌，上面写着："杰克·科茨：口袋妖怪收藏家和超级明星。"杰克的下嘴唇开始颤抖，接着，他哭了起来，这是自他被发现患病后第一次哭。

手术那天，杰克高兴地端坐在手推车上，套着手术服的他看上去像个小精灵。随着我们走进医院内部——儿童病房的颜色渐渐从亮黄色和红色变成暗绿色和褐色，到了前厅和接待室的综合楼里时，我们便得离开杰克了。

我们吻了吻他，然后告诉他，很快我们就能见到他，让他不要以为自己会去某个地方待很长时间。

"再见，"他不慌不忙地说，"亲亲小泰迪。"他拿起了他的小熊，小熊的胳膊已经被护士用绷带扎上了。

那天，我们在公园的一张长椅上坐了几个小时，等着弗拉纳根医生的助手给我们打电话。我们想起，曾经对一颗不祥的痣而那么担心，也就是杰克脖子侧面出现的一个小肿块；想起曾经总是为他成长中的一些重要阶段而发愁，纳闷为什么他还不会走路，为什么每次搭积木都不超过三块就没兴趣了；想起弗拉纳根医生这会儿正在用圆锯切入杰克的颅骨，我们对所有的一切都很担心。一道整齐的切口啊，就像动画片里的冰洞一样。那是另一个人的手伸进了我孩子的头颅。

那天下午，我们坐在公园里，尽量不去理会时间的煎熬。当你的生活相安无事，当你的担心都是日常琐事时，你对时间是觉察不出来的：它的流逝、衰减，就像一个应用程序在后台静静地运行着。然而现在，时间是不可能被忽视的：它是一种威胁，是巨型奥威尔时钟上的秒针在倒计时。

我不知道该做什么，所以习惯性地在手机上打开了"希望之家"，结果发现我收到了好多私信。

最良好的祝福

发自卡米拉 2014 年 6 月 13 日周五下午 13：58

嘿，罗伯，我看你上周发的帖子上说，杰克今天做手术。我祝你们一切顺利，并且让你们知道，我在想着你们一家。我是"希望之家"的老人了。我女儿在 2009 年被诊断患有 PXA。但是自那时到现在，她一直很健康、很快乐，过着正常人的生活。我知道，你们现在可能很难听进去，但是你们还有许多理由充满希望的。保重。

"你看，"我把手机递给安娜说，"这是'希望之家'上面的人写的。"安娜没戴眼镜，便眯着眼睛看。

"太好了，"她说，"你认识那个人吗？"

"不认识，完全不认识。我在论坛上问了些关于康复时间的问题，而且我说了杰克这周做手术。还有其他的回复，你看。"我又点开了一条。

祝你好运！

发自了不起的团队 2014 年 6 月 13 日周五下午 17：16

我得快点，因为我刚刚被关在了门外。但是我要祝你们今天一切好运。我们在"希望之家"有一个传统，就是在手术当天要发出美好的祝福……只是为了告诉你，我在想着你们，在为你们一家祈祷。我知道这是一段孤独、心碎、令人窒息的时间。我儿子八年前被诊断出有脑瘤，现在已经是一个健康幸福的少年，而且总想着法子让我抓狂！我跟你说这些，是因为我记得当时我有多需要听到一些充满希望的故事，不是从医生那儿，而是从真正经历过这一切的人那里听到。所以，这就是我的经历。一定发帖子让我们知道手术进展如何（如果你愿意的话）。你在"希望之家"的所有朋友都在为你们加油。

"天哪，大家都这么善良！"安娜一边说，一边又从头到尾看了一遍这条信息。

"你还好吧？"我捏了捏她的肩，把她从长椅上搂过来紧挨着我。

"没事，真的没事。我只是太，太……"她的声音越来越小，她的眼睛一眨不眨地跟随着一对老夫妻，老两口正拿着一包喂鸟的面包屑在散步。

"我也没事。"我说道，然后深吸了一口气，让一些新鲜空气进入我的肺里。我重新拿起手机，开始阅读剩下的信息，都是互联网上的陌生人发来的有关希望的故事。

杰克已经醒了，我们在重症监护室见到了他。他头部的一半部分被绷带和纱网包着。他的眼睛会偶尔睁一下，但很快就又闭上了。我俩坐在他的床边，一人握着他的一只手。

"抱歉，"当我们问一位护士，手术做得怎么样时，那护士说道，"我不能跟你们说，但是医生会告诉你们更详细的情况。她现在就在候诊室，最后面那一间。"

我一走进那间屋就感觉有些不对劲。弗拉纳根医生坐在椅子上，还穿着她那件绿色的手术服，正在手机上火急火燎地查看着什么。现在我明白了：刚才那位护士为何避免和我们目光接触，为何在走廊尽头有这么一间更为僻静的候诊室。

"这样，"弗拉纳根医生放下手机说，"有一个好消息。"我等着听她说，紧张得不敢喘气。"手术做得非常顺利。所有的东西都取出来了。没有并发症，而且杰克表现得很棒。"

"您设法取出了那个肿瘤的所有部分？"我问道，感觉我的心脏怦怦直跳，我的呼吸也在加速。

"是的，我们取出了所有部分，"医生边说边摘下了手术帽，"手术比我们预期的要简单一些。有些肿块比较复杂，和血管缠在一起，不过那都无关紧要。我们会做扫描确认，不过我有信心，我们做的是整体切除。"

整体切除。我们知道这几个字。我们在"希望之家"的医学文献中看到过，它是判断儿童治愈的黄金标准，癌症所有看得见的迹象都会被清除。

"所以这……这，"安娜结巴起来，几乎上气不接下气，"这是不是表示他治愈了？"

"是的，可能是，"弗拉纳根医生说得很快，"按照规定，我是不允许这么说的。我们医生在谈到治愈时都非常紧张，但是，杰克的情况是，手术做得意想不到地顺利，所以我真的希望他能够完全康复。不过，完全坦白地说，总是会有风险，它可能会再出现。从杰克的情况看，这个风险会非常小，但不管怎样，风险还是存在的。"

风险，非常小的风险。但是风险总会存在，过马路有风险，在学校打橄榄球也会有风险。

"那他还需要其他的治疗吗？"我问。

"是这样，"医生一边说，一边看了看表，"后面几天里，我们会再做一次扫描，以确定完全切除干净了，再没有癌症的迹象。如果扫描结果证实了我们的想法，那么杰克就不需要再接受其他治疗了。"

"谢谢，"我说，"太感谢您了。"

"嗯，传达好消息的感觉真好。"医生一边说，一边站起来朝门口走去，"不过，如果你们不介意的话，我需要为另一台手术做准备了。"

突然间，安娜站了起来，她的胳膊搂住了医生。她俩的拥抱很尴尬，两个人都不知道该拥抱到何种程度，也不知道该抱多久。但是安娜不愿松手，她的胳膊紧紧环抱着医生的身体，就好像她紧抱自己的孩子不放手似的。她俩都站着，缓缓地摇晃至一个灭火器旁边，安娜一直在弗拉纳根医生的耳边低声说着"谢谢，谢谢"。

12

　　我听着海浪拍打着岸边，伴着偶尔从远处的轮船发出的隆隆声。安娜斜靠在太阳椅上，看着书。杰克坐在沙滩垫上，翻着他的口袋妖怪卡片。他的头发夹杂着盐和沙子，显得更加浓密，他的颈背在阳光的照射下变成了金色。

　　手术后，我们喜欢观察他头发的生长情况。回想起他小时候头发的样子，那时带他去美发店还是一种折磨。安娜希望他的头发留长一点，让头发卷起来搭在眼睛上方。她不想再让他把头发剪掉。

　　弗拉纳根医生是对的，核磁共振显示，她把所有的肿块都切除了。杰克很快便恢复了。他又开始上学，和他们班同学一起上了"伦敦眼"摩天轮。他甚至开始在汉普斯特德小马队接受足球训练。这一切我们不是在做梦吧？当我看他踢足球或者往游泳池里跳时我就在想，看看他，看看他。这像一个患有脑瘤的男孩吗？

　　去克里特岛本来是安娜的主意，去一个大学生推荐的自供伙食的公寓楼。那是一套顶层的套间，阳台上可以看到大海的全景。公寓楼位于海滩尽头相对安静一些的位置，远离乘船观光和水上摩托，远离贩卖衣服、珊瑚项链和盐水煮玉米棒子的小贩们。

　　突然，杰克尖叫起来，从沙滩垫上蹦了下来，然后跑到海水的边缘，来来回回地躲避着海浪，在沙滩上留下了串串脚印。我们跳了起来，以为出了什么事儿，然后我们看见有只蝴蝶正绕着他的头飞来飞去。

"它在追我，是只黄蜂。"杰克一边说，一边挥舞着胳膊，他的小脚在沙滩上不停蹦着。

"是蝴蝶，杰克。它不会伤害你的。"我说。

"你怎么知道？"杰克说，"蝴蝶有时候可以把人吃掉。"他朝着我走过来，两只手伸着像只恐龙似的，"真的，爸爸，你怎么知道的？"

"因为我很聪明啊。"

"哈，"他边说边碰了一下我的脚指头，"你可没有菲利普·克利弗聪明。"

"那么他很聪明咯？"

"在他还是个小宝宝的时候，他就能读出、写出和做出所有的算术题。"

"哇，那你们是不是叫他'聪明的克利弗'啊？"

"什么？"杰克两只手叉着腰说，"他的名字不是克利弗，是菲利普。"

安娜笑了起来，"没关系的，杰克，"她说，"没人明白爸爸说的笑话。对了，现在喝啤酒是不是太早了？"

"现在十一点过五分。"我看了看表。

"休假期间这也可以接受，对吧？"

"我觉得我们已经决定过，十点半以后就可以了。"

"啊，那么请给我来杯啤酒，再来点儿巧克力脆饼之类的。"安娜在太阳椅上伸了伸懒腰，她的双腿被晒得变成了浅棕色。

"还要别的吗？"我说。

"不要了，不要了，"她说，"虽然你在走之前还可以再为我服务一下，不过那些已经足够了。"

安娜朝前坐着，把防晒霜递给了我。再次触碰她的感觉真好，能触摸到她那温柔紧致的肌肤。

"太棒了。"她一边说，一边长叹了一口气，好像杰克睡觉后我们孤独寂寞似的。

"挺好的。"

"但是你应该停一停，不然我可能会做些不恰当的事儿了。"

"好啊。"我一边说，一边笑着擦完最后一点防晒霜。"对了，亲爱的，"我对杰克说，"我们要不要来点儿冰激凌呢？"

"又吃啊？"杰克说，"今天是周末吗？"

"我们在休假呢，杰克。我们每天都可以吃冰激凌。"

我们沿着海滩朝酒吧走去，杰克拿着一根捡到的小木棍在前面跑着。他的相机背带挂在他肩上，让我想起了安娜在学校时也是这样背着她的中提琴琴盒的。

由于这片海滩弯弯曲曲地延伸到另一个海湾，我们便站在伸出的岩石上，眺望大海。

"这里真美，爸爸。"

"是的，确实很美。瞧，你能看到正在水里跳跃的小鱼吗？"

我指着海面上的涟漪和水花。"有鱼，有鱼！"杰克连蹦带跳地说，"爸爸，它们为什么跳起来？它们是在做游戏吗？"

我想竭力找出答案，可是我真的不知道为什么，"我也是这么认为的，或者它们也许是在觅食。"

杰克开始从相机盒里取相机。

"你准备拍照吗？"

杰克点点头，两只手小心地托着相机。然后他把相机对准小鱼，开始连拍。

我看着他，蹲着身子，尽可能地向海水靠近一些。天气特别好，太阳高照，万里无云。远处的公海上有几艘游艇，游艇上的桅杆在阳光的照射下闪闪发亮。

"爸爸，爸爸，快看！"杰克叫了起来，伸出手里的相机给我看。我看了看相机上的小屏幕，那是一条鱼跳出水面的特写镜头，银色的鱼鳞闪闪发光，鱼嘴张得好大。

"哇，杰克，真是让人难以置信啊。这照片能在比赛中拿大奖了。你应该给妈妈也看看。"

杰克兴高采烈，"等我们回到英格兰，我要给我的老师看看。"

那个酒吧是一个圆形的小屋子，夏威夷风格，装点有棕榈树和干柳条，一个小小的音响里正放着雷鬼音乐。我抱起杰克，让他坐在吧台边的高脚凳上，然后我坐在他旁边。

"你好，"吧台招待似乎带有牙买加的口音，"让我猜一猜。你们要两杯啤酒、一杯橘子汽水，就这些了。"他朝我使了使眼色，然后弯下腰朝冰柜里看，"明显没有冰激凌或者其他东西给这个小男孩了。"

杰克和平常一样咯咯地笑起来。男招待拿出一个锥形杯，用勺子舀了些香草和巧克力味冰激凌，然后将其放在身后。

"确实没有给这位年轻人的冰激凌了……"他又说了一遍，同时摇了摇头。接着，他突然变出了那个冰激凌，上面撒了一层巧克力屑和一块薄片。杰克尖叫了一声，我们到现在也不知道那位男招待是怎么弄出来的。

我们在酒吧坐了一会儿，阳光照在我们裸露的后背上。杰克吃冰激凌时我观察着他，非常有条不紊，就像安娜一样，一边吃一边研究着哪个地方最容易滴下来和流出来。

"我们能去看鱼吗，爸爸？"我们走回安娜身边时，杰克问。

"当然可以。我们先把这杯啤酒拿给妈妈，然后我们就去，好吗？"

安娜虽然戴着太阳镜，但是我能看到她正看着我们，等着我们出现在后面便是海滩的草地上。

"我以为你们走丢了呢。"她说。

"出现了冰激凌突发事件。"我说。

"爸爸还喝了杯啤酒。这是第二杯了。"

"谢谢你，杰克。"

"不客气，爸爸。"杰克的声音像唱歌一样，然后我轻轻地戳了一下他的肋骨。

"抱歉，我们的时间太长了。"我边说边把啤酒递给了安娜。

"没关系。说实话，我自己在这儿看书挺好的。"

她把书放在毛巾上。安娜一直喜欢读书。在非洲那段漫长而又空虚的日子里，她的父母忙于教会的事儿，她的同学又都生活在遥远的村子里，所以她便坐在走廊里看书。她如饥似渴地看完了杰拉尔德·达雷尔和威勒德·普赖斯的书。她还能背诵詹姆士·赫里奥特小说中的段落，因为她把那些小说看了无数遍。在她靠父母募集的捐款而完成学业后，她便在邻近的小镇上建立了一个图书馆，然后开始看不同世纪的作家们写的书：简·奥斯汀、杜芙妮·杜穆里埃、弗吉尼亚·伍尔夫。

我们喝完啤酒后，便沿着海岸线散步，中间经过了几家大饭店和迪斯科舞厅，最后终于走到了公共海滩上，那是一片满是清澈沙粒的广阔区域。只有几户当地人，坐在靠近路边的位置，正在一个小烤架上烤着小羊羔。

我们三个蹚着水走进了岩石上的小水塘。

"安静，爸爸。"他站得直直地说，"你看，这儿有鱼。"他拿起小桶，试图抓住几条小鱼儿。可是它们游得太快了，在他的指尖碰到水面之前便改变了方向。

"它们在那儿!"杰克一边叫,一边指着,扬起了一团沙土。于是我们一次又一次努力,刚开始是想抓到那些与鱼群分开的落单的小鱼儿。然后我们又试着抓成群的鱼,把水桶像拉网一样从水里舀起来,但是鱼群总能逃过我们的抓捕,最后我们只能空着手又回到海滩上。

"它们游得太快了,"杰克摇着头说,"它们是极速小鱼。"

"好吧,我要让你看看怎么抓鱼。"安娜突然说道,然后整理了一下比基尼,摘下了太阳镜。

"妈妈!你是要进水里吗?"安娜游泳游得并不好。她总是说,她更喜欢陆地。

"对呀,我要把那些小鱼儿全抓住。"

"不,你不行的。"杰克说。

"看好了。"她边说边拎起那个小桶。

安娜慢慢地蹚进水里,一脸聚精会神的样子。她猛地扑了下去,杰克尖叫起来,但是鱼儿游得太快了,她只捞了一桶子沙土起来。

她并没有就此打住,又重新调整好姿势,眼睛紧盯着小水塘,等着合适的机会。就在她准备出击时,她脚下一滑,倒了下去,激起了蘑菇云似的沙土。

我们忍不住笑起来。"你在干吗呢,妈妈?"就在她努力从水里爬起来,却未能成功时,杰克尖叫道。终于,她爬起来了,摇摇晃晃地回到我们跟前,浑身都湿透了,脸上还有结成块的沙子。

"抓鱼不是那么容易的,对吗?"她一边说,一边喘着气,擦着脸上的沙子,"我觉得这就够了。"

我们三口坐在小水塘的边上晒太阳。安娜夹在杰克和我中间,轻轻地用她的指尖敲打着我们的腿,"看看你们俩,我漂亮的古铜色男孩。"

当我们看到杰克用他的小脚趾在沙滩上画圈圈时，我冲着安娜笑了。

"尽管我给你们俩都涂了防晒霜，但是一回去你们就赶紧洗澡啊。"安娜补充道。

我不知道我们在那儿坐了多久，眼睛穿过蓝色的大海凝视着远方，绵延的山峦在薄雾中若隐若现。我们唯一听到的声音是孩子们做游戏的叫喊声，还有远处传来的摩托艇的嗖嗖声。我们所拥有的、我们即将失去的，突然把我击垮，就好像有人站在我的胸口上一样。我深吸了一口气，看看他俩，安娜正在点着杰克手里的贝壳。我们现在的生活太宝贵了。

安娜在看书，杰克在沙发上午睡，于是我坐在外面的阳台上，在手机上查看我的电子邮件。

主　　题	再次问候
发　　送	2014 年 8 月 13 日周三下午 12：16
发　自	尼夫
收 件 人	罗伯

你好，罗伯。我是"希望之家"的尼夫。几周前我给你发过邮件。别担心，我今天不是为了斯拉科夫斯基医生诊所的事儿来打扰你的。我只是想问一下杰克的手术怎么样了。我知道那是一段恐怖的时间，有时候朋友和家人都无法理解，所以如果你想找人说话……我希望一切都很顺利。

保重！

尼夫

尼夫，就是那个在"希望之家"推销那家骗人诊所的家伙。我本来准备滑动屏幕删除他的邮件，但是某种原因下我点了"回复"。或许是我错看了他，至少他还在努力关心杰克的情况。

主　　题	回复：再次问候
发　　送	2014 年 8 月 13 日周三下午 14：26
发　　自	罗伯
收 件 人	尼夫

　　你好，尼夫。谢谢你的记录，也感谢和我保持联系。你真是个好人。我们确实有些非常好的消息告诉你。大概一个月前，杰克做了手术，现在已经完全恢复了。神经外科医生设法取出了整个肿瘤，所以也不再需要后续的治疗了。当然，我们肯定还是要继续监控他的情况，但至少现在是好消息。我们目前正在希腊度假。再次感谢联系我，祝你和你的儿子一切安好。

发自我的 iPhone

尼夫几乎立刻回复了我。

主　　题	回复：再次问候
发　　送	2014 年 8 月 13 日周三下午 14：27
发　　自	尼夫
收 件 人	罗伯

你好，罗伯，

　　听到这个消息真是太好了。真心地祝贺你。我相信这一定是一个巨大的安慰。祝你假期愉快。

　　再见！

尼夫

155

杰克已经抱着相机睡着了，似乎那个相机快要掉到地板上了，于是我蹑手蹑脚地进了他的房间，从他手里取出相机，然后将它放在了外面。我坐下来，开始翻看相机里的照片。这个假期他拍的最早的照片都是海马图案的地砖、他的小沙发床，还有他的蜘蛛侠手提箱之类的。然后便是波涛汹涌的大海、夜色中的海滩，以及上面散落有沙土的被扔掉的冰激凌。

看看杰克是如何看世界的其实很有意思。有一张照片上有一株植物，既没有花也没有茎，但是有泥土和裂缝的罐子。另一张照片是荒原上的一个垃圾箱，他觉得像《星球大战》中的机器人阿图。还有一张照片是一头奶牛正静静地坐着。

随着我往后翻，我看到了杰克从我们在希腊这儿的阳台上拍摄的一些照片。刚开始，我以为那些照片不过是同一镜头的重复，就好像相机在连拍时被卡住了似的。但是后来，当我再近看时，发现每一张拍摄的角度都略微不同。

我翻看完所有照片后，明白了杰克试图做什么。他站在椅子上，让自己像一台三脚架一样旋转，他有条不紊地转了360度，拍摄大海、天空，还有一丝丝云彩镶着边的山脉。一张接着一张——天空的照片没完没了。我笑了，有一些惊叹：原来杰克在拍全景照。

杰克睡醒了，安娜正坐在他身边，抚摸着他的头发。

"你好，瞌睡虫。"我说。

"你好，"杰克懒洋洋地说，"假期结束了吗？"

"没有，我们还有五天的假期呢。"

杰克活跃了起来，眼里的睡意立马全无。

"星期一、星期二、星期三、星期四、星期五，一共五天。"他掰着手指头算着。

"没错。"我挨着他坐在了沙发上，"对了，我看了你相机里的照片。你拍的所有天空的照片，都非常棒。你想不想和我一起再拍一些呢？我可以教你怎么使用我的大相机。"

杰克认真地点了点头，"我在尝试拍一个环形，就像一圈照片那样。"他突然看上去非常局促不安，"对不起，爸爸。"

"为什么要说对不起，杰克？"

他咬了咬嘴唇，"因为在拍那些照片时，我站在了椅子上。您和妈妈跟我说过，我不能站在椅子上的。"

我拨弄着他的头发，"那没关系，你不用说对不起。不过下一次你得在我们都在旁边的时候再那样做。那么，你想不想用这个大相机试着拍一张全景照呢？"

"什么是全景照？"

"全景照就是你在做的啊，就是转着圈拍摄许多照片。"

杰克坐了起来，笑了，"我们现在就可以拍吗？"

我去拿了我的相机和三脚架，然后我们一起登上旋转梯，爬到顶层的露台上。这会儿是午睡时间，阳光直射着大地，只有偶尔的丝丝微风才让人感觉光线柔和了一些。

我拉开三脚架，杰克看着我，认真地记下每一步，这是他的大脑有条理的工作方式。

"那个就是三脚架，杰克。现在我们只需要把相机安在三脚架上，你能给我帮忙吗？"

杰克兴奋地点点头。我拉了一把白色塑料椅过来。他爬了上去，那椅子有一点点摇晃，然后我看到了安娜脸上闪现出一丝恐惧。我站在他后面，这样他就不会掉下来，然后我教他如何把相机固定在三脚架上。

我通过取景器看到海湾弯弯曲曲地延伸至朦胧的薄雾之中，我能感觉到杰克的眼睛正盯着我，专心致志地看着我在做什么。

"其实我之前只试过一次拍全景，但是我们现在要试一试。"我说，"你从这儿看。"

杰克弯下腰，透过取景器看着远处，"哇，太美了，爸爸。"

"然后按下这个按钮。但是得小心，轻轻地按一下就行。"

"是这样吗？"杰克说，我能闻到他肌肤上浓烈的盐味儿和防晒霜的味道。

"没错，棒小伙。现在，注意听相机的声音。"

杰克弯下身来，这样才能听到相机很小的旋转声，"像飞机的声音。"

"对的，因为它正在进行我们所说的连发拍摄。所以它正在拍好多好多的照片。"

"比如一百万？"

"哦，倒是没有那么多，但可能有几百张。"

"哇，那是挺多的。"

相机旋转的声音停了，于是我轻轻拨了一下三脚架上的刻度盘，然后重新设置了相机的帧速率，"现在，我们要稍微把它转动一下，你愿意帮帮我吗？"

杰克非常轻地帮我把三脚架移动到适当的位置。"它会再拍摄一些照片，然后我们再把它转动一下，我们就会看到一张全景照。"

"整个世界吗？"杰克问。

"整个世界。"

安娜用她的胳膊搂住我的腰。"他真的干得很不错，对吗？"她说。我们看着杰克不慌不忙地转动相机，然后透过取景器，确认他没有漏掉任何细节，确认他拍到了所有的东西。

13

　　"杰克在哪儿？"安娜问。我们在琥珀小学的烟花之夜活动上，似乎整个学校的人都在匆匆走过这条特殊的走廊。

　　"他去洗手间了。"我说。

　　"是的，我知道，但是已经大约过去五分钟了。"

　　"那我们过去看看？"

　　"你可以去。"

　　走进男孩子的洗手间，我感觉有些奇怪。所有的东西都是那么小，降低了高度的小便池，还有那么小的隔间。

　　我沿着水槽看过去，然后拐到小隔间那边。可是什么都没有，没有小孩，也没有声音。

　　"杰克。"我喊了一声。没有回应。"杰克。"我又喊了一声，有些恐慌，那感觉就像在操场上没看见他一样。

　　我回到走廊，想着或许他已经出来了，我没有碰到。可是从我身边走过一拨接一拨的父母和孩子当中，我没有看见他。我又返回洗手间，在里面来回踱着步，确信我没有见他出来。接着，我听到其中一个隔间里传出哧哧的窃笑声。我拉开门，发现杰克和一个我不认识的男孩在一起，两人的手里都拿着一把口袋妖怪的卡片。

"上帝啊，杰克，你不能这样啊！我正着急你去哪儿了呢。"

"对不起，爸爸，我们正在玩口袋妖怪，可是萨舍没有一张能量卡，所以我给了他一张。"

萨舍看上去很紧张，好像他遇到了麻烦似的。

"我们要不要去看烟花呢？马上就要开始了。"

"好的。"杰克迅速把他的口袋妖怪卡片收到一起，然后小心地取出一张，"这张给你，"他对萨舍说，"立方兽非常厉害，它能保护你，但是在晚上的时候你得把它放到你的床上。"

萨舍郑重地点点头，小心翼翼地把那张卡片放进了他的外套口袋里。

我带着两个男孩出去了，安娜正在外面站着。"他没事吧？"她说，看上去松了一口气。

"嗯，他没事。他在和另外一个男孩玩口袋妖怪卡片。"

"啊哈。来吧，咱们该过去了。再有五分钟，就开始放烟花了。"

操场上散发着一股深秋的气息———一股潮湿的树叶和烤过的栗子味儿——我们都能听到篝火发出的噼啪声。"琥珀小学之友"的成员们搭了个汉堡摊，正在叫卖，那股烤洋葱的味道让我想起得去西汉姆看看父亲了。

父亲喜欢这个味道。儿子，这是世界上最香的味道，他总是这么说。我还记得最后一次和他一起去踢足球。我们沿着他的习惯路线走着，先走格林街，然后再转到柏京路。他认识每一个人，我的父亲，对所有的孟加拉店主招着手，他们总是给他一些小杧果，那是他吃过的唯一水果。伦敦东部那个小地方的人们都喜欢我父亲，因为无论白天还是夜晚，他的出租车都会捎你一程。大家都叫他"救护车"，因为他总是把人们送到医院后分文不收。

"你好，杰克。"当我们穿过操场朝放烟花的地方走去时，孩子们喊道，他们都比杰克要大三到四岁。

"他们是你的朋友吗？"安娜问。

杰克若无其事地耸了耸肩，"我们有时候一起玩口袋妖怪。"

让我们高兴的是，不再有人知道杰克是患有脑瘤的孩子。杰克不再是那个大家集体为他祈祷的病小孩，也不是那个收到全校签名、印有"快点好起来"巨型卡片的小男孩。现在，大家对他的了解是，他喜欢玩口袋妖怪，他的卡片都按照卡面上妖怪的功力值在夹子里排得井井有条，还有他那些放在旧饼干盒里的复制品。

我们找了个不错的位置观看烟花，然后看了看周围有没有我们认识的人。可是我们只能看到人影子，还有不时被篝火照亮的鬼一样的人脸。

"我能长到天那么高吗？"杰克问。

"你现在还不够大吗？"

"不够。"杰克使劲儿表现出他的愤怒。

我把杰克抱起来，让他坐在我的肩上。这对我来说一直是一个熟悉连贯的动作，就像举重运动员的挺举一样。然而这一次，我费了点劲儿，有些晃动。

"你没事吧？"安娜问。

"没事，只是有些没站稳。我现在的精力已经不如以前那样旺盛了。"

"是的，亲爱的。"安娜一边暗自发笑，一边扭过头去看烟花。

《星球大战》的前几小节音乐响起了，我能感觉到杰克正踢着他的脚后跟，兴奋地紧紧抓住我的耳朵。他喜欢烟花，每听到点火的刺啦声后他都会尖叫"哇哦"，听到巨大的爆炸声时便往后缩。烟花表演结束后，空气中弥漫着刺鼻的火药味儿，他却又是鼓掌又是欢呼的，仰望着夜空，等待着，希望还能看到烟花。

烟花表演之后，有一个小小的秋天秀。杰克所在的班级被选中演唱最后的圣歌。他们唱的是《耶路撒冷》——安娜最喜欢的圣歌之一——而我特别惊讶，觉得这对于琥珀小学来说，太有爱国主义色彩，或者说太有基督教色彩，或是太社会主义。

我看着杰克，他那金色的小鬈发被舞台上的灯光照亮，当他在努力记住这个世界的时候，我的心却在感伤。我能看见他在绚光下眨着眼，在观众中寻找着我们。接着突然间，他不在那儿了。我以为可能是光线的问题，然而不是，他刚才站的地方现在有一个空隙，就好像他从学校的集体照中被删去了似的。就在孩子们开始唱"上主的圣容"时，我听到了一声尖叫，然后便是钢琴发出的尖利刺耳的声音。我俩赶紧跑着穿过观众席，跳上了舞台。杰克正蜷成一团躺在地上，手里仍然紧紧攥着他的赞美诗册。

"他可能是晕倒了。"救护车上的人说。尽管我们告诉他们，他曾患有脑瘤。"不，你们不要担心。"他们说道，好像我们在告诉他们，他对坚果过敏似的。那里很热，孩子们常常晕倒。

我们都上了救护车，警灯一直闪着，比杰克看烟花时还欢。我看了看安娜。我知道她的脑子里正在想什么。弗拉纳根医生说过，有百分之十四的可能性，肿瘤还会出现。我知道她的脑子里是如何考虑的。百分之十四，在合理的误差范围内，还是有少量不走运的，那就是十个里面有两个，或者五个里面有一个。

她坐在车上，一只胳膊放在杰克盖着毛毯的腿上。我明白她心里很清楚。从她那呆滞的眼神、那低头的样子，我能看出来。

在医院，我和杰克正在他的 iPad 上看口袋妖怪的动画片，这时，弗拉纳根医生走了进来。

"您好。"杰克说,甜甜地笑着。我们没有指望她,也不知道她会来到这家位于伦敦另一个区的医院。

"你好,杰克。"她微笑着说,"你怎么样啊?我听说你把自己扔在舞台上了。"

杰克笑了笑,不好意思地低下头看 iPad。

"那你现在感觉如何呢,杰克?"医生问。

杰克拍了拍自己的头,接着又拍了拍他的身子和两条腿,"好了,没有受伤。不过我弄丢了一些口袋妖怪卡片。它们都掉到地上了。"

"别着急,小天使,"安娜说,"我保证我们会找到它们的。"

杰克有些怀疑地点了点头。

"太好了,"弗拉纳根医生说,"现在呢,我想让你试着睡会儿觉,杰克。你今天晚上就待在这儿,然后明天早上再回家。"

我感觉松了一口气,也许情况没什么严重的,不过是手术后的轻度并发症罢了。弗拉纳根医生看了看杰克的检查图像,然后朝我们点点头,示意我们她想出去说话。

她把我们带到一间没人的候诊室。我们都在一张桌子边的塑料椅子上坐下,刺眼的强光让人感觉像是在警察局接受审讯似的。医生喝了一口咖啡,她似乎有些紧张,那是一种我们以前从未见过的状态。

"那么,"她试图从桌子对面看着我们俩,"据我们现在的判断,杰克已经再一次癫痫发作了。"她停了停,咽了下口水,我发现她的嘴唇很干,"真的很抱歉,但是从我们刚做的扫描来看,似乎他的肿瘤复发了。"

我不懂她在说什么。他们已经把肿瘤都切除了呀。弗拉纳根医生反复地告诉我们,他们已经把肿瘤全部切除了。有百分之八十六的可能,他会越来越好。

"杰克的……杰克的肿瘤?"我结结巴巴地说道,"但是我以为你们把肿瘤全部切除了。肿瘤没有了,你说的,没有了。"

弗拉纳根医生又咽了下口水,惴惴不安的样子。安娜在椅子上僵硬地坐着,两手在胸前紧扣着,仿佛她在祈祷。

"我们确实把我们能看见的全都切除了。"她说,"所有在扫描图上能看到的都被切除了。但是我担心的小部分星形细胞瘤情况,这回真的出现了。有些极小的触须发展成了大脑周围的组织……"

"杰克长有那东西?"我说。

弗拉纳根医生深吸了一口气,"从核磁共振上的显示来看,它现在看起来像恶性胶质瘤。"

我们知道恶性胶质瘤。我们见过"希望之家"上的父母们,他们在论坛里发疯似的发过几周的帖子后,便再没有进过论坛。

"但是……但是……它是可以被切除的,对吗,和之前一样?"我说,"还是有治疗办法的……"

弗拉纳根医生摇了摇头,"真的很抱歉。我实在没有简单的办法告诉你们这一切。核磁共振显示,杰克的颅内有许多许多的微小病变。"

我听不懂。这实在是讲不通。他每天都游泳、踢足球。我看了看安娜,指望她能说点什么。可是她一声不吭,一动也不动,两只手紧扣在一起。

"那就没有可能把这些病变都取出来吗?"

医生摇了摇头,"恐怕不可能。因为太多了。即便我们把这些病变全切除了,但是你想想这个肿瘤的侵袭性,它们还是会再出现的。"她呼了呼气,两手来回搓着,就好像在涂护手霜似的,"我真的是非常非常抱歉。"

我看了看坐在我旁边的安娜。她的头耷拉着,头发搭在了脸上。

"还有任何治疗办法去……去……"

"我们自然是要谈到这个问题的,但首先我们需要再做一些检查。"

安娜缓缓地抬起了头,她目光呆滞,脸色发灰而且苍白。她的声音很小,却打破了屋里的沉默。虽然我说话吞吞吐吐、结结巴巴,但是她口齿清晰,而且是经过深思熟虑的,"那这是不是意味着杰克的病没得治了?"

弗拉纳根医生凝视了她一会儿,调整了一下她的回答:"对不起,我现在还不能告诉你。但是我向你保证,明天我们就会知道得更详细了。"

★

我们醒了,一大早听着医院的各种声音:护士站那边传来的闲聊声、守门的员工们讨论着昨晚的足球赛,还有其他人生活的限制等。

我们坐在病床边的椅子上,没有说话,只是看着杰克。世界依然存在,但是存在在其他地方。这种感觉就像我在水下游泳,对于水面上所发生的一切只有一个模糊的印象。

知道现在的情况后,我怎么能直视杰克?他坐在床上吃吐司,盼望着明天就能回学校,可是我们要保守这个秘密。我们如何能那样瞒住他?

"首先,"那天上午,在我们走进弗拉纳根医生的办公室时她说,"今天没有二十分钟的限制。只要你们需要,我们可以一直谈下去。好吗?"

我们边坐下边点了点头,害怕得不敢说话。

"今天早上我和多学科专家组谈过了。放射科医生、肯尼提医生,还有一位神经外科医生,加上我,都一致认为再做手术没有什么意义了。"

医生等着听我们的反应,可是我俩只是坐在那儿,一声不吭,一动不动。

"我们都认为应该开始进行一些化疗，看看我们能不能让肿瘤减少。"

"那这样能不能……"我试图控制住我的声音，"那这样能不能清除那些肿瘤呢？我看网上说有时候……"

弗拉纳根医生等着听我继续说下去，可是我没法说完我的话。她往她的桌子前靠了靠，看着我们俩，"真的很抱歉，我实在是想不出更简单的办法来给你们讲这个问题，杰克接受的任何治疗都是治标不治本的权宜之计，就是看能不能让杰克再多活一段时间罢了。"

"权宜之计"，这几个温柔好听的字眼儿背后隐藏的却是令人感到恐怖的东西。晚期病人安养院和玫瑰花园；一些忙碌的身躯把他们的小狗带来，让即将逝去的人爱抚亲吻；老人们在生命的最后日子里整天听着莫扎特和那些善良的传道俗人宣讲。"权宜之计"，这里面没有一个字是适合孩子的。

终于，安娜有问题了。我很高兴她开口了，因为我没法做到。

"那么有多久？"她说，"杰克还能活多久？"

弗拉纳根医生深吸了一口气。"具体多久，这不好说，"她说，"一般来讲，在配合治疗的情况下，可能是一年，或者更短。正如你们所了解的，我们提供心理疏导服务。但是现在，就伤心程度而言，享受你们在一起的时光或许是最好的选择。"

享受我们在一起的时光，意思是杰克不会一直活下去了。一年。她怎么能这么说？就在三天前，他还在后院里踢足球，她看见了吗？这肯定是个误判。他们只是看了看图片和扫描的影像。

"我真的很抱歉，"医生说，"我知道家长们都不愿意听到这个消息，因为他们认为，这意味着我们正在放弃治疗，但是现在的问题其实是要尽可能地让杰克感觉舒服。"

舒服，就像一个生病的阿姨，不过是希望有一双睡觉时穿的保暖袜，以及电台里播放的室内音乐。

"有没有什么试验性的治疗办法呢？"我问，"比如说临床试验，或者有没有什么新药我们可以试试的？"我都能听到我的声音在颤抖。

弗拉纳根医生在便笺本上做了记录。"我已经在找了，而且会继续找下去的，"她说，"但是目前，似乎没有任何适合杰克的治疗办法。虽然马世顿倒是有一招。不过它实际是针对白血病和黑色素瘤的，属于早期试验，不过我觉得杰克可能适合做基因图谱。我今天会和他们确认一下，然后告诉你们，不过我感觉他们接收杰克的可能性非常小。"

"谢谢您，"我还有话想说，但是我在纠结，试图找出一个更好的方式说出来，"我就是不明白，为什么……我以为他已经治愈了……您说过……他有百分之九十的可能性会治愈的。"

医生又往前靠了靠，我当时以为她会抓住我的手。"恐怕杰克是那些不走运的当中的一个，"她说，"他的肿瘤发生变化的情况真的是非常罕见。"

"罕见"，我们之前听到过这个词。他的肿瘤很罕见。他那么小就被诊断患有肿瘤，很罕见。而现在，他的肿瘤会突变，而且发展成为恶性，也是罕见。他们是要告诉我们这一切，从而减轻对我们的打击吗？似乎这是一个出人意料的意外遭遇，完全超出了我们的控制范围。

我们从哈利街打车回到医院。看到我俩那毫无表情的脸，以及互不挨着的身体，出租车司机没说一句话。我们听着计程表的咔嗒声，还有雨水打在车顶的声音。我拿出手机，开始搜索医生刚才提到的临床试验，随着汽车在路上的颠簸，我努力保持着手机屏幕是竖直的。

汽车在路上堵着的时候，我转过去看了看安娜。"我在查马世顿的临床试验，"我说，"就是弗拉纳根医生推荐的那个试验。"

安娜看看我，却没有说话，她的脸色白得吓人。

"从我搜索的结果来看，似乎那个办法是值得一试的。"

"她说那是针对患有白血病和黑色素瘤的儿童的。"安娜的声音听起来跟机器人似的，没有任何感情。

"没错，但它也有杰克要做的基因图谱。"

安娜转过身，再次看着车窗外面。我发现出租车司机正从后视镜里盯着我俩，然后很快，便移开了目光。

"好像我们在听各种不同的谈话一样。"安娜仍然看着窗外说道。

"什么意思？这是她建议的，是她说的。"

"这不是她建议的，"安娜说，"她说的是她会去问问。她说他们接收他的可能性非常小。"

我看到出租车司机在镜子里快速地瞥了我俩一眼。他让我想起了父亲，想起他常常会尽可能往后斜躺在他的车座上。他喝的东西都被摆成一列，他的小电视被斜插在车的仪表板里。

我又回想起弗拉纳根医生刚才说到的临床试验，但是已经是一个模糊的记忆了，"所以你认为我们不要去试试了？"

"我可没这么说，罗伯。"安娜顿了顿，眼睛往下看着她的腿，"我们还是看看医生怎么说吧。"

我点点头，后面的路上我俩没再说话。我们仿佛两块同极的磁铁，互相排斥着把彼此分开。

在把我们放到医院时，出租车司机一脸严肃。我拿出了二十块钱给他，可他摇了摇头。"这趟算我的，伙计。"他说道，我能看到他眼里噙着泪。

有些时候，爱来自那些最陌生的地方。人们并没有意识到，他们有多让人心碎。

那天晚些时候，我们把杰克带回家了。我们努力不想把气氛搞得那么严肃，所以我们装出一副样子，我们在演戏，在回家的路上还停下来买了冰激凌。

我们一起看电视看到很晚。我们说，作为一个特殊的待遇，他那天可以想看多久看多久。我们给他做了特色奶酪吐司，给他吃了巧克力，还有一些冰激凌。除此之外，我们还能做什么呢？

杰克后来睡着后，我们把他抱上了床。我开了一瓶红酒，开始上谷歌。那上面肯定有一些相关的信息，比如，对幸存率的附加说明、新的治疗方法、对我们可能产生误解的信息进行澄清。我找到了人们讲述的经历、论坛上的帖子、雅虎知识堂和知乎网上的讨论，但是都没什么用。

不过我到底要找什么呢？一个暂时缓解的办法？对病情的另一种预后？还是在互联网上的犹太社区找出一篇学术论文，告诉我医生是错的，杰克还有机会，我可爱的儿子还能活着？

有人能帮我们吗？

发自罗伯 2014 年 11 月 6 日周四下午 21：20

大家好。几个月前，在我们五岁的儿子被诊断患有 PXA 后，我曾在"希望之家"上发过帖子。他后来做了切除手术，恢复得很好。然而我们刚刚得到了一个令人悲痛的消息，肿瘤又出现了，而且现在是多形性胶质细胞瘤。

今天我们见了他的神经外科医生，她说治愈是不可能的了，他们能做的也就是给杰克做缓解痛苦的化疗。我们问医生，杰克还能活多久，她说可能最多一年。

我们真的不明白所发生的这一切。杰克看上去依旧很健康。他们真的就没有其他办法了吗？

医生说，可能有一种临床试验，她正在研究。（我们住在英国，但可以去任何地方。）有没有人对多形性胶质细胞瘤有更多的了解？或者，有没有人有过接受新的，甚至是非传统治疗方法的经历？

我们将对你们提供的任何信息不胜感激。我们已经被击垮，而且孤注一掷了，我们不知道该怎么办。

罗伯

我在书桌上到处看了看，找到了杰克的影像报告，然后开始在论坛上搜索一些医学术语。一个 2012 年的老话题蹦了出来，是关于临床试验的。随着我往下看，我感到了阵阵兴奋和高兴。那是一种神奇的药，被媒体吹得神乎其神，是专门针对那些其他方法都不管用的儿童用药。

我点开了一个用户的头像，她儿子曾进行过临床试验。她最后一次访问论坛是在 2012 年。她的每一个帖子的最后签名都是：临床试验 2012 年 10 月，达蒙加入天使中 2012 年 12 月 23 日。

我又点开了其他几个头像。这个话题里没有任何发帖的人在 2012 年年底后再访问过这个论坛。他们的孩子都不在了。

14

当我醒来时，有那么一瞬间，一秒钟、一毫秒，或者更短。在真实与虚幻的两个世界之间，有那么一个暖和而且烟雾腾腾的世界。那是一个上午，有阳光，有学校，有迟来的早餐，还有开心的争吵声。然后，我记得，我希望自己能回去，重新醒过来，因为即使这个小片段只有一秒，只有半口气，只有一眨眼的工夫，却感觉如天堂一般。

安娜还在睡，她的呼吸很深而且规律，于是我伸手拿到手机，打开了"希望之家"。

回复：有人能帮我们吗？

发自SRC护工 2014年11月7日周五上午1：20

你好，罗伯。听到你的处境，我很难过。我女儿有过类似的诊断，那对她打击非常大。她的肿瘤扩散非常快，以至于到最后，只有安养院是唯一的解决办法。癌症是一种可怕的疾病。我会为你们祈祷……

回复：有人能帮我们吗？

发自卡米拉 2014年11月7日周五上午1：58

听到杰克的诊断非常难过。这里一直欢迎你们，而且会为你们提供许多帮助。我们永远不会知道何时或者何地才是终点，所以请你们热爱人生的这一旅程。

回复：有人能帮我们吗？
发自我们头顶的光亮 2014 年 11 月 7 日周五上午 7：30

为你祈祷，罗伯。你现在可能不想听这些，但是你必须把注意力放在余下的时间上。癌症真的会成为一种馈赠。它让我意识到生命中什么最重要，教会我的家人应该如何去生活。我女儿比所有人认为她可能活着的时间都要长很多，她最大限度地用好了她的时间。我会在你人生的路上为你祈祷。爱你。

就这些？这是大家的共识？我们应该享受和杰克在一起的余下时光？我们应该庆祝每一次日出，每一个露水闪耀的早晨？因为杰克现在是一个"幸存者"，在他的一段"旅程"中，所以我早就开始讨厌这些字眼了。

夜幕降临，杰克已经上床睡觉了，安娜正在客厅里看书，她的两条腿搭在椅子的一个扶手上，手里拿着一杯红酒。她看书的时候我观察着她。她的一侧脸颊上有一颗小痣，在她还是小女孩的时候这颗痣便有了。现在这颗痣的中间长出了一根毛。刚开始我以为她没有注意，想着她只是简单地关注一切，但是那根毛现在卷起来了，长到了一个指尖的长度。

如果在以前，你对我说：想象一下如果你在这种情况下，你会怎么做？当你被告知，你的孩子将要死去，你会如何度过你的每一天？我不知道我会如何作答。或许我会想象着，漫漫长夜里，我们以泪洗面，我们捶胸顿足，我们跪着乞求、咒骂上帝，我们不停地祈祷，祈祷，祈祷奇迹出现。

但是其实不然。世俗的一切完全把我压垮。曾经灿烂的一切如今都已腐烂堕落，只剩下久久挥不去的忧伤悲痛。

这是一些小事，一直都是小事。在杰克还很健康的时候，看到冰箱里放着我做的食品。我的杀毒程序询问是否要进行全盘扫描，因为如果我现在有电脑病毒，没有人会在意。大街上绷着脸的老人，拖着格子呢购物车上山时闷闷不乐的样子。难道他们没有意识到他们所拥有的东西吗？

安娜已经请了事假，杰克离开了学校，我们照顾着他，和他下棋，一次又一次地给他做奶酪吐司。确实，确实，还不仅仅是这些，对吗？还有炸鱼条和《粉红猪小妹》，还有《公园里的鲨鱼》，还有马拉松式的猜猜谁和《饥饿的河马》。可是除了这些，难道我们不应该再做些别的什么吗？

当我打开笔记本电脑，发现浏览器里打开了一些标签，其中一个是谷歌的搜索结果页面。字符串还在搜索框里：

如何告诉一个六岁的孩子他快不行了？

我大声念了出来，几乎不假思索，安娜瞥了我一眼，一脸困惑。

"你查的？"

"是的。"她说。

"所以，这是你认为我们应该做的？"我轻声说，"告诉他，他快不行了。"

"我不知道，罗伯，所以我才上谷歌查啊。"

我用手指头拍了拍沙发的扶手。难道她甚至不能和我讨论这个问题吗？有些时候，她对于一切的认识是如此令人气愤的简单。"我认为，我们不应该告诉他任何消息，"我说，"尤其是当我们还不能肯定任何事的时候。我们还有一些办法，我们不能放弃他。"

"我们并没有放弃他，罗伯，"安娜一边说，一边把身体转过去背朝着我，"但是我们必须要面对现实。你一直说还有办法，可办法在哪儿呢？"

"嗯，世界各地都有癌症治疗诊所，我已经读到过关于这些地方的介绍文字了。然后还有弗拉纳根医生提到的临床试验……"

"拜托，拜托，不要又开始讲那个马世顿的试验了。我们已经谈论过了，我不知道还能跟你说些什么。"

"其实我没打算说那个试验，安娜。"我的脸和脖子激动得有些刺痛，"我想说的是，如果你愿意听我说，那么我依然认为，还是有一些办法的。我觉得我们其实只是和医生做了些看得见的肤浅研究。还有一些孩子和杰克的情况一样，但是都已经治愈了……"

"请别再说那个字了。"安娜边说边生气地看着我。她的目光很忧郁，难以读懂，"没有治愈，罗伯，没有治愈的可能，像杰克这样的案例就没有治愈的。你不是也认为我没必要研究这个吗？我也看到过有关新药品的信息，还有临床试验。但是这会儿，罗伯，没有任何信息，没有信息显示这些办法中的任何一种能够在杰克身上起作用。"

安娜的整个脸颊变得绯红。她突然转向我，差点把杯中的红酒洒出来。

"在你再次打断我之前，请告诉我，我不知道我在说什么，那不是我想要的话。那是医生们说的话，罗伯。而且在你指责我漠不关心或者'放弃'之前，我愿意去争取第三种、第四种、第五种办法，如果你希望的话。但是它们会给我们完全一样的答案。"

"可是我们无法了解那些。"

"我们无法了解那些？好吧，我们无法了解任何事，对吗？肯尼提医生、弗拉纳根医生，他们都是全球儿科脑瘤方面的顶尖专家，他们两人都告诉我们同样的事情。上帝啊，罗伯，杰克不是你能编写程序的那些东西，他不是你能乱劈乱砍的机器。你不可能像应对其他事一样轻松地解决这个问题……"

"你干吗又把那些事情扯出来？这跟那些事无关……"

"是的，是没有关系，但它与杰克有关，与杰克现在的生活质量有关，与决定是否让杰克遭受作用几乎为零的临床试验有关。那样做只是让我们感觉好受一些，表明我们确实做了些什么。"

安娜见我一脸怒气，便没再往下说，深深地吸了一口气，"对不起，这是有些不公平。我并不是想暗指你要做任何事去伤害杰克。我只是想不出任何其他的办法。他们什么都做不了，罗伯。和你们一样，我的心都碎了，但是我们还是得听医生的。"

听医生的。安娜总是对专业人士过度尊敬。医生、律师、老师，甚至还有你要求会签护照相片的那类人。因为在那些人当中，她看到了她自己的影子。努力工作，精明谨慎，深谋远虑。她认为，这些人都有一种高贵气质，所以对他们质疑是不合理的。而在我生长的罗姆福，那些人往往都是反对者，他们都拿不到免费通行证。

"对不起，"她摸着我的胳膊说，"我不想和你吵架。我只是觉得，我们现在真正能做的就是享受我们在一起的时光。"

"享受？"我打断了她的话，"我们怎么享受？我们只是闲坐着，他妈什么都没做。"

安娜的脖子直了起来，她把红酒放到靠墙的桌上，酒杯在垫子上有些晃动。她拿起她的书，一句话也没说地走了。

我去看杰克，发现他还在睡。我把被子塞到他身下，帮他盖好，然后把小泰迪放在他的胳膊肘内。

在我们的卧室，我能听到微弱的水流声，那是安娜在洗澡。于是我下了楼，给自己倒了一杯威士忌，坐在桌边焦虑不安。

我登录了"希望之家"——现在差不多形成每小时上去一次的习惯——在最顶上有一条新的话题，下面跟的帖子已经有好多页了。论坛中的一个成员的儿子不在了，他们向他表示敬意，并把他们的头像都换成了他儿子的照片，他的脸偏向一边，好像得了中风似的。他们说，他很勇敢，是个勇士。天堂里又拥有了一位天使。

我无法再往下看了。他们只是在浪费时间，他们发着拍摄的日落照片，他们的感恩节，他们关于"感恩"和"正念"的反思。因为所有他们提到的"勇敢"和"保佑"都是一种错觉，一种骗术，都是糖衣包裹着的痛苦现实：他们的孩子将要死去，他们却没有任何行动去拯救孩子的生命。

然后我想起了尼夫。他的儿子叫什么名字来着？我打开我的电子邮件，在几个月前的邮件中找到了他的留言。乔希，就是这个名字。他的儿子就曾患有恶性胶质瘤，并且在布拉格的一家诊所接受过治疗。

我又看了一遍尼夫的信，然后开始搜索他推荐的那家诊所和医生。斯拉科夫斯基医生的网页井然有序，易于浏览。我便开始阅读有关这家诊所拥有专利的免疫工程治疗法。诊所会采集病人的血液和注射疫苗后再生的胸腺衍生细胞。随后，采集的血液被重新注入病人的体内。按照斯拉科夫斯基医生的说法，这简直太简单了。就是增强人体天生的免疫系统，而不是用化疗来摧毁免疫系统。

我开始观看在这家诊所接受治疗的病人的视频证明。科斯蒂，二十三岁，患有胰腺癌。她刚到诊所后，他们便开始录制视频。她看上去干巴巴的，头上裹着一条围巾，脖子和脸上都是鳞状的红疹子。视频里传来解说员严肃的声音，在胰腺癌第六阶段的标准护理下，她还能活不到六个月的时间。

然后我们又看到了科斯蒂，现在她有着一头金色短发，正坐在床上和她父亲在 Skype 上聊天。她说，她有好消息要告诉他，她的声音里透着兴奋，眼里却含着泪花。奏效了，她忍不住抽噎起来，奏效了，爸爸，她说。接着，视频中又出现了科斯蒂。那是几年后了，她带着一个蹒跚学步的小孩在旋转木马上嗖嗖地转着，她的丈夫在后面，怀里抱着一个刚出生的小婴儿。

我又看了另一个视频。那是一个母亲，儿子叫阿什，她患有晚期脑瘤，是个美国人。她在家里的客厅里接受的拍摄。光线很白，所以客厅看起来像 20 世纪 50 年代的起居室，一尘不染，却毫无生气，我感觉那个男孩肯定不在了。可是接下来，滤光镜变了，仿佛阿什的母亲完全变了个人，就像那种拙劣的周刊里前后两张照片似的。而且里面还有阿什，漂亮的小阿什，来回跑着，看上去长大了些，更健康了，他不知道或者不关心自己为什么被拍，因为那里有树可以爬，有小溪可以跳过去。

这简直是好得令人难以置信。这里面肯定有问题，应该有另外的说明，解释一些刚开始还不明显的东西。

主　　题	回复：杰克
发　　送	2014 年 11 月 11 日周二上午 8：33
发　　自	罗伯
发 送 至	尼夫

亲爱的尼夫，

　　我不知道你还记不记得我，不过几个月前，我们曾简单地交流过。

　　对不起，我们有一些不好的消息。上次我给你写信时，杰克已经做完手术，而且恢复得挺好。然而不幸的是，他的肿瘤又出现了，而且侵袭性更大了。杰克现在长的是恶性胶质瘤，满脑子里还有许多新长出来的小肿瘤。医生们说，他们无能为力了。

我已经读到一些有关斯拉科夫斯基医生在布拉格的诊所的报道，我想知道你能否给我提供更多的信息。

另外，我希望你不会介意，我能问问乔希具体接受的是什么治疗吗？我想知道不光是在斯拉科夫斯基诊所的治疗，而是所有的治疗。同时我想确认的是：乔希是多形性胶质细胞瘤三期，对吗？

我希望我的这些问题不会太冒昧。我说过，我看过你的博客，里面详细讲到了乔希的治疗，但是我想百分百地确认，我的理解是正确的。

很抱歉，这样突然给你写信，希望你能理解。

祝好！

罗伯

盒子山

这个周末，妈妈因为上班而不在家，于是我们来了个一日游，离开伦敦城，到乡村去。那天真的是令人印象深刻，杰克。天气酷热，我们把车开到通往盒子山顶的有风的路上，然后坐在瞭望点，吃三明治和佳发蛋糕。我记得，你特别喜欢一小口一小口地吃巧克力，杰克，然后就像爸爸教你的那样，擦掉你牙齿上的果冻。先擦巧克力，再擦果冻。先擦巧克力，再擦果冻。

15

我们只能忽略电话、电子邮件和脸书上的消息这么长时间。人们上去签到，是因为他们已经听说杰克生病了。朋友们去我们家探望，只是五分钟的时间，是因为他们希望从我们这里得到关于杰克的消息。

安娜建议再给我们所有的朋友群发一封邮件。她说，这样的话，他们便不会再打扰我们。我耸耸肩说，怎样我都无所谓。

很快，我们便收到了许多回复，收件箱里都装满了。他们不敢相信这个消息是真的，他们说。为什么这一切会发生在我们身上，他们问，为什么？他们能够做些什么？他们可以给我们送来食品，帮助打扫屋子，任何事，真的，任何事，因为他们感觉我们是那么无助。

然后他们问杰克怎么样了。肿瘤都被切除后，他近况如何？这么可怕的一件事儿竟然发生在一个小男孩身上，因为他们知道我们有多珍视他。他们知道，他们自己的孩子对他们来说意味着什么，所以他们明白。上帝啊，他们甚至无法开始考虑，我们现在正在经受什么。

接着，我看到了脸书上的状态更新。有朋友、朋友的朋友，还有一些我们甚至不认识的人。

刚刚收到一些令人非常难过的消息……

令人震惊，彻底震惊……

有时候你会被提醒，生活是如此短暂得可怕。永远不要忘记，抓住

你所拥有的一切。

★

我数了数：通过代理服务器，有 126 个人的信里提到喜欢杰克。正
当我在考虑如何回复的时候，我发现，在我这组帖子中不再出现"杰克"
的字眼。

安息吧，大卫·弗罗斯特。

现在好难过：安息吧，大卫先生。

"正在哭泣"这是一位天才。安息吧。

仅仅几分钟，杰克便被人们遗忘了。很沮丧，他们说，极其沮丧。
因为《弗罗斯特对话尼克松》一直是他们钟爱的电影。因为他们再没有
产生过像他那样的新闻记者，一位真正的绅士，骨子里充满诚实与正直，
比默多克和他的电话窃听黑客要善良很多。

"太快了。"他们都这么写道。"太快了"，这几个字在我的脑子
里来来回回地出现。太快了。他七十四岁，他已经过了古稀之年。或许大
卫·弗罗斯特上厕所的时间比我儿子活着的时间还要长。太他妈快了？

主　　题	治疗
发送时间	2014 年 11 月 11 日周二下午 22：59
发　　自	尼夫
发 送 至	罗伯

你好，罗伯。听到你的消息，真的很难过。我知道这是一段多么
糟糕的日子，而且任何人都没办法让情况变得更好一些。

那么我直接开门见山吧。关于乔希的治疗问题，他是在三年前被

诊断出多形性胶质细胞瘤三期的。2009 年他在普雷斯顿皇家医院进行了肿瘤切除手术。随后，他又因为几个小结节而接受了伽马刀治疗。

后来很快，我们便被告知，他们已经无计可施，唯一能做的就是临终关怀了。也就是从那时起，我开始研究斯拉科夫斯基医生的诊所。那里的费用很高，却挽救了我儿子的生命。如果你需要了解更多细节，请不要客气。我会很高兴通过邮件或者电话（01172-532676）和你谈谈。你方便的任何时间都可以。

保重！

尼夫

我的电话响了，是思科特。

"你好，罗伯。"他的音调正常，他在电话里的声音总是不雅。

"嘿。"我回答道。他停了片刻，没有说话。我能听到后面像是在咖啡厅或酒吧里的声音。

"听到这个可怕的消息，我真的很难过。"

"谢谢。"

他再停了一下，听得见他在嚼口香糖的微弱声音。"如果有什么我可以做的，请你一定要告诉我。"他说。

我没有回答。有什么我可以做的，这话我在前一个小时听得太多了。

"你应该说一声的，老兄，"思科特说，他的语气不再那么正式，好像我们在聊足球似的，"你应该告诉我的，或许我还能做点什么……你知道的。这个群发邮件让我大吃一惊……我还以为一切都……"

"你是不满意我们告诉你的这种方式吗，思科特，通过电子邮件的方式？"

"不，不，"他结结巴巴地说，"我不是这个意思……"

"我是不是应该去趟你家，亲自跟你说一声？那样你是不是会感觉好一些？"

"不是的，老兄，抱歉，我不是那个意思。你别那么想。我只是想告诉你，任何时候你都可以给我打电话，或者我们去喝杯啤酒或其他的，聊一聊这个事儿。"

把事情讲清楚。好像我们在讨论思科特最后那段失败的感情似的，又仿佛在谈西汉姆队在中场的战斗。他开始说话，说他认识的一位医生，说那个医生还欠他一个人情，可是我把电话挂了。

主　　题	回复：杰克
发送时间	2014 年 11 月 13 日周四上午 8：33
发　　自	罗伯
发 送 至	尼夫

亲爱的尼夫，

非常感谢你提供的有关乔希的信息。说实话，刚开始我对斯拉科夫斯基医生的诊所有些怀疑，因为我在"希望之家"上看到了很多对这家诊所的批评指责。所以在听完你的故事后，感觉很有意思，也很振奋人心。

我们很快就要黔驴技穷了。昨天，医生告诉我们，杰克没有被马世顿的临床试验所接收。他们说，化疗是现在唯一所剩的办法，而且最好的结果也不过是让病情的发展尽量慢一些。

如果可以的话，我宁愿马上替代他。我会给他我的大脑，我的一切，如果可以的话。我只是不明白，他到底做什么了，而要让他来承受这一切。

真的非常抱歉告诉你这一切，尼夫。我知道，我们彼此并不认识。

因为你之前经历了这一切，所以我想你会理解。

保重！

罗伯

主　　题	回复：杰克
发送时间	2014 年 11 月 14 日周五上午 10：42
发　　自	尼夫
发 送 至	罗伯

亲爱的罗伯，

你的儿子没有做任何事而值得遭受这样的命运，你永远不要忘记这一点。在我的乔希被诊断患癌后，我也和你一样，不停问自己为什么。为什么是乔希？他做什么了？我做什么了？有没有什么办法能够阻止这一切？是不是因为我们住得离手机信号发射台太近了？是不是小孩食品中添加的都是化学成分？

我非常理解你们现在的遭遇，因为我也同样经历过。我常常在想，一个没有乔希的世界会是什么样，而这样的世界把我击垮了。我想这就是促使我去找布拉格那家诊所的原因。医生们说的任何话都不再有意义，我只是感觉我们在浪费时间。

很抱歉，我说了这么多。请你明白，你可以和我在任何时候谈论这个话题。我和你之间只是一封邮件或者一个电话的距离。

保重，我的朋友！

尼夫

附：我在附件里上传了几张乔希的照片，这样你就能大概知道他接受了什么样的治疗。那些照片包括他被诊断患癌开始，一直到现在的状态。（我的博客里还有一些照片，nevbarnes.wordpress.com。）

我开始点击浏览那些照片。乔希的第一次化疗。乔希，做完核磁共振后，现在完全秃顶了。乔希坐在床上，胳膊上有一根插管，斯拉科夫斯基医生站在他旁边。

其中有一张特别的照片，我忍不住一直看着。那张照片是乔希坐在海滩某个地方的一块岩石上，他的脸更饱满了，头发现在又长又卷，而且是金色。他眯着眼，太阳照在他的眼睛、脚上的潜水脚蹼和潜水面罩上。他看上去和生病时完全不一样，那之前他是一个憔悴而且枯瘦的小男孩。现在，乔希大些了，变成熟了，他还活着。

新的一批药片到了。真空包装，放在覆盖有太空箔的盒子里。这些药是从中国进口的，我看网上说，它们是由一家瑞士公司在 24 小时内送到的。硫酸肼、印度乳香、白藜芦醇、锌，还有一种叫作阿克唐丸的痤疮药物，这种药可以再次恢复免疫系统功能。

我每天都在研究，咖啡和威士忌会伴着我坐到很晚，阅读我手头能得到的任何资料。信息其实是有的，却隐藏在各种噪声背后，有病人论坛上的闲聊，有关于节食的建议，还有关于青豆和甜酸果果实的胡扯。虽然信息就在那里，但是如果你知道在哪里能看到，比如在证交所的通讯简报上，还是在肿瘤学的论坛里，或者在临床医学的资料库里，那么这些信息将会非常容易被入侵。

很快我就学会了。这就像运用一种新的编程语言越来越熟练一样。我现在知道如何从药品公司新闻稿的字里行间找出信息；我知道哪些药物在小白鼠身上起作用，但是对人体根本无效；我知道虽然杰克被拒绝接受临床试验，但其实还有一些治疗办法，比如在被同情的基础上接受药物治疗，或者去中国的诊所，那些诊所能够仿制临床试验的主要药物，并对那些能负担费用的客户提供预约服务。

因为有一些孩子和杰克得的是相同的病，但是他们活下来了。所以你必须得去深挖这些信息，要跟踪各种线索、链接，以及一些无人知晓的博客。但其实答案一直在那儿：高压氧舱、质子放射治疗，还有一种叫作血行阻断的外科手术，该手术仅在巴巴多斯做过。

他们把这些病人都叫作畸形人。这些人的身体状况好转了，导致概率一说成为不可能。医生们谈起他们时，仿佛这是超自然领域的一种现象，是超出医学科学理解范围的一件事。

而事实是，这些医生自己也不知道为什么有些病人的情况会好转。总有一天，当其基因组被破译后，那么这一切就讲得通了。它会像重力或运动定律一样不证自明。

有些事情总会有办法应对。就拿计算机的操作来说，如果出现了一个问题，你可以在它周围进行构建。你破解它的代码，编写一个假程序。不过要实现这一过程的话，你必须得冒险。我记得我还在上学时，有一天他们把我锁在了机房外面。他们说我没有恰当地利用午餐时间，没有利用电脑实现他们指定的目标。于是我在家里入侵了那个系统，把我自己设置为管理员，然后像个幽灵一样进入了校园网。

安娜从来就没有真正了解过我的那一面。她认为我是一个不顾及后果的冒险分子，甚至在一些小事上也会如此。比如拒绝支付航班上的旅行保险，又比如坚持随身携带大把现金。而对她来说，总是会有一些协议约定，一种做事的正确方式。这就是安娜的行为标准。总会提前到达，总会吃少量的晚餐，总会在睡觉前把衣服叠得整整齐齐。

而我现在不顾后果是因为我想挽救我的儿子。"听医生的。要遵照护理标准。"可是没有一样能够救杰克的命。如果我们遵照医生们的建议，那么杰克就不会有希望了。

我感觉就像回到了犯罪现场——我们轻而易举地穿过了琥珀小学的大门，这一次是为了参加圣诞集市。场面与那个烟花夜完全不一样。然后，杰克蹦蹦跳跳地穿过前面几道门，一边和他的小伙伴们打着招呼，一边指给我们看墙上有他做的手工作品。

今天，他有些沉默寡言。他一直紧挨着我俩，我没法再假装他没病。他缓缓地移动着，每一步都走得很小心；他的嘴唇发蓝，脸色苍白，像我上学时见过的一个心脏虚弱的男孩。人们都盯着他看，然后很快又把目光移开。

我们在等安娜买门票时，我故意摆弄着杰克的外套，试图避开与过往人群的目光交流。出现在公共场合，感觉有些陌生了。自从杰克在舞台上摔倒后，到现在已经有一个月了，我们大多数时间与世隔绝，礼貌地拒绝了朋友们谨慎且经过深思熟虑后提出的帮助。安娜现在只是上午上班，所以到了下午，如果杰克感觉精神可以，我们便出去：去电影院，去恐龙公园，去看海盗路线图展览。我们的生活感觉像是处心积虑、穷尽所能地要抓住现在所拥有的一切。

化疗让我们的生活变换了节奏。杰克作为门诊病人，每周要去一次医院，随后的几天便在家里恢复。在这一反反复复的例行程序中，有一小段舒适的时间。它让我们能够去准备一些东西，去做一些事。我们可以买他喜欢的小盒装橘子汁或者软糖。有时候，这是他唯一能消化的东西。我们可以清洗和熨烫他的蜘蛛侠睡袍，同时检查他在医院的拖鞋是否干净。

我们一致认为，回去上学对于杰克来说是力不从心了。他说他不介意，他可以在家上读写课，但是他想念他的伙伴。我们家里有一个时间安排表，都是被密切监督和控制的各种拜访活动，仿佛杰克是小王子似的，他的仆人和侍臣们都潜伏在后面，准备随时应对突发情况。虽然我喜欢看到杰克与他的伙伴们一起玩耍时的高兴神情，但是我讨厌这种拜访。我讨厌不得不与那些家长尴尬聊天，我们得尽可能多地聊他们，聊他们的生活。还有那难以忍受的迟迟不说的再见。

我和杰克一起看着墙上的一张照片，那是1C班的一项课题作业，他们用闪闪发光的字母连接成了道道彩虹。杰克用手指沿着胶水粘过的痕迹查看着单词，然后轻声拼了出来，S-H-A-R-E，分享。

外面，甜甜的空气中有一股浓浓的烤栗子和热葡萄酒的气味。我们曾站在那儿看烟花的小块草地上，现在有好多卖小装饰的摊位，还有一个变魔术的人，和球击椰子的游戏摊。孩子们一个摊位接一个摊位地逛着，因为有糖吃而欢欣鼓舞，又因为接近学期末了，所以特别兴奋。

杰克突然看上去非常惊慌，紧紧抓着安娜的手。我们走过操场，经过杰克班里一些家长的身边。可是他们都没有打招呼，他们的头都低着，都假装在看手机。这倒无所谓。我不需要他们的怜悯，不需要他们的斜眼一瞥，不需要他们不遗余力地假装一切都很正常。

我们朝着"翻筋斗"游戏和热巧克力售卖摊走去。杰克迈着像老人一样的步子，非常小心，就好像他正在冰上走着，生怕摔倒了似的。

"快看，杰克，"安娜一边说，一边指着两个男孩，"那边不是马丁吗？"

杰克耸了耸肩，把安娜的手抓得更紧了。

"你要不要过去和他打个招呼啊？"我们走过一个卖圣诞手工饰品的小摊时她问道。

杰克摇了摇头，目光从马丁所站的位置移开了。马丁·卡塔兰是杰克在学校真正喜欢的第一个小伙伴。每次杰克说他的名字时，我们都会逗他。他从来不只说马丁，而永远都说马丁·卡塔兰。

按照杰克的说法，马丁·卡塔兰什么都会做。他能比任何人跑得更快、扔得更远、跳得更高。在他只有三岁的时候，他就能读、能写，能把几个大于一百万的数加起来求和。他读过很多书——世界上最大部头的书——而且足球还踢得那么好，他已经为西班牙打比赛了。

我在学校的一次活动上见过马丁·卡塔兰，也确实听说了关于他的一些事。其他孩子衬衣都皱皱巴巴、都流着鼻涕的时候，马丁·卡塔兰却穿得整洁干净：一件清爽干净的白衬衫，一条灯芯绒长裤，一头油光发亮往后梳着的头发，更加突显出他那火枪手式的宽大下巴。

"你为什么不想去和他打招呼呢，杰克？"我说，"我肯定，马丁一定很愿意见到你。"

如果以前我说马丁，杰克往往会纠正我，坚持让我说马丁·卡塔兰，然而这一次，他没有回答我，只是把他的小脸埋进了安娜的外套里。

过了一会儿，就在安娜在那个卖热巧克力的小摊前排队时，我看不见杰克了。我就转过身去给了安娜一些零钱，然后突然间，他就不在那儿了。我紧张极了，发疯似的四处张望着，直到后来我看见他，一个孤立无助的小身影站在探照灯下，正望着充气城堡上的孩子们。

杰克像雕塑一样静静地站着，仔细聆听观看着一切：孩子们高兴的大叫声；鞋子偶然掉到防水油布上的声音；大一点的男孩们互相推搡，试图把城堡的护墙推倒时，亮黄色护墙上忽上忽下的人头。

"你还好吧，小帅哥？"当安娜拿着热巧克力回来时，我一边说，一边用胳膊搂住了他，"你想不想去找个地方坐一下？"我问道，可是他推开了我，当时虽然很黑，但是我能够看见他眼里闪着泪光。

"我想回家。"杰克说，眼睛仍然看着充气城堡。

"可是我们刚刚到这儿啊，杰克。我想你是想见你的小伙伴吧。"

"我没有什么小伙伴。我想回家。"

"不，亲爱的，可别这么说，"安娜说，"你有好多小伙伴呢。"

杰克摇了摇头，一脸不服的样子，"不，我没有什么小伙伴。你在撒谎。"

就在这时，马丁·卡塔兰出现在我们身边。

"你好啊，杰克。"他笑着说，他的衣服和头发都打理得干干净净。

杰克转过身，看见马丁和他那张兴奋的脸。

"你想来充气城堡和我们一起玩吗？"马丁问。

杰克面露喜色，趁着马丁没看见，迅速擦掉了眼泪，"我可以去吗，妈妈？"他抬头看着安娜。

"我不知道，杰克。"她一边说，一边看着一些大一点的男孩子正在做腹部拍水的动作，"那上面被那些大孩子弄得非常不平。"

"没关系的。"马丁·卡塔兰说，"那是我哥哥。我会告诉他，让他别那么弄了。"

马丁·卡塔兰招呼也没打，便跑回充气城堡跟前，然后对着那群大男孩大声喊着什么。其中一个男孩，完全是马丁的长大版，朝我们这边看了看，然后点点头，从上面跳了下来，站在垫子上。其他男孩一个接一个地跟着马丁的哥哥跳了下来，最后他们站成一条线，把入口都堵住了。

"现在没问题了吧，科茨夫人？"马丁跑回来说道，"我们可以自己过去，我哥哥会在下面守着，不让其他任何人上去。"

杰克抬头看了看安娜，又看了看我。

"好吧。"安娜说。我知道，她非常害怕，但是我们不得不同意让他去。

"托尼和埃米尔也可以和我们一起吗？"马丁问。我们没有注意到，杰克还有小伙伴躲在我们背后，"我保证，我们不会蹦得太高。"

"当然，"我说，"但是，杰克，你一定要小心，好吗？"

他点点头，然后他们一起朝着充气城堡走去。马丁的手保护似的搂着杰克的肩。

当我们和他们保持有一段安全距离跟在后面的时候，听到杰克对马丁说："我现在不太擅长跳高了。"

"那没关系，"马丁说，"我们只是稍微蹦一下……你看，就是这样。"他张开嘴呼出一大口气，在空中形成了一小团雾。

"太酷了！"杰克说道，然后照样子做了一遍，他呼出的气在探照灯下闪着光亮，"我们是飞龙。"

他们在垫子上与托尼和埃米尔站在一起，我听不见他们在说什么，但是我猜想，杰克在告诉他们他有肿瘤的事，他拍了拍一侧的头部，给他们看头上的伤疤。

我们以前也看过杰克和他的小伙伴们在充气城堡上玩耍的场面。他们会瞄准进攻，然后又假装倒下，试着翻筋斗和剪刀腿。但是这一次，他们控制得特别好。马丁·卡塔兰一本正经地牵着杰克的手，仿佛他们在茶点时的舞会上似的。接着，他们开始轻轻地上下蹦着。托尼和埃米尔也一样，忍住了往护墙上撞或跳过城堡边缘的冲动。

过了一会儿，男孩们慢了下来，马丁·卡塔兰的哥哥再也拦不住等在外面的孩子们了。马丁、托尼和埃米尔帮助杰克跳到垫子上，对他极为体贴，还帮他穿上了鞋子。

在他们分开前，他们互相拥抱在一起，非常正式，仿佛他们正在安慰彼此，像见多识广的老人之间互相慰藉一样。马丁·卡塔兰是最后一个拥抱杰克的。他们抱在一起有一小会儿，杰克靠在马丁的肩上，马丁的手护着杰克一侧的头部，就是有肿瘤的那一侧。

我又多打印了几篇有关斯拉科夫斯基医生的文章，并将其放进我为安娜准备的文件夹里。这个方式是安娜喜欢的：有条理、整整齐齐地放在一起。

我看到了另一个对斯拉科夫斯基医生的采访，讲的是在他还是捷克斯洛伐克的一位年轻的肿瘤医生时，是什么促使他进行研究的。就是那些异常值引起了他的注意，那些病人的反应无法解释，那是些奇迹。为什么他们有所好转，其他人却没有？研究这些异常值，斯拉科夫斯基医生猜度着，研究这些病情逐渐消失的罕见病例，然后你可能会找到治疗的方法。

我又在"希望之家"上看了一些关于斯拉科夫斯基医生和免疫工程的讨论。持怀疑态度的人要比相信他的人多。他的治疗方法未经证实，也没有提供比传统化疗更多的保证。那是一个疯人院，一个吞钱的地方，他们说。

但是乔希的情况怎么解释？这就是我一直上"希望之家"的原因。如果他的方法对乔希有效，那就有可能对杰克也有效。我记得弗拉纳根医生曾经说过一句话。她说，医生们对癌症的了解不过是冰山一角。还有很多方面，他们并不清楚，她说。

我想，她说这句话的意思其实是一种宽慰，是想告诉我们，杰克的病极为复杂，我们真的是无能为力了。不过，我从她的话中得到了启发。

如果杰克具有医学科学未曾探索和未知的基因突变，那会怎么样呢？再如果那个突变能够让杰克对某种治疗有反应，就像乔希一样，那又会怎么样呢？

我通常是第一个嘲笑同类疗法和虹膜诊断学的人，那都是些废话。我是一个程序设计员，我靠数据而生活；做梦都是代码。我总是对着安娜喋喋不休地讲伪科学的危险。但是每次我都对我自己说要忘掉它，那些怀疑斯拉科夫斯基医生的人或许是对的，尼夫就是一个怪人。我想到了那些客户评价。我想到了科斯蒂、阿什的母亲、詹姆士、罗伯森，还有那个十一岁时患有脑瘤，而现在正挽着父亲的胳膊去参加毕业舞会的名叫玛丽的小女孩。这些孩子都不是临床试验中的一个数据点，他们都是有血有肉的活生生的人。

　　我上网查了一下飞往布拉格的航班，一天有不止十次航班，我们从出门到到达最终目的地不会超过五个小时。我正在研究诊所附近的酒店，突然我的邮件箱发出咻的声音。

主　　　题	回复：杰克
发送时间	2014 年 12 月 2 日周二下午 12：05
发　　　自	尼夫
发 送 至	罗伯

你好，罗伯，

　　我今天从医院得到了一些好消息。乔希的扫描影像又很干净。

　　没有癌症的迹象，而且所有的肿瘤标记都是确诊以来的最低水平。当然，我们要保证，在后面的几个月和几年中都要给他做检查，但是每次干净的扫描图像就是朝着正确方向迈出的一大步。

　　扫描后我们带他做了治疗，然后一起去电影院看了《星球大战》（我们这儿放映的全是老电影）。他特别喜欢这部电影，看到他和我在多年前还是个孩子的时候一样喜欢这部片子，真的是让人难以置信。

　　我想知道，我是否应该告诉你这些，因为我知道，你现在正在经受一段难过的日子，你不想变得麻木不仁或者什么都不做。不管怎样，老兄，我现在得下线了。

还有希望，罗伯。永远不要放弃，我的朋友。

另外，杰克玩"我的世界"可能还早了点，但是乔希现在是真的被迷住了。他刚刚建了这座城堡，说他想把城堡送给杰克，让他振作起来（我告诉过他，杰克的健康状况不佳）。我现在给你发了张截图。希望杰克喜欢它。

我点开了那张"我的世界"的截图，是一个由八个小方块拼成的建筑，有塔楼、旗杆，还有一个指示牌，上面写着"杰克的城堡"。看着这个城堡，我哭了，不过原因并非我想起了杰克。它让我想起了我刚开始编写程序的日子。当时父亲从汽车行李箱的甩卖会上捡回一台旧笔记本电脑，我就是在那台电脑上写的一些小脚本。

我又看了看那个城堡。我能想象出，杰克再大一些的时候玩"我的世界"，会盖房子，会种树，会爬上通往新世界的山峦。有时候，我让自己像这样空想一会儿，想象着杰克大一点身体好转后，我会和他一起做什么。周六的下午我们会去电影院，杰克穿着小仔裤，脚蹬带轮运动鞋，手里拿着一桶比他的头还大的爆米花。

哦，我们会一起做什么呢？我们会买西汉姆的季票，会在周六的上午在爵禄街上吃点心，所有的暑假我们都会一起坐在酒吧里，然后和他开开那些女孩的玩笑。

其实这些并不是幻想，都是我曾经和父亲一起做过的事儿。每次只要他有时间能来看我踢足球，不管比分如何，之后我俩都会去"皇冠"买可乐和薯片。每到家人一起看电视的晚上，我们的腿上都会放着炸鱼和薯条：周三的晚上看《达拉斯》，周四的晚上看《机械师》。这些记忆就像软骨一样，顽固而不易破裂。

母亲去世几个月后，我在罗姆福的家里找一本书。我觉得我有印象在楼下见过那本书，是收在客厅的餐具柜里的。那个柜子里满是灰尘，有什么东西肯定会吓着我母亲。我没有找到我想要的那本书，但是在那些老旧的小饰品和穿满纽扣的饼干盒下面，我发现了一些练习本在一个塑料袋里。

我抽出了最上面的一本，发现里面有好多页上都是父亲小而干净的笔迹。我犹豫了，不想看到什么隐私的东西，然而接着有一句话跃入了我的眼帘："科蒂情绪激昂，戈达德惨了。"我开始快速翻看所有的练习本，当我意识到这些练习本都是干什么用的时候，我笑了：父亲为他所有看过的西汉姆队的比赛都配上了新闻报道。

每一本的首页都是整洁如新的，好像父亲之前已经在粗纸上打过草稿。句子都很短，父亲的字却写得很漂亮。

詹宁斯是今晚的明星。派顿却没有发挥一点作用，像只被困的黄蜂，几乎没碰到过球。

汤米·泰勒往上跳时像只大马哈鱼，落下来时却像个潜水钟。不过绝对精彩，他甚至让西看台的人都站起来看比赛了。

我接着往下看，看到了 20 世纪 80 年代末。我们在本场以 5 比 3 击败了切尔西队，之前，我们曾以 3 比 2 输掉了一场。我们的辉煌在 1993 年。随着我继续往后看，我注意到，有些练习本的首页上贴了一些金星，就像你在学校得到的那种金星。刚开始，我以为那些是我们打赢的比赛，但是我知道，1995 年我们并没有打败维拉队，因为当时我在场。然后，我意识到父亲在做什么了。他把我俩一起看过的每场比赛都贴上了一颗金星。

真的有这么多事儿要求杰克也这么做吗？必须找到一种办法，必须得有办法。因为如果你梦到它了，那就意味着它是真的，我父亲一直这么说。如果你梦到它了，那就意味着它是真的。

我躺在楼上的床上，听到洛拉的声音从楼下传来。我下楼走进厨房，见她正和安娜坐在酒吧椅上喝着咖啡。

"你好，罗伯，"她说，"还好吗？"

"挺好的，谢谢。"我说。她一脸关心地看看我，眉毛上扬，轻轻地咬着嘴唇说：我知道，我知道。

"洛拉正在给我介绍'许愿'基金会，"安娜一边说，一边指着桌上打开的一些小册子，"他们真的是给那些生病的孩子一个惊喜，而且是专门为他们而设的。"

"没错，"我边说边给水壶加满水，"我听说过这个基金会。"

尽管我背对着她们，但是我知道，安娜和洛拉正对视，琢磨着我的语气。

"我给他们写过信，"洛拉说，"然后他们给我寄了这个。"她又拿出一本小册子。

"看，就是这个。"洛拉边说边快速地翻着那本小册子。"与蜘蛛侠共度的一天。"她说，仿佛在对着一个孩子说话，"杰克只要穿上服装，见到真的蜘蛛侠，然后他们一起去一些特别的游戏室，请来各路角色，比如绿魔、闪电侠、水行侠。"

"不错。"我说。

"我想杰克会喜欢的，你觉得呢？罗伯？"安娜说。

"他们人都非常好，马上就接受了我的申请。我们基本上可以选择我们想要的任何东西，"洛拉补充道，"你们想不想去看看呢？"

她把那本小册子塞到我手里。小册子的首页上，有一个戴着消防员头盔的小孩。头盔下面我能看到他的头光秃秃的，而且发白，像只雏鸟似的。我快速翻了翻小册子，等着水壶的水烧开。

"看，这也是这个孩子，"安娜举起另一本小册子，指着一个坐在飞机驾驶舱的男孩，"他会喜欢这个的。"

"是的，有可能。"我说。

安娜轻声叹了口气，把小册子放在了操作台上，"好了，这里还有许多不同场景的。我们现在不用做决定，洛拉只是觉得这个可能会不错。"

"我后面会去看一看。"我一边说，一边把手里的小册子放回到厨房的餐桌上。

"我刚刚在给安娜讲，"洛拉说，"约翰工作上的一个朋友。他们的女儿被诊断患有和杰克类似的病，我觉得你们或许想和他们联系联系。我记得我妈妈那时得了乳腺癌，你努力去说一些对的事情、有帮助的信息，但是我认为你不可能真正理解，除非你自己正在经历这一切。"

洛拉等着我说点什么，或者赞许地点点头，可是我什么也没说。

"现在这种事好像到处都有，是吧？"她差不多是自言自语，"我想，这对现代生活是灾祸，是我们所付出的代价。"

水壶里的水沸腾了，我听到按钮发出的嘀嗒声。"我们所付出的代价，你是指什么？"我平静地问道。

"哦，没什么，宝贝儿，我就是瞎说的。"

"我只是想知道，你想表达什么意思。"我的语气平静而坚定。安娜把头低了下来，让咖啡冒出的热气绕着她的嘴唇飘上来。"那么你是不是认为这是我们的错？"

"哦，天哪。罗伯，不是，绝对不是。我完全没有那个意思。上帝啊，你们没有犯过任何错，难道你们不是这样认为的吗？我是想说，就像平时我是个十足的傻瓜一样，那是我们、我们这个社会，还有现代生活方式所犯下的错。是食品、压力、Wi-Fi，以及生活节奏造成的。

所以，宝贝儿，我不是指的你，是指的我们大家，还有其他这些东西全部加起来。有时候，我就在想，我们应该慢下来，判断一下……"

我已经明白洛拉想要表达的一切。因为这些我在以前全部听过。总是有人会当面或在邮件里说这些，好像风景如画的海边暗藏的逆流。"那你知不知道他为什么得这个病呢？"他们问，他们的话语隐秘不测，让人难以接受。

"每个人都可能遇到这种事情。"我们说，或者说一些其他的老生常谈。然后他们同情地点点头，不过你可以从他们的眼里看出他们在想什么。

因为他们知道。哦，他们知道，Wi-Fi、含糖饮料，还有那些满是化学成分的儿童香波。他们这样问，并非出于对杰克的担忧，而是因为他们想要保护他们自己的孩子，是为了确信这种事永远不会发生在他们身上。你会看见他们一直记得要减少孩子们用 iPad 的时间，并且最后会给学校写信，反映学校缺乏提供健康的选择。

"滚蛋，洛拉！"我盯着她的眼睛说道。

"罗伯！"安娜说。

"干吗？你刚才就是要让她喷出这些屁话，这些我知道其实你并不认同的屁话？还是你也觉得这是我们的错？"

"我没有，罗伯，我当然没有。那不是洛拉说的，请你别喊了。"

"别喊了？我应该喊得再厉害些，而不是尽说些……说些屁话！"我边说，边指着那些小册子。

"你能不能别这样？请你别这样行吗？"安娜提高了嗓音，这是另一时间、另一世界的一场争吵，我们以前从来没有在别人面前出现过这种情况。

"我能不能别这样？别哪样，安娜？别再想办法让我们的儿子有所好转，而是无所事事地选择他妈的一日游？"

"我不是说这个，罗伯，"安娜哭了起来，"请你不要这样，求求你不要这样。"洛拉用胳膊搂住了她，安娜把脸埋在她的肩上。

我没法再听她说下去了。我们就是在浪费时间，我们没有时间了。我回到我的书桌前，给尼夫写了封邮件。

主　　题	回复：杰克
发送时间	2014 年 12 月 10 日周三下午 21：12
发　　自	罗伯
发送至	尼夫

亲爱的尼夫，

抱歉又打扰你了。不过，我想问一下关于斯拉科夫斯基诊所的事。

我已经给他们发了邮件，但是你知不知道，杰克最快什么时候能开始治疗呢？会有很多人排队等着吗？我想现在就订航班去布拉格，因为我们在这儿就是浪费时间。

听到乔希扫描结果没事的消息，我真的好高兴。我也喜欢看你发给我的他的照片。这不只是因为我为你而高兴，而且因为我极其盼望有一天，杰克也会是这样。我希望那是杰克四年后的生活，快乐，而且热爱生活。

所以，请你继续给我发乔希的照片。这些照片现在胜过一切，因为它们给我希望。

保重，尼夫。

罗伯

另：请代我谢谢乔希在"我的世界"搭建的城堡。我已经给杰克看了，他非常喜欢。

16

"他还在睡吗？"安娜问。我刚走到外面的露台上，胳膊下夹着笔记本电脑。

"睡得像个小婴儿似的。"

杰克小的时候，我俩常常这样开玩笑：他是怎么睡着的？像个小婴儿。因为他就是个小婴儿，你看。

杰克由于在做化疗，所以现在睡得多。等他醒来后，大多数时间是在沙发上度过的，看动画片，周围都是他喜欢的玩具和书。等他睡了，我们便看《大侦探波洛》和《新家要装修》，但一直在听，等着杰克睡醒。

安娜正从外面擦着露台上的窗户。自从杰克被诊断有病后，这个房子就一直是一尘不染的。有个清洁工每周来一次，但这还不够，安娜说。所以每天，她都会冲洗浴室和马桶。她把水槽的下面都清理了。然后她又开始清理烤箱，把上面的尘垢都刮了下来，又把里面擦亮。

她把她的清洁用品都放在杂物间的一个碗柜里。那里有满满一盒子的海绵、橡胶刮板，以及微纤维布。在最上面的搁板上，放着一瓶瓶的去污剂、氨水、白醋。所有的瓶子都摆得整整齐齐，仿佛战利品陈列柜似的。

外面有些冷，即使是 12 月，只穿一件衬衣还是很冷的。我深吸了一口气，然后喝了一大口咖啡。"我在研究这家诊所。"我对安娜说。

我料想她会说些什么，会转过来对着我，然而她只是拿了块布，擦着窗户。

"那家诊所在捷克斯洛伐克，是这个斯拉科夫斯基医生开的。"安娜的脸抽搐了一下，鼻子也轻微动了动。我有种感觉，她会打断我的话，所以我得赶紧把话说完。

"你看，我知道你对这一切是什么感觉，但是拜托，请听我说完。"

"听你说完？"

"嗯，是的。我知道，我们对于治疗方案有不同的看法。"

安娜回到窗户边，擦着接近地面的一处污渍。"我不确定，那是不是我所描述的样子，"她说，"不过我愿意听一听。咱们一起做决定，对吗？"

"对。好了，这就是布拉格的那家诊所——我打印了一些资料给你——那家诊所就是做免疫工程治疗的。我在这方面查了不少资料，好像这种疗法的背后有大量的科学依据。最重要的是，有那么多孩子在这家诊所治疗后病情得到了好转，甚至是患有脑瘤的孩子。我一直和论坛上这个尼夫通着邮件，他的儿子乔希也有恶性胶质瘤，他就是在斯拉科夫斯基医生的诊所治疗的。现在他的缓解情况已经有三年了。"

"嗯，尼夫，我看过他的帖子。"

"你看过？"

"对啊，在'希望之家'上。我看到过他发的有关斯拉科夫斯基医生的帖子。"

"哦，我还没注意到……"

安娜叹了口气。"我也看过那个论坛，你知道的。"她说。

"那么你是怎么想的呢？"

"你是说这个诊所？"

"是的。"

"我真的没想很多。前阵子我看过它的网站。我的意思是，网站上的客户评价和其他的内容都让人印象深刻。但是后来，我在论坛上看到了一些有关这家诊所的看法，还有一些是在医学打假网上看到的。那上面说，支撑斯拉科夫斯基医生观点的科学依据非常少，而且没有证据显示，免疫工程疗法有效。"

我在医学打假网上看过她说的这篇又长又出言不逊的帖子，上面喋喋不休地引用同行的观点，认为斯拉科夫斯基医生不尊重正确的科学方法。我还记得曾经很烦记者们装模作样、假装学者，就像那些折磨人的极端痴迷者专门在热门电影中挑出情节漏洞似的。

"我知道，我知道，我也看过那篇帖子，但是或许免疫工程疗法会有疗效呢？或许里面有什么东西。那些人——其他的孩子——确实好转了啊。我不认为这些人在评价中说了谎。"

安娜耸耸肩，那姿势让我很生气，就像一个固执的孩子拒绝说抱歉一样。

"你看，我就是想着这个值得试一试，"我的嗓音有些变，"我们现在还能做什么呢？"

她不以为然地看了看我，好像在她的玻璃杯里有杰奎琳·肯尼迪一样。

"你不觉得，如果我感觉这里面确实有疗效，那么我会让杰克去试吗？"

"我知道。我不是这个意思，我真的不是这个意思……"

"而且，不管怎样，"安娜说，"还有钱的问题呢？确实在商量这种事的时候，说钱的问题很令人反感，但是你看到这个治疗要花多少钱了吗？即便我们决定去治，但是究竟要花多少钱呢？"

"我们会知道的，"我说，"我们会大致凑足的，总会有钱的。"

安娜叹了口气，"钱在哪儿呢，罗伯？在哪儿啊？我在网上查了查，那个治疗可能会花掉几十万英镑。我就不明白了，你怎么会认为我们付得起呢？思科特正在卖他的公司，罗伯，他正在卖，而我又没有上班。所以……所以呢，我们不会再有任何收入进账。"

"我们会有办法的，我可以向思科特借钱啊。"

"天哪，罗伯，"安娜一边说，一边抓起她的布和水桶，"思科特就没钱，他差不多已经破产了。"

她走进屋里，我跟着她进了客厅。"对不起，我不能这么做。"她边说边在沙发上坐了下来，"一谈到这个钱，我就感觉完全不行了，就像我想去死一样。如果我认为那个治疗能起作用的话，我会卖掉所有东西，房子、车子，所有东西。我会去乞讨、去借、去偷，去弄到钱。"

安娜开始啜泣，我用胳膊搂住了她。她的身子摸上去很凉，毛衣下面是一副枯瘦憔悴的身体。"我知道，"我说，"是很恐怖——很恐怖——我们必须得讨论这个问题。但是我相信，我们会有办法的，即使只有最小的概率能奏效的话……"

"闭嘴吧！"安娜叫了起来，"你真的读过有关布拉格那家诊所的治疗方法吗？"她咬着牙说道，尽量压低自己的声音，这样不会吵醒杰克，"你那朋友尼夫给你说过治疗的事吗？因为你知道是怎么回事，罗伯。实际上我看了整个该死的论坛，我知道有许多家长去过斯拉科夫斯基诊所，但他们有着完全不一样的经历。你也看过他们的遭遇吗？你真应该看看，因为那样你可能就会开始用另一种观点来看待尼夫的断言了。"

"尼夫的断言？这么说，你认为尼夫说他儿子好转了是在撒谎？你看，"我边说边把笔记本电脑推到她跟前，"这是尼夫发给我的邮件，你读读。病情缓解三年了，三年。乔希刚刚又做了扫描显示，没有肿瘤。"

"请你能不能不要这么咄咄逼人？"

我深吸了一口气，试图让自己冷静下来，"对不起，我并不是想……我只是想让你看看，那个治疗的效果到底如何。"

"我们不知道它是不是起作用了。"

"你说这话是什么意思？他和杰克患有一样的脑瘤——多形性胶质细胞瘤——现在肿瘤没有了，肿瘤没有了，安娜。"

"好吧。可是我们怎么知道这与这家诊所到底有没有关系呢？"安娜说，"没有科学依据，罗伯。他们也没有公布诊所临床试验的结果，只有人们做的客户评价而已。"

"这么说，你现在是科学家了，安娜？医学专家。你要明白，医生也不总是什么都知道的。"

"上帝啊，你现在也开始像尼夫一样说话了。如果尼夫是真的……"

"如果他是真的？到底他妈什么意思？"

"我不知道，这只是有人在'希望之家'上面说的。他们说，有可能这家诊所是给了他钱或什么东西，让他来招揽病人。你怎么就这么肯定，他说自己是谁就是谁呢？他只是一个用户名，罗伯。"

"啊哈，我明白了，看来这些都是精心设计的咯。真有策略。"

安娜耸了耸肩，"我想还有更奇怪的事，就是诈骗那些陷入绝望、不惜冒险的父母。这对我来说是讲得通的。"

"看，看看这个。"我一边说，一边滚动着尼夫的邮件，直到我找到乔希的照片。

"那你觉得我是在考虑什么？"当我把笔记本推到她跟前时，她说道。

"这是尼夫的儿子，乔希。"

"我知道，罗伯，你之前已经告诉我了。他总在那个论坛里发他的照片。"

我想从安娜的脸上找出一丝情感的闪现，然而什么都没有。人们说安娜很冷漠，那是那些人并不了解她。我还记得她在大学的卧室是何等简单。没有毛茸茸的垫子，也没有贴有朋友们在青年舞会上的贴画的软木板。只有一张书桌、一把椅子，和书架上一些薄薄的精装书。她的床单很朴素，是沉闷的绿色。

这都是因为她父亲吗？她从来没有说过，但是我知道，她感觉自己被抛弃了。她不愿意谈论他突然出走非洲的事，他连他的外孙都没见过。这就是他所做的，她说，然后这个话题便就此作罢。

"你看，"我边说边打开尼夫的最后一封邮件。我点开了图像文件，那是乔希创作的"我的世界"，"这是'我的世界'游戏里的，是乔希为杰克做的。"

安娜怀疑地看了看我，"你说得好像他俩认识似的，罗伯，好像他们已经是朋友了。可你都还不认识这个人呢。"

"仅仅因为我没有当面见过他，并不代表我不认识他。"

安娜摇了摇头。

"我可以现在给他打电话，如果你想这样的话。"我提高了我的嗓门。

"随你的便。"安娜说。

我俩坐在沙发上，谁也不碰谁，两人的身体互相背对着。房子里从来没有这么安静、这么冷清过。

"我俩之间究竟发生了什么啊？"我说，"我们甚至都不能正常说说话了。"

"咱们的儿子快不行了，这就是我俩之间发生的事。"她说。安娜的用词已经和我的有所区别。尽管我曾经还在纠结说"临终关怀"这个词，而且尽量轻声、小声地说，安娜却很轻松地使用类似"临终"或者"不行了"的字眼。

"对，"我说道，尽量不让自己发火，"我知道这很残酷——是想象得到的最残酷的事——但是在这件事上，我们的立场是一致的。"

"立场是一致的？"安娜说，"这么多天了，你基本没跟我说过一个字，好像你甚至都不会再看我一眼了。你已经鬼迷心窍了，罗伯，跟着这个叫尼夫的家伙，跟着这个……你紧抓不放的假希望……"

安娜返回去清洁露台的窗户了，试图把那些污迹都擦掉。那一刻，我唯一想做的事就是给尼夫打电话。不只是为了安娜，也是为我自己。是的，他并没有找我要钱（"只要二十五美元就能把癌症一脚踢开"），或者要我在他的新闻邮件上签个名，不过我还是有些疑问。还有那些没有加起来的小事情。我有一次问过尼夫有没有妻子或者情人，可是他没有回答。还有一封邮件里，我问他住在哪儿，也没有回应。

还有一些事也引起了我的警惕。尼夫非常公开地支持斯拉科夫斯基医生。他在那个论坛里很活跃，但是在斯拉科夫斯基医生的网址上，从来没有一个客户评价是他写的。一个患有恶性胶质瘤而被治愈的男孩，一个患有最有侵袭性和毁灭性儿童癌症的男孩，可为什么斯拉科夫斯基医生没有把他作为海报宣传上的儿童呢？

一天夜里，为了让我放下心来，我做了一个小小的研究。我不打算像一个孤独寂寞而又精心打扮的青少年一样，去相信一个骗局。我在谷歌上进行了反向图片搜索，但是乔希的所有照片都能回溯到尼夫的相册里。我通过我之前写过的一个小脚本运行这些照片，以挖出和分析照片上的元数据，看看那些数据能否显示照片是在何时何地拍摄的。然而，什么都没有，没有数据，一无所有。

"你好，"我听到一个声音，一个北部的声音，"我是尼夫。"

顷刻间，我无言以对。我很惊讶，居然有人接电话了，我的脑子里出现了挥之不去的怀疑，或许安娜是对的。

"你好，"那边又说了一遍，"能听见我说话吗？"

"是的，你好，尼夫。我是罗伯。"

那边停顿了一下。

"你好，罗伯，非常高兴收到你的信。"我知道尼夫来自北部，因为乔希曾经在普雷斯顿皇家医院接受过治疗。但令我吃惊的是，他的口音竟然那么重。电话里，我还能听到后面有孩子们玩耍的声音。

"稍等一下，"尼夫说，"你能把鞋脱了吗？"远处有模糊的声音，砰砰的响声，"抱歉。我刚从公园回来。那么，你怎么样，罗伯？一切都还好吗？"

"还可以吧。"我说，这么说真是有些奇怪，奇怪的陈词滥调，"实际上，杰克现在不是很好，我很害怕。"

电话那边又停顿了一会儿。电话的声音听起来很小，仿佛我们隔着十万八千里打电话。"啊，我唯一能说的是，我会一直想起你们一家。我还记得那段时间是有多么残酷。"

"谢谢。"我努力想着能说的话，"你看，我给你打电话的原因是，我刚刚和我妻子说起了布拉格那家诊所的治疗方法……"

安娜生气地看着我，摇了摇头，迅速站了起来，走出客厅。

"她不愿意，你知道的，她看到一些关于那家诊所的负面信息。"

尼夫没有说话。

"你在听吗？"

"是的，我在听。"尼夫说，声音中不再有热情。

"我不是故意，你知道……"我结结巴巴地说。

"没有，没有，这没关系，"尼夫说，"我知道有很多人有那种感觉，我理解。你看，罗伯，我并不是医学人士，我的职业是工程师。

我不可能说服你说，那家诊所就能治好你的杰克的病。那得由你们来决定。我绝对不会试图去说服或者劝说你或者任何人，去做任何事。我只能告诉你，发生在我儿子身上的事情。这是我唯一能做的。"

电话里静了一秒钟，然后我听到里面传来好像儿童动画片的声音。

"谢谢，我很感激。就像你能理解的那样，这是一段艰难的日子。"

我抬起头，看见杰克正在慢慢地下楼，安娜牵着他的手。他的脚步有些不稳，胳膊下面夹着小泰迪熊。

我不知道还能对尼夫说什么。这一切似乎很可笑。难道我要问他，是不是在他儿子的健康问题上撒了谎，因为乔希就坐在离他几英尺的地方看着动画片呢？

"真的很抱歉，尼夫。不过我现在得挂了，杰克刚刚醒了。"

"当然，罗伯，当然，"尼夫说，声音又恢复了热情，"很高兴和你聊天，罗伯。另外，如果你想再多谈谈——关于任何方面的，请你一定给我打电话。"

"谢谢，尼夫，我真的很感谢。"

我等着他挂电话，等着听电话挂断的声音。然而这个声音一直没出现，而且有好几秒钟，我听到了尼夫在电话那头的呼吸声。就在我准备放下电话的时候，我听到电话里传来一个孩子的声音"爸爸，爸爸"，然后尼夫喊道"过来，亲爱的"。我没有挂断，听着那些低沉的声音，像是有东西被挪动的声音，直到最后我才挂断电话。

当我进入卧室时，感觉屋里已被沉默侵蚀。安娜在看书，我上床的时候她看也没看我一样。在给尼夫打完电话后，我们俩就没再说话，在房子里互相躲着对方。

"对不起，"我说，"我这样对你不公平，我有些失控了。对不起，行吗？"

安娜放下书，用手把床单整平，"我也很抱歉。我没有把这事处理得很好。我知道，你是在想尽办法帮杰克，我明白，但是我只是想……"

她停了下来，不想又把老一套拿出来说，然后谨慎地看着我，就像一个遇到麻烦的孩子一样。"我甚至羞于这么说，因为这么说太自私了，但是我感觉好像我正在失去你。"她说。

我理解她说的羞愧。现在要考虑我们自己，考虑我们之间的关系，似乎有些荒唐可笑。

"你没有，"我转向她，轻轻摸了一下她的腿，"为什么你要这样说呢？"

安娜耸了耸肩，"我俩之间的距离已经拉得太远了。我不是责怪你，我也一样。我想这是不可避免的。"

"是的。"我一边说，一边低头看着羽绒被上的图案，不停地拉着一根细线。

"我们过去总是无话不谈，对吗？"安娜说，"你还记不记得，在我们失去前面几个宝宝后，我们会坐到很晚聊宝宝的事？会一直聊到半夜一两点。失去宝宝是件让人很伤心，也很残酷的事，但是说出来感觉会好一些，因为我们是一起遭遇的，我们相互理解。我感觉我有那么多话要说。可是现在，在这件事上，在杰克身上，我找不到、找不到话说了。"

屋子里很黑，只有安娜的台灯发出一点微弱的光。感觉这像是酒店的房间，而不是我们的房间。

"我知道，"我说，"我有一样的感觉。"

"我不想失去你，"安娜说，"因为那会发生的，当……"她停住了，又在琢磨她的话，"我不希望我们会那样。"

我知道她的意思，知道她没让自己说的话是什么。因为夫妻在他们的孩子去世后会出现那种情况。我们在电影里看到过。安娜也在她读的小说里看到过。我们知道那些可怜的夫妻最后的结局怎样。每当他们对视时，每当他们听到对方的声音时，他们都会想起他们所失去的一切。曾经把他们绑在一起的孩子，如今却把他们分开了。

安娜开始哭泣。纵然我们早已了解彼此为何流泪，但是这一次，我读不懂、猜不透，仿佛我以前从未听说过，仿佛这眼泪是从另一个地方、另一个年代流出来的。

我把她拉到身边，眼泪和鼻涕顺着她的脸往下流。

"这是我的错，我知道这是我的错。"她一遍又一遍地说。

我把她搂得更紧了，因为我担心她会伤害自己，会使劲用拳头打自己的脸。"这不是你的错，请你别这么说。怎么可能都是你的错呢？"

接着，和她开始哭的时候一样，安娜很快便不哭了。她的声音很坚决，而且不可思议的平静，"就是的，我知道，就是我的错。"

"亲爱的，怎么会呢？你想说什么呢？"

安娜咽了一下口水，"流产。"

"安娜，不，不要认为……"

"我没能保住他们，我也没能保住杰克，"她说，"是我身体的原因。它排斥过我们的宝宝，现在它又在排斥杰克。"

"不，安娜，不是这样的，"我开始哭了起来，"不是这样的，你知道不是这样的。他们之间没有联系，你知道这一点的。请你别这样对你自己。"

我什么也说不了，什么也做不了。看着有人在自己身上做着笨手笨脚，而且不打麻药的手术，真的是恐怖。我可以抱紧她瘦弱的身体，让她的眼泪和鼻涕流到我身上，我可以把她拉得靠我更近一些，抚摸她的脖子和后背，可是这远远不能解决什么问题。

"我爱你。"我说道，现在感觉这几个字有些苦涩，充满了内疚。

"我也爱你。"她说，然后我们沉默了一阵子。我想开口，想拨开出现在我俩之间的隔阂，可是我找不到合适的语言，就好像我在一群人面前哑口无言似的。

再次搂着她的感觉有些奇怪，我们已经很久没有碰过彼此了。曾经有一次，我们唯一想做的就是碰一碰对方。时间过得太快了，那还是在剑桥的时候，我刚开始认识她：她身体的每寸肌肤，每个角落和褶皱；她脸上和背上的每种气味、每个酒窝和每一颗痣。

我俩的和谐度从来都不需要去追寻，它一直就在那儿，从最开始就存在。没有学习曲线或者熟练度测试，那是我俩共有的母语。

我们曾设法一直保持这种和谐，这种触摸的快感。但是后来，就如它曾经来得那么快一样，现在这种感觉已经没有了。我们又成了陌生人，我们的身体变得功利、敷衍，成了只有生活没有探索的地方。

这就是为什么我伸到羽绒被下面，开始轻抚安娜的双腿时，我的手在她的胯部只是小心谨慎地移动着。我试图把一些东西拽回来，那是我们所失去的东西。我以为她会拒绝我，因为现在很明显最不是时候，但是她没有。相反，她把身子转到我这边，稍稍抬起了一条腿，我的手指能感觉到她身体的湿润。

我亲吻了她，然后下了床，把头伸进被子里，像孩子做游戏一样。我撩起她的睡衣，然后把头埋进她的身体，感觉她的身体缩了一下，然后又挺了起来，两条腿用力蹬着，然后裹住了我的头。

主 题	回复：杰克
发送时间	2014年12月12日周五上午10：42
发 自	罗伯

发 送 至　尼夫

亲爱的尼夫，

　　感谢你提供的有关那家诊所的信息。我已经给他们打过电话，并且提到了你的名字，他们非常友好。他们谈到了几种支付方式，我觉得我们能想办法解决，至少对于刚开始的几项治疗是没有问题的。

　　然后我便给我们三个人订了飞往布拉格的机票。我还没有告诉我的妻子。我们曾经反反复复地聊过这个话题，但是她的态度很明确，她不愿意让杰克到布拉格接受治疗。我还在努力改变她的想法。

　　留给我们的时间已经不多了。我能从杰克的眼神中看出来。好像我们正在踩水，知道我们会被淹死一样。我会和你保持联系。

罗伯

　　他们努力把化疗病房布置成一个幸福的地方，尤其是在圣诞节之前。病房四周有好几棵圣诞树，上面都进行过精心装饰，人们赠送的各种礼物成堆地摆放在圣诞树周围。护士们戴着红鼻子和圣诞帽，清洁工和厨房的员工们都穿得跟圣诞小矮人似的。

　　我看着护士拧了一下杰克身上的插管的一个阀门。他的脸部抽搐了一下，不过仍旧坐着没动。他现在非常擅长坐着不动。

　　"史蒂文在吗，爸爸？"

　　"我觉得他不在，今天不在，小帅哥。"

　　"哦，"杰克说，"他可能和他的爸爸妈妈在一起。"

　　"是的，"我抚摸着杰克的小手说道，"或许下一次他会在这儿。"

　　史蒂文患有白血病，所以经常是在同一个时间来接受治疗。他们很快便成了朋友，隔着病床把东西传来传去，玩具啦，游戏书啦等。护士不在的时候，他俩会弄出傻傻的声音，互相做鬼脸。

　　一天下午，趁着两个孩子都在睡午觉，我们和史蒂文的父母聊了一会儿，在医院的餐厅喝了杯咖啡。我觉得因为他们已经知道杰克的患病程度，所以史蒂文的父亲说话很有策略，只是告诉我们有关他儿子诊断和治疗的一些零碎信息。

　　但是我知道，我知道，史蒂文有望完全康复。他接受的治疗不是为了延长生命，而是为了再多争取几个月的时间，他的白血病是可以治愈的。

　　为何史蒂文的肿瘤一直潜伏，然后回到了病原所在的血液和血浆中，杰克的肿瘤却扩散了，在他的脑子里迅速增多呢？我不知道原因。

　　它是不是存在于我和安娜的基因当中呢？在我们的体内，它就是一个瑕疵，一个缺陷。但是到了杰克体内，却成了致命的毛病。我俩创造出来的作品：一个我们结合而产生的基因突变，一个我俩铸成的错误。

　　我很高兴史蒂文今天不在这儿，因为每次看到他，我都希望患脑瘤的是他。我希望他俩能交换一下位置，那样杰克的癌症在医生们看来不过是一个暂时现象，不必多虑。如果是那样的话，我愿意接受这笔交易。我心里会非常乐意。我愿意接受，不，是欢迎、乞求，史蒂文——善良体贴的史蒂文——能替代杰克得上这个脑瘤。

　　化疗泵又开始工作了，那节奏让我想起了艾弗发动机。杰克很安静，一边在我的笔记本电脑上看着动画片，一边小口喝着果汁。我往后靠在椅子上，在手机上看邮件。有一封尼夫发来的新邮件。

主　　题	回复：杰克
发送时间	2014 年 12 月 14 日周日上午 8：17
发　　自	尼夫
发送至	罗伯

亲爱的罗伯，

我必须对你直言不讳，因为你们所剩的时间不多了。如果我当时听了那些医生的话，那么我的乔希现在就不会在这儿了。我认为，你正在为去布拉格那家诊所做出正确的决断。没错，他们没有任何承诺，但是至少你们总有一个机会吧。

我不想强迫任何人，我也尊重每一位家长自己做出的选择。但是有些时候，我不得不讲清楚。有多少这样的生命能够被挽救？这每天就像看到飞机坠毁一样。那些飞机满载着孩子，而这些孩子不必去经历死亡。我是不会成为其中一部分的。

你确定你没法说服安娜去这家诊所治疗的事吗？如果你希望的话，我可以和她谈谈。如果你觉得这是个负担，那么我道歉。我只是想帮帮你。

尼夫

另：我随信发送了我和乔希为杰克制作的视频，希望他喜欢。

我点开了视频，只见厨房的桌子边坐着尼夫和乔希，两人打扮成了蝙蝠侠和罗宾。

"你好，杰克。"他们对着摄像机招手说道。接着尼夫用他那浓厚的北方腔说："我们知道，你现在感觉身体不是很舒服，杰克，所以我们想对你说，是蝙蝠侠和罗宾想对你说，祝你早日康复。"

"早日康复！"乔希喊道，他的罗宾面具滑了下来，然后我看到了他的脸，自信而且有生气，他的脖子上松松地挂着学生领带。

"回头见，杰克。"他俩一起说道，乔希用一只手挥舞着，另一只手扯下了他的罗宾面具。然后尼夫走近摄像机，屏幕随后变成了空白。

"嘿，杰克，"我说，"来看看这个。"我伸出我的手机，开始播放那段视频。

"他是谁啊？"

"是乔希，你记得我跟你提过乔希吧。他专门给你建了座城堡，然后还发了照片给你的。"

"是那个和我一样受了伤的男孩吗？"

"对。"

"那他现在好些了？"

"是的。"我边说，边用胳膊搂住他。我小心翼翼，生怕动了他的插管。

"我们能再看一遍吗？"

杰克又把那段视频看了好几遍，然后碰了碰我的胳膊，看着我，"爸爸，今天晚上我要睡在我的床上吗？"

"是啊。"

"在我们家？"

"对，小帅哥，在我们的家。"

"妈妈会在那儿吗？"

"会啊。"

"那爸爸呢？"

"在啊。"

"所有人都在吗？"

"所有人都在，杰克。"

他累了，两眼开始低垂，然后几秒钟的工夫，他就睡着了。我把毯子往上拉到他的脖子那儿，看着他呼吸的起伏。这还是讲不通。杰克怎么就快不行了呢？肯定是弄错了，我很确定。

我看着他的两只手，搭在搁板上。他看起来是那么令人难忘。他那有血有肉的手指，握着搁板的塑料边缘。两条瘦长的腿插到座位下方的柔软织物中。倘若我再靠近些，我便能感觉到他在我脖子上的呼吸。这一切怎么可能会不存在呢？

那天夜里，我们从医院回到家后，杰克在他的床上发病了。我抱起他，他无力地躺在我的怀里。我把他抱到椅子上，然后扯下被单给他盖上。他在发抖，牙齿开始打战，于是我用浴巾裹住了他。

我看着他坐在椅子上。他的眼白不再是白色，他的皮肤开始变得没有血色，就像老人的皮肤一样，他的头发稀疏而且柔软。化疗正在慢慢地毁掉他，把他掏空，就像一副被漂白粉洗刷过的躯体。当他发抖时，他那病怏怏的身体剧烈抽搐起来，似乎要把每一滴水分都喷出来。

我从椅子上抱起他，把他放在新换的被单下面，然后他很快就睡着了。我还记得去康沃尔度假的时候，我和父母坐在一辆大篷车里。当时我十四岁。有一天夜里，我和当地的几个小孩跑了出去，回来的时候都喝醉了。我吐了，在厕所里，然后又把厨房吐得满地都是。我母亲生气了，狠狠地打了我一下，说她来度假不是为了看这个的。

第二天早上，我面带惭愧，母亲又狠狠地训了我一顿。你应该感谢你的爸爸，她一边洗着盘子，一边生气地说道。他一晚上没睡，就是为了确保你没事。他给自己上了闹钟，每十五分钟响一次，防止他睡着了。

安娜进来替换我后，我躺着睡不着，一直到我的闹钟三个小时后响起的时候我才睡。杰克现在睡得很香，我看着他，为他能暂时减轻痛苦而欣慰。

他的安宁没有持续多久。我能听到他肚子里的咕咕声，接着听到他开始反胃的声音。我把他摇醒，把水桶放在合适的位置，他一遍接一遍地呕吐，他的腹部胀了起来，他的身子是如此弱不禁风。

他在发抖，嘴唇有些开裂，两只眼睛陷入深色的眼窝里，他还在吐，但是什么都吐不出来了，只有胆汁和白沫。我把他搂在怀里，我帅气的儿子啊，除了把吐过的水桶换成空水桶外，我束手无策。

当我帮着他再次躺下时，杰克靠近了我，我能闻到他呼吸中的呕吐味儿。他的眼睛看着我，然后如此清楚地说出了他的话，我知道，我必须尊重它们。

"爸爸，求求你，我不想再生病了。"

★

座机电话打破了寂静。这段时间家里的电话很少响。我们听着电话铃声在屋子里回荡。

安娜擦了擦眼睛，走到门厅的桌边，"汉普斯特德270-6296……是的，是我，是的，安娜·科茨……"

我看着安娜接电话，她的脸开始变得苍白，嘴唇非常轻微地动了动。

"哦，上帝啊……难道她……"

这会儿，她的脸白得吓人，她把手放在餐柜上，以稳住自己的身体。

"是的，当然……谢谢您告诉我。"

安娜放下听筒，脸色苍白憔悴，"是我妈妈，"她没有看我，眼睛盯着窗外，"她的心脏病犯了。"

"天哪，难道她……"

"是的，她还活着，"安娜很快答道，声音开始发颤，"但显然这是一触即发的事，而且似乎情况不好。医院认为，我最好去一趟。"

"她在哪家医院？我开车送你去吧。"

"她在诺威奇。"

"诺威奇？"

"是的，刚才打电话的是她朋友辛西娅。妈妈去看望她，结果在火车站摔倒了。"安娜的身体稍稍晃了一下，然后很快便坐下了。

"你没事吧？"

"我没事，抱歉，我只是感觉有点儿晕。"

我到厨房给她拿了一杯水。她的脸上有了点血色。

"你应该去一下。"我说。

她抬头看着我，眉毛往下耷着，眼里噙着泪。"我现在怎么能走？"她说。

"也不过一两天吧，"我说，"我知道现在是最艰难的时候，可是如果你不去，将来你是不会原谅自己的……嗯，你明白吧……"

"说再见。"安娜嘀咕着，我走过去把她搂在怀里。我能感觉到她的心在我的胸口跳动。我知道她现在必须得去，否则就会来不及了。但是我在抚摸她的头发时，考虑的却并不是这事。我在想着杰克。

七姐妹

我们坐在位于第七座小山顶上的那家咖啡店里。天气的原因，你感冒了。妈妈开始担心，于是我们进了屋。外面风雨交加，还有汹涌的大海泛起的浪花。我们玩着剪刀石头布的游戏，让身体暖和起来。你发明了一种高级玩法。"能打败所有人。"你说。然后你会不停地赢啊，赢啊，笑得那么开心，你的两颊发红，好似火中的余烬。那天下午，我们在那儿待了一会儿，在亲密温暖中享受着快乐，喝着搭配有棉花糖的热巧克力奶昔。

17

"我们要去哪儿，爸爸？"

"我们要去度假，小帅哥。"

"妈妈去吗？"

"不，她去不了。"

"为什么？"

"因为她和姥姥在一起。"

杰克坐在入口大厅里，穿着风雪衣，戴着风雪帽，肩上松松地背着《海底总动员》双肩包。上周的化疗药物已经排出他的体外了，加上我又给他吃了些强效止痛片，所以他现在好了一些。但是他的脸色还是很苍白，身体消瘦而且虚弱。他慢慢地走着，紧紧抓着我的手，后脑勺上能看见积液形成的肿块。

"我们不去姥姥家吗？"

"不，现在不去。姥姥身体不是很舒服。"

杰克安静下来，琢磨着我说的话，"我们坐车去吗？"

"哦，我们现在打车去机场，然后坐飞机。"

"真的？那我们可不可以从窗户里往外拍照啊？"

"我们当然可以。"

"太棒了，"他喜笑颜开地说，"我们要去哪儿？"

"我们要去布拉格。"

"布拉格是海边吗？"

"不是，那是一座城市，就像伦敦一样。"出租车又在外面嘟嘟地响了几声，我赶紧拖着杰克出了门。

在锁门之前，我放了一个信封在门厅柜上，上面写着安娜的名字。

杰克喜欢坐飞机，一路上他一次都没有看过 iPad 和他的书。他坐在那儿，身体倒向背着我的方向，鼻子贴在机窗上，看着外面散满天际的云彩。我们在阳光下着陆，身边的田地都被白雪覆盖着。

那个机场干净清爽，我们很快便通过了护照检查，行李则已经等着我们了。出了机场，我本已经做好准备和出租车讨价还价的，结果发现有一队亮黄色的小车排在那儿，还有一名说英语的调度员。

"妈妈来电话了吗？"当出租车载着我们离开航站楼时，杰克问道。

"没有。不过你记住，她和姥姥在一起，姥姥的身体不是很舒服。"

"姥姥像我一样受伤了吗？"

"是的。但是不管怎么说，我们现在正在让你的伤慢慢好转。"

杰克并没有搭理我的话，"妈妈什么时候来呢？"

"她现在不来，杰克。她得和她的妈妈在一起。"

"她的妈妈？"

"对呀，姥姥就是妈妈的妈妈呀。"

"哦。"杰克说。

出租车快速驶过布拉格郊外整洁的城郊街道。我本以为会看到一排排毫无生气的住宅大厦，以及满是涂鸦的公共候车亭的，这是数年前我在卡托维兹出差时留下的印象。然而，布拉格的这个区域看上去像奥地利，有大型的立体派别墅群，有广阔的花园，还有各国使馆的国旗在风中飘扬。

出租车司机正在接手机，我便听他说着捷克语。那不像我听过的任何一种语言：好像没有元音，不过仍然很柔和，很精确，就好像在劝你什么似的。杰克很开心，一边全神贯注地看着窗外，一边拍着雪景。

我们路过了一个小庄园和一些关了门的饮食摊，在一片树林后面，便是斯拉科夫斯基医生的诊所。那是一座现代的预制结构建筑，巨大的蓝色瓷砖，巨大的方窗。

天气很冷，大约零下三度，好在阳光很足，诊所被照得亮亮的，仿佛一家高档水疗馆似的。医院外面坐着几位患者，他们在读书、看杂志，身上裹着外套和毛毯。当我们走近大门时，我能看到那个花园，里面有个小池塘，水面上的冰发着亮光，还有一条蜿蜒小路，网站上说，那是专门设计用来赤脚散步的。

进入里面，只见诊所把玻璃和软木结合成一种温暖的整体。候诊室里，有绿色的休闲圆椅，还有又大又软的三角形沙发。

"我们这是在哪儿，爸爸？"杰克说。

"我们来这儿是去看医生的，杰克。那个医生有可能会把你受的伤全部除掉。"

杰克拉着我的手，我能看出他眼里有一丝恐惧，"爸爸，他们不会给我用那个药的是吗，那个化疗的药？"

"不会，他们不会的，杰克。你别担心。"

我告诉前台接待员我的名字，然后我们坐到两张圆椅上。诊所里有一个排队候诊表，但是尼夫一直和那个接待员保持着很好的关系，所以设法走后门让我们提前了一些。透过玻璃门，我能看到一个咖啡厅，一些患者正聚集在那儿。他们看上去很憔悴，但是他们都打扮得很整洁，肩上披着昂贵的披肩，看上去都像是有钱人。

"好像宇宙飞船上的椅子。"杰克说，他的两条腿从圆椅上垂下来。

"你看上去像只乌龟。"我说。

杰克笑了，"你才是乌龟。"

斯拉科夫斯基医生的办公室里，有黑色的真皮沙发、堆满医学书籍的书柜，和一些年代久远的外科器械。再看墙上，一些印有浮雕图案的奖状证书和斯拉科夫斯基医生的照片挂在一起：有他在打猎的，有他与各类达官贵人握手的，还有他在山上徒步的，背后是飘着的浮云。

当斯拉科夫斯基医生从侧门进来时，我发现他比我想象的要年轻一些。他的脸上透着健康的暗红色，胡子遮住了唇裂残留的痕迹。他穿着合适的白大褂，左胸上绣着他名字的首字母"Z.S."。他的外表似乎有什么地方是整过形的，皮肤上有一块蜡状的斑，好像他脸上的有些部位是用电视上的化妆品涂过的。

"科茨先生，你好。"斯拉科夫斯基医生热情地握了握我的手，他的手异常干燥。

"那你一定是杰克了。你好，杰克。"杰克虚弱地笑了笑，往我跟前挤了挤。

"你喜欢彩球池吗，杰克？"

杰克紧张地点了点头。

"啊，那太好了。因为我们在那边有一个令人惊讶的彩球池。你想和伦卡一起去吗？她可能还会给你一些糖吃呢。"

我抬头看了看，一个高个子金发女人从侧门出现。伦卡笑了笑，伸出了她的手，可是杰克还是坐在椅子上，没有确定到底要不要去。

"没事的，杰克，"我说，"你为什么不和这位漂亮的女士一起玩儿呢？"

杰克小心地从椅子上滑了下来，把小手放到伦卡的手上。

"感谢你的到来，科茨先生。"杰克和伦卡离开办公室后，医生说道。我第一次注意到他有斯拉夫语口音。那口音听起来有些慈祥，好像一位波兰的老钟表匠似的。

"我们真的很高兴你能来这儿。谢谢你发给我的所有资料。我已经看了杰克的病历和扫描影像，虽然他的病情发展很快，而且看上去侵袭性很强，但是我觉得，还是值得尝试一些治疗办法的。"

他笑了笑，我注意到他胡子挡住的上嘴唇其实很薄。

"科茨先生，我猜想，你已经对我们这里的治疗有些了解了，对吗？"

"是的，"我说，"我看了相当多的资料，而且尼夫——他的儿子乔希就是在这儿接受的脑瘤治疗——也跟我讲了好多这个诊所的情况。"

"啊，是的，乔希，那是个可爱的小男孩。我听说他现在很好。他们总是把他的扫描结果发给我。"斯拉科夫斯基医生说。我注意到他在说有些单词时带有嘶嘶的声音，是一些仍有咬舌音的词，但是这些年来人们已经刻意减少这些单词了。他挠了挠下巴，低头看着他的资料。

"我想，既然你已经与我们的一个临床试验人在电话里讨论过杰克的病情，那么我们将提供给你完整的免疫工程治疗疗程。我们还想再做一些基因测试，看看能不能给他做些其他治疗。我们有过类似杰克这样的患者，治疗的效果都很好。"

"您说治疗效果很好，是什么意思？杰克能够治愈吗？"我问。

"是的，"他迅速答道，眼睛和我对视，"能治愈。"

"您是说患有恶性胶质瘤的孩子？"

"没错。"

"但是晚期的恶性胶质瘤呢，就是像杰克这样的？"

"是的，当然。"

斯拉科夫斯基医生是如此热情地看着我，以至于我以为他会跨过桌子来紧抓我的手呢。

"你看，科茨先生，我一直都是做这项工作，我从来不觉得这些磋商诊疗是件容易的事。你的小儿子，现在自然是病得很严重了。我想说，这真的令我心碎，但是，我不能，因为我只能听由他的病情继续发展下去。我试图将感情和专业区分开，但有时候这很难，因为我也有孩子。"他双手紧握在一起，我注意到他的右手上有一个大大的图章戒指。

"如果我跟你说实话，那么，我这里确实来过患有恶性胶质瘤的孩子，而且现在还活着。同时我还治疗过很多没有这个病的孩子。我不能向你保证能治好杰克的病，那对我来说，是不道德的。但是，别的肿瘤科医生，会像你说的，认为他们的患者无药可救了，但是我不会那么做。所以，我唯一能说的是——而且请你原谅我的蹩脚英语——如果你决定让杰克在我们这里接受治疗，那么我不会给你任何承诺，但是我们至少能够给你机会。"

"我能问您几个问题吗？"我说。

"当然可以。"

"您会对您自己的孩子用免疫工程疗法吗？我的意思是，如果他们患有癌症的话。"

"会的，"他说，"我说的是真话。我会让他们排在队伍的最前面。他们是我的孩子，所以我会为他们做任何事。谁都会这样的，不是吗？"

斯拉科夫斯基医生用他的笔轻轻敲着桌子，"只有你在这儿吗？杰克的妈妈是不是也来了？"

"没有。不过她止在路上。目前她的母亲病得很重。"

我感觉背后有股出汗的刺痛感，想象着安娜回到家发现门厅柜上那封信时的场景。

"好了。请你考虑一下。如果你觉得应该让杰克在我们这儿接受治疗，那么我们就尽早开始为好。你也知道，这个咨询是不收费的，所以你是不是要选择不再耐着性子听我们讲下去了……"

"那会疼吗？"我突然问道。

斯拉科夫斯基眉毛紧缩，"你是说免疫工程那个疗法吗？"

"是的。因为杰克已经经历了太多，从手术，再到化疗，到恢复。我不想让他陷入疼痛之中。"

"哦，"医生说，"我跟你实话实说。它会以不同的方式对人们产生影响。对有些患者几乎没有什么副作用，并且我们常常发现，这个疗法用在孩子身上是对的。不过根据医生的职业道德，我必须告诉你，我们的患者中可能有百分之三十确实有过副作用，有些还很严重。呕吐啦，出汗发烧啦，其中的大多数症状你可能在化疗中见过。但是我要补充的是，我们非常习惯于控制这些副作用。我们有许许多多的新药。你们有没有计划让杰克在英国再接受一下化疗呢？"

"是的，下周就有。"

"相信我，不会有比这更糟糕的了。"

斯拉科夫斯基医生桌上的电话响了，"抱歉，占用一分钟的时间。恐怕我得接这个电话。"

他拿起听筒，说了几句捷克语后，便从他的桌子上拿出了一个记事本。我看着他一会儿听，一会儿又点点头，偶尔他的笔尖会碰一下他的嘴唇。我记得"希望之家"上有人叫他"卑鄙医生"。他们说他过于讲究穿时髦的衣服，打领结，还学着英国上流社会的口音。但是我现在看他，在一张空白纸上写着数字，穿着修身的白色外套，一副学者派头。除了沉着镇静，看不出其他。

"那么，你决定了吗？"

"我们什么时候可以开始呢？"

斯拉科夫斯基医生看看我，又挠了挠下巴，"我很高兴你愿意让孩子在这儿接受治疗，不过我们还需要进行几项检查，看看杰克是不是合适做这个治疗。"

"当然。"我说。

"这是正常的程序，"他说，"没什么可担心的。我们严格遵守欧洲医疗法，以确保我们不会对杰克造成任何伤害。"

"是的，那是自然，我明白。"

我跟着斯拉科夫斯基医生出了办公室，沿着走廊一直走到一个有着玻璃房顶的中厅，只见杰克正和伦卡来回地扔着球。

"你好，杰克。"医生说。可是杰克并没有朝他微笑，而是紧紧抓着我的裤腿。

"好了，我要带杰克去做些检查。现在有空着的套间吗，伦卡？"医生问那位接待员。

"当然有。"伦卡笑着说，"杰克，"她说，"你要不要跟我来啊？"

"我要用药吗？"杰克问。

伦卡停了一下，不知道该说什么。

"不是的，杰克，"我用胳膊搂住他，带着他出了中厅，"就是做几个检查。一点儿都不疼的，我保证。"

"好吧，"杰克说，"那里有电视吗？"

"有啊，"伦卡说，"有一个大电视。"

伦卡带我们进入了一个单人间，然后杰克躺在了床上。一名护士进来检查了杰克的心率，采集了血样。当他们把针头插进去的时候，我握住了杰克的手，但是他一下都没动。等医生的时候，我想起杰克在伦敦做手术之前做过的一些检查。有问卷，有没完没了的各种检查，还有手术前的评估。完全和这里不一样。这里的一切都那么快。他们真的凭一项快速验血就能评估他是否适合做治疗吗？

过了一小会儿，斯拉科夫斯基医生进来了，看了看杰克的检查表，然后示意我出去说话。我有一种似曾相识的恐惧感，我有些发抖，就像我和安娜在那个烟花之夜坐在伦敦那间冰冷的候诊室里发抖一样。

"一切很好，可以继续后面的工作。"他说，"他的重要器官都非常正常。他是个强壮的男孩，我们认为，他会是免疫工程疗法非常好的人选。"

"谢谢。"我说道。那感觉差不多就像他在告诉我，杰克的癌症没有了似的。

"好的。我们还需要你在一些文书上签字。"斯拉科夫斯基医生带我沿着走廊进了一间热闹的办公室。"我们的秘书会拿给你各种同意书和所有的付款信息。我现在得去接着干我的活儿，不过如果你还想聊些什么，任何你所担心的问题，请跟伦卡说，我一会儿能有时间。"

"谢谢。"我说，然后我俩握了握手。

我仔细阅读了那些文书，上面都印有该诊所的专用标志。大多数是一些法律行文，强调了《欧洲医疗法案》中的各种章节。如果安娜在这儿，她肯定会看那些小字，并且反复核对法律中的段落。

但是现在太晚了。这是杰克拥有的唯一的希望。我在那些文书上签了字，并填写了付款信息。费用很贵，不过我有信用卡，正处于清空储蓄账户的过程中。我们会有办法付清余下的费用的。我们可以将房子抵押出去，或者打打安娜养老金的主意。我们会有办法的，必须得有办法。

"你看看所有的激光器，杰克。"护士过来取走了他的血样后，我说道。在这个单间里，杰克将会接受第一次输液。这里有白色的仪器，有看上去像太空大炮的机器。可是杰克并没有看这些东西，他的目光朝下，盯着自己的大腿。

"爸爸？"

"嗯。"

"我是要用那个药了吗？"

"哦，"我犹豫不决，"那是另外一种药，但是它会帮助你让你好起来的。"

杰克没有说话，看上去似乎不相信。

我开始给杰克看 iPad 上的一些东西，突然斯拉科夫斯基医生进来了。他走到一床担架车跟前，从一个瓶子里摇出一粒药片，然后将其放进一个小药杯里。

"现在，"他说，"我们要给杰克服用一点镇静剂，如果那样没事的话。但是我必须得到你的许可。这个药只是会让患者在治疗过程中更放松一些。行吗？这个起作用特别快。"

"当然。"我说。

"好的。杰克，你愿意吃下这个小药片吗？"医生递过来那个小药杯和一杯水。

"好吧。"杰克熟练地把药片放在舌头上，快速喝了一口水，把药吞了下去。

"哇喔，真是个灵巧的男孩。"医生说道，杰克骄傲地笑了笑。"那现在，我们就要开始了。如果你愿意的话，你可以当我的助手。或者，你可以当医生，我来当你的助手。你觉得怎么样？"

杰克耸了耸肩，看着我，好像我有答案似的。一位护士进来了，他们把插管放入他的手臂里。杰克盯着墙上的一本挂历，上面印有泰国的海岸风光，一位穿着白色长衫的少女正在眺望着大海。

我看了看手机，查看一下安娜是否给我打过电话或发过短信，但是什么也没有。或许，我现在应该告诉她，而不是让她自己发现门厅柜上的那个信封。

"好了，杰克，刚才那是最难受的环节，现在你甚至都不会感觉到它的存在。"斯拉科夫斯基医生一边说，一边摘下了手套，"现在。"他转向我，"首先，我们要给他输一点血。"

"这是用疫苗设计出来的血液吗？"我说。

"是的，没错。"

"是护士刚才取的血样里的血吗？"

"是的，没错。我们不想老是扎他，所以我们就用了刚才取的做准备测试的血液。"

"这……这也……这一切似乎也太快了。"我说，而且我确定，我曾在"希望之家"上看到有帖子说过，这家诊所接收患者的速度有多快。

斯拉科夫斯基医生耸了耸肩，"我们每天要接待一百多号病人，这对我们来说是再正常不过了。"

一位护士推着一个输液架过来，上面挂着三大袋如尿一般的液体。

"这是第二步，"斯拉科夫斯基医生把担架车推得离杰克更近一些，说，"这里面是各种化合物和矿物质，可以让血液适当地沉淀和分散。

"这可是大量的液体啊。"我说道，无法想象这么多药都要流入杰克体内。

"是的，是很多。不过你不要紧张。我们已经发现，患者在药物稀释后能够更好地耐受。由于现在杰克在输液，所以你会发现，他会不停地要去厕所……杰克。"医生一边说，一边从一个冷藏箱里拿起两支灌满血液的注射器。

"那是我的吗？是我的血吗？"

"是的，是你的血，它会有助于你的病情好转。现在你可能会感觉有一点点凉，但是不会疼的，我保证。"

"哦，它是凉的，血是凉的。"斯拉科夫斯基医生将第一个注射器插入套管时，杰克兴奋地说道。

"你感觉疼吗？"

"不，"杰克说，"不疼。"

"你看，我说过的吧，"医生说，"它可不像那个烦人的化疗。"

不久，杰克便睡着了。我听着那个泵的声音，想象着他的 T 细胞正在集中，为了打赢最后一仗而让自己变得坚不可摧。

我又看了看手机，可还是没有安娜打来的电话或发来的信息。我不确定当她发现那个信封时，她会做什么。我希望她会来布拉格，希望她不要报警，或者让使馆介入。尽管，小题大做或者把一些事公之于众，都不是她的风格。

可是我还能做什么呢？经过了那些无休止的对话之后，我知道，她不会改变主意。但如果她现在被我强拉到这儿了，她可能会见斯拉科夫斯基医生，可能会看到这家诊所是如何工作的。而在伦敦，这只是一个太抽象以至于无法考虑的选择。

但是我不会告诉她。我还要稍微再等等。我需要更多时间，让杰克能够开始适当的治疗。我又看了看手机。现在是布拉格时间七点，英国比这里晚一个小时，于是我给她发了短信：

这里一切都很好。杰克很开心，现在正在午睡。你母亲怎么样了？

我等她的回信，可是没有。这一直是我俩之间的一个玩笑：安娜回短信的速度会有多快。她会说，你为什么要等？你只是忘了回信而已。杰克还在睡，于是我在手机上查看邮件，发现有尼夫写给我的信。

主　　题　回复：杰克
发送时间　2014 年 12 月 16 日周二下午 13：05
发　　自　尼夫
发 送 至　罗伯

亲爱的罗伯，

　　我只是发个简短邮件，祝愿你一切顺利。希望你们已经安全到达，一切都如预期那样顺利。

　　我告诉乔希，杰克要去布拉格接受治疗了。然后他给杰克画了一幅小画。我扫描了，并且将它放在了附件里。

　　你要保重，如果有任何我能做的，一定告诉我。

尼夫

　　我点开了附件，上面画着一个小男孩，头上缠着绷带，正坐在医院的病床上。在他旁边，两只打扮成护士的恐龙正端着一个托盘。这一切都发生在室外的草地上，头顶上是光芒耀眼的黄色太阳。

　　为便于观察，杰克是在诊所过的夜。这是一个预防措施，他们说，对所有的新患者都是这样。昨天晚上安娜来电话了，我关上了杰克的房门，以免她听到走廊外面不熟悉的医院的声音。杰克在床上睡觉呢，我说道，这的确不是撒谎。

　　第二天早上，我在床边的椅子上醒来，还有些昏昏欲睡、身体僵硬，突然看见斯拉科夫斯基医生站在杰克身边，他的手指在他的舌头上放了一粒药片。

　　"早上好，"医生说，"就是给杰克上午服用的药物。"

　　我转过去看杰克，见他正在笑，坐在床上，量血压的套筒还在他的手臂上，在他旁边的折叠小餐桌上放着一盘吐司。

　　"你感觉怎么样啊，小帅哥？"我问。

　　"很好，"杰克说，"我吃了奶酪吐司，但不是特色奶酪吐司。他们这里没有那种吐司。"

　　"太棒了，杰克，你真的做得很好！"

　　就在这时，我的手机响了，是安娜给我发了一条信息。

　　妈妈还在重症监护中，还不是非常敏感。我太想杰克了，想回家。但是我现在不能离开她。他怎么样？一会儿打给你。

　　我凝视着杰克。我已经很久没有见他情况这么好过了。他两颊红润，头发又恢复了光亮。当他说话时，他的眼里充满了活力。

　　斯拉科夫斯基医生刚才忙着填写杰克的病情跟踪，这会儿转向我，为了不让杰克听到，小声对我说："我真的有一些好消息要告诉你，尽管现在说还为时过早，但是杰克正在经历这一治疗产生的特别反应。他的蛋白质标志基因特别好。我们已经很久没有见过类似这样的情况了。"

　　医生拿出一张纸，他的手指在一份图表上沿着一条线指过去，"是的，非常好。他的生长调节血清三肽和 CB-11 都很好。"

　　"这些都是血红蛋白，对吗？"

　　"是的，血红蛋白，完全正确。它们是非常敏感的指标。这是我们跟踪这种治疗效果如何的一种方式。简单地说，这是衡量他的免疫系统是如何打败癌症的一种方法。"

　　我呼不过气来，感觉头发正刺着我的颈背。在与杰克看过的医生的所有交谈中，我们从来没有听到过一条好消息。

"我……我……我不知道，您会告诉我，这个治疗这么快就奏效了。"

"实际上，科茨先生，这就是我想要告诉你的。你看，这个免疫工程，就像乘着浪潮一样，我们就是要尽可能地让这个浪达到最大极限。你明白我说的意思吗？"

"对不起，我不确定我明白您的意思。"

"那我得道歉，请原谅我的蹩脚英语。让我再换种方式解释给你听吧。杰克的身体现在正在进行斗争，非常激烈的斗争。你看他那红红的脸颊，他是如何一步步卷进去的呢？告警。也就是说，他的身体在超负荷工作，我们称之为免疫反应。这很好，是一个非常好的迹象。我们在很多以前的患者身上发现，现在是推进这一现象，给他再注射一针的最好时机。"

我又看了看杰克，他正在 iPad 上打游戏，一周前他曾对这款游戏不感兴趣了。斯拉科夫斯基医生是对的，确实是有些信号。他更加警觉敏感，让人无法辨认出这就是以前的那个小男孩。杰克抬头看着我笑了笑，他的眼睛如同两个果子露茶碟一样又大又可爱，曾经让他的双眼黯然失色的黑眼圈如今几乎看不见了。

"所以您的意思是可以继续后面的治疗了？"

"是的，没错，科茨先生。他的下一轮治疗预计在三天之内开始，不过我们建议再停一天。也就是说，他今晚住这儿再观察一下。"

"明白，"我边说边拿出手机，"但是，您能否给我一分钟时间，有些事我需要确认一下。"

"当然。"在我登录我的银行账号时，医生把目光移开了。存款已经被转走了。

"行，我们继续吧。"我说。斯拉科夫斯基医生笑笑，然后朝护士点了点头。

"非常好。"当护士递给他一个带纸夹的写字板时他说道，"不过，我还需要你在一些同意书上签字。我们在用量流程上遵守欧洲的法律，同时对于剂量之间时间的缩短，我们还需要你遵照执行。"

我签完表格后，走出病房，进入走廊里，只见墙上挂满了斯拉科夫斯基医生救治过的患者照片，然后感觉一股刺痛感顺着我的脊柱往上蔓延。要是杰克真的能好转会怎样？乔希都好转了，为什么不是杰克呢？

我知道我必须给安娜打电话了。如果她来到这儿，看到杰克，她会改变主意的。我想让她看到杰克脸颊上的颜色，看他如何哼唱《特雷弗与火车》。我想让她看见，几个星期以来，他是如何第一次那么开心，如何狼吞虎咽地吃完一片吐司。

"嘿，亲爱的。"安娜接了电话。

"嘿，你母亲怎么样了？"

"啊，她现在好多了。之前真的是非常危险，不过现在她好像奇迹般恢复了。"

"哦，那真是个好消息。"我说道，我知道我现在必须告诉她了。

"是的，她现在已经在床上坐起来了，指挥着护士团团转。他们觉得她会完全康复的。"

"啊，真高兴！"我说。

"杰克怎么样了？"安娜问，我感觉我的心跳有些加速。

"他非常好，正在 iPad 上玩游戏呢。"

"真的吗？太好了。他最近没有太犯病，是吗？"

"没有，真的。这就是我想告诉你的关于……"

我停了下来，我的嘴突然奇怪地发干。

"罗伯，一切都正常吧？杰克一切都好吗？"我能听出她声音里的担心，"罗伯！罗伯！你说话呀！"

"安娜，有件事我需要告诉你。"

"哦，上帝啊，不是关于杰克的，对吗？"

"安娜，他很好。就是……就是……"

"就是什么，罗伯？发生什么事了？"

"我们在布拉格。"

"你们在布拉格，"她说，"你在说什么？我听不懂。什么意思啊，你们在布拉格？"

电话里一下子静了下来，只有吸气的声音。然后是停顿，沙沙作响，和一把椅子在地板上拖拉的声音。

"哦，罗伯，请你别告诉我，你们在那家诊所里面。"

"安娜，拜托你先听我说完。"我的声音有些发颤，我在走廊里来回踱着步，"我知道我不应该带他来，这是不对的。但是，拜托，拜托你听我说。他现在治疗的效果很好，安娜。那个治疗对他很见效，他从来没有这么好过。他的脸颊有了颜色，他又和以前一样爱笑、爱开玩笑了……这简直难以置信，你一定要来看看他。"

"等一下，你说什么？我不敢相信你说的话。你是说，他已经在做治疗了？拜托你告诉我，他没有，罗伯。请你告诉我这不是真的。"

"对不起，我知道我应该告诉你。他刚刚开始做治疗，不过他们已经看到了成效，已经看到了。他们用来做标记的蛋白质很高级。太神奇了，你真的能够在他身上看出来，看到他的身体正在战斗。安娜，求求你，你一定要亲自来看一看。我把他带到这儿来，真的很抱歉。但这是唯一的办法，而且它也奏效了，安娜，真的奏效了。"

"是真的吗，罗伯？"安娜问，她的声音短促得就像冷刀切过似的，我能听到喷吐的声音，听得出来她生气了，"我真不敢相信你会这么做，我真不敢相信这事……"

"安娜，我知道你生气了，你当然有权利生气。但是拜托你，拜托你，我求求你了，你来吧！拜托你来看看他现在有多好。"

安娜没有说话，我听着她那短促而又快速的呼吸，"我真不知道该说什么。你绑架了我们的儿子，我们快不行了的儿子，你原本现在应该是在照顾他的！"

"求求你，安娜，你就来吧，你一定要来！"

"你能告诉我该做什么吗？我有个好主意，就是报警。但是当然，你非常清楚我绝对不会那么做。你筹划这事有多久了，罗伯？一周，还是一个月？我打赌你不可能想到你会那么走运，正好那会儿我母亲病了……我不准你再同意给杰克做任何治疗，你听到我说的了吗，罗伯？你在听吗？我不准你再这么做。我会搭下一班飞机过去，把杰克接回家。"

我正准备说话，可是被她打断了，她气得声音发抖，"我永远不会原谅你的，罗伯！永远不会！"她说完便挂掉了电话。

我深吸了一口气，感觉胸口一紧，然后回到病房去看杰克。他正在笑，在 iPad 上看着什么。安娜现在肯定打开了笔记本电脑，在预订下一趟还有空余座位的航班。我看着杰克，他跟饿极了似的嘴里塞满了香蕉。等她见到他时，我知道她会理解的。

杰克在窗边等着，然后看见安娜搭乘的出租车停到了外面。我们在一个与诊所相连的公寓里过的夜，诊所给了我们一个急救电话，以防杰克出现任何副作用反应。这间公寓干净明亮，像一个高档的城市酒店，有时髦的白色家具、一个犹如太空时代的厨房，还有一台平板电视。

"妈妈！"我们开门时，杰克喊道。

"杰克，"她伸出双臂抱住他，"啊，我想死你了！快来，咱们进屋吧。外面冻死了。"

"航班挺顺利吧？"我们走上楼梯时我问道，可是安娜没有回答我，也不愿意和我的目光交会。

她环视了一下公寓，仿佛在视察一样，然后和杰克一起坐在沙发上，杰克给她展示了我们在机场买的一些火柴盒汽车。

安娜给杰克讲完故事，他开始睡午觉后，她便回到客厅，坐在角落的一把塑料椅子上。

"我现在很生气。"她平静地说道，那种语气令人喘不过气来，我从未听到过，"你带着我们身患绝症的儿子飞到布拉格，而你竟然没有告诉我。我真不敢相信你会这么做。"

"我真的很抱歉没有告诉你，但是……"

"你是白痴吗，罗伯？我原本可以报警。我在我的权利范围内完全可以这么做。你难道没有为杰克想想吗？没有想想这会对他的健康造成什么影响吗？"

"我说了，我感到非常抱歉。但我这么做，就是为了杰克。我做了我认为正确的事。"

"是的，你已经讲得很清楚了。"

"你看到他了吗，安娜？你没看出他气色有多好吗？"

"我看到了，他气色挺好，我很高兴。但是在做完化疗以后，他气色一直都很好啊。"

"上帝啊，安娜，你看看他。等他醒来后，你好好看看他。"我稍稍提高了嗓门，搞得安娜赶紧看杰克卧室的房门是否关好了。"自从来这儿后，他像是完全变了一个人，总之一切都有好转。他的胃口变好了，语言也进步了。医生说，这些都是肿瘤缩小的一个征兆。他……"

"你能不能给我具体说说，他到底接受了什么样的治疗？"

"哦，我在电话里说过，他已经接受了两轮免疫工程治疗。"

安娜用两只手支撑着她的头，"我还是不敢相信，罗伯。你怎么能这么做呢？"

"可是他的治疗反应很好啊，"我说，"比化疗的效果好多了。而且没有副作用，完全没有。"

"这么说，你现在是医生了？谁知道到底给他用的什么药。"

我深吸了一口气，"你看，我们这样没有任何意义，对吧。我再说一遍，我很抱歉把他带来，而且向你撒了谎。但是我真的找不到其他办法了，而且你又拒绝和我讨论这个问题。"

"拒绝讨论这个问题？我们已经没完没了、没完没了地谈过关于这个诊所的问题。我们总是在谈它。实际上，你只想谈这个问题！你是鬼迷心窍了。"

"没错，我是鬼迷心窍了。"我走到餐具柜边，给自己倒了些威士忌，那是我在免税店买的。安娜看了一眼酒杯，然后便把目光移开了。"我说过。我们的想法不同。我已经走投无路了，我是为了我儿子，在做我认为正确的事。"

"哦，拜托，你不要想着在你做过这一切后，我为你感到抱歉。这一切都是走投无路的父亲的想法。因为，所有的事，罗伯，所有你经历的事我也经历过。你是不是认为我想留下杰克而去照顾我的母亲？你能想象出这让我有什么感觉吗？把他留下来就是这样的结果？我可怜的孩子。"

"我想说的是，安娜，我是在求你，就是来见一下斯拉科夫斯基医生。他说可能有希望治好杰克的病。他们已经看到其他患有恶性胶质瘤的孩子取得了很好的疗效。"

"哦，我相信他是这么说的。"

"安娜，不是你想的那样的，相信我，"我说，"是真的。他也说过，很多患有恶性胶质瘤的孩子经过他的治疗，还是不在了。"

我的声音有些沙哑，我将沮丧的情绪发泄了出来，这就像童年时受到粗暴的不公那样：讲真话时没有人相信。"他并不是什么奇迹创造者，安娜，他只是说他能给杰克一个机会。"

"哦，是的，这是他惯常的说法。"

"惯常的说法？什么意思？"

"罗伯，他在互联网上的所有地方都是这么说的。有的整个论坛都是专门谈论斯拉科夫斯基诊所的。你没读过吗？或者说你只是读过所有赞不绝口的评论？"

安娜把手伸进她的手提箱，拿出了一个文件夹，"怕你不相信我，我专门给你带来了这些东西。"

安娜递给我一些打印出来的材料，都是从一个叫"斯拉科夫斯基其他患者"的网站上下载的。我快速翻看了一下，并没有仔细去读，"这是用来说服我的吗？不过是从一个可疑的博客网址上打印的几张东西而已。"

"你就不打算看看这些东西？你会阅读网上关于斯拉科夫斯基诊所的所有信息啊。你好几个星期都用这些东西对我狂轰滥炸，现在我给你看的东西可能不符合你的想法构思，所以你连听都不愿听。"

我坐在沙发上，看着一些患者的评价。这个网站看上去很眼熟，我相信我之前肯定无意中上过这个网站。娜塔莉亚·P.、彼得·R.、艾米·T.——都是带有模糊的日尔曼和奥匈帝国色彩名字的孩子。

他们的故事都是以同样的方式开头，都是一个熟悉的故事，是之前我已经看到过很多次的故事：所有治疗方案用尽后一个令人悲痛的预后诊断。但是这些孩子在斯拉科夫斯基医生的治疗下并没有好转。肿瘤又长出来了，比以前发展得更快，而且侵袭性更强。家长们欠了医院数千英镑或美元，最后只能回家看着他们的孩子离开人世。

"那又怎样？"我边说边把那堆纸扔到沙发上，"我想我已经看到了，这并不意味着什么。斯拉科夫斯基已经反复说了，不是所有的人都会对免疫工程有反应。有些人有，有些人没有。而且他也没有声称知道具体原因。他从一开始就对这个问题是实话实说的。上帝啊，它甚至出现在你必须签字的责任表上。免疫工程对这些孩子没有起作用，我知道，我为他们、为他们的父母难过。但是这个疗法对其他一些孩子起作用了。"

"没错，乔希。"

安娜在她的包里一阵乱翻，在找另外的东西。

"那是什么意思？"

"意思是我怀疑它真的对乔希起了作用。"

我怀疑地摇了摇头，"你是……"

"给，"安娜说，又拿出一些打印资料猛地塞到我手里，"这是从'希望之家'上打印的，你可能从来没有读过这个。"

尼夫

发自化疗终身 2012 年 10 月 19 日周五上午 6：30

致论坛所有的成员：

"希望之家"上的你们许多人一定看到过我偶尔与尼夫之间的一些争论。鉴于此，我想给你们看一样东西，是该论坛中的一位成员写给我的一封邮件，写信人希望匿名。

你好，化疗终身。我刚刚浏览了这个论坛，发现这其中有个叫尼夫的人有些奇怪。我想你也知道，就在大卫的生命弥留之际，我们去了斯拉科夫斯基医生的诊所接受治疗。从那时起,我们便在"斯拉科夫斯基其他患者"群里非常活跃。

我非常惊讶地发现尼夫竟然发帖子说,斯拉科夫斯基医生如何挽救了他儿子乔希的生命。当时我们和尼夫都在这家诊所。我记得乔希,我们见到乔希时,他的情况根本就不好,而且已经接近生命的尽头。

这一点我记得很清楚,因为我在诊所和尼夫聊过,如果他的儿子在布拉格去世了他会怎么办,以及乔希的遗体如何运回本国等问题。

更确切地说,我们把大卫接回家时,尼夫和乔希还在诊所。所以自然有一种可能,就是乔希确实康复了。但是据我们所知,这种可怕的病要治愈,似乎可能性非常小。

希望你不介意我给你写这封信,但是这事一直在我的脑海里浮现……

我曾经犹豫要不要把这封邮件公开,但最后的结论是公开的话符合论坛的最大利益。

化疗终身
管理员

"上帝啊,真是太荒唐了!这证明不了什么,不过是论坛上的一出戏。人与人之间总会有一些阴谋,有些争论。而这个家伙,这个参与其他患者群且匿名的家伙,他也有一定的目的和动机。事实上,那上面没有任何事与尼夫的说法有矛盾。没有。他自己也说过,乔希在斯拉科夫斯基诊所的时候病得很严重,后来才有了好转。说得更确切一些,安娜,我见过乔希。我的笔记本电脑上有他的视频,还有他的无数张照片。"

安娜高高地举起双手，"我知道，这是不能说明什么。没有人能告诉你任何事，他们会吗，罗伯？不过这并不重要，重要的是你是怎么支付治疗费用的。"

"信用卡上。"

"很好。那余下的费用呢？你打算怎么支付？"

"我们有办法的，安娜。我可以找思科特借钱，可以用退休金、用存款，有足够的……"

"这么说，我们要穷尽一切，一切东西，去为一场骗局、一个骗子埋单？"安娜哼了一声说，"你的行为就好像我们不需要用钱一样。"

"好吧，我们需要用钱吗？"我气得发抖，开始抽泣，因为我知道杰克的最后一线希望正在悄悄地失去，"我们现在要钱做什么？"

安娜没有回答我，只是走到沙发边，蹲在我边上。她的声音很低，差不多像耳语一样，以确保不让杰克听见。

"你有什么想法吗？"她说，"这些事情得花多少钱？"

"什么事情？"

"死亡，罗伯。"她低声说道，我能听出她声音里那种竭力控制住的愤怒，"尽可能让杰克过得舒服一些吧，无论这个过程会有多长。我们找最好的临终关怀医院，请二十四小时的护工，让他能够平静地度过最后的时光。这些都需要用钱，罗伯。这也是我现在唯一关心的。除此以外，我不关心任何其他事。"

我们听着外面一辆警车的警笛声。

"我来这儿就为了一件事，"她说，"就是带杰克回家。等他醒来后，我便收拾行李，然后带他坐下一班飞机回伦敦。"

在德国

不管你什么时候坐飞机，杰克，你都是把脸贴在窗户上，目不转睛地看着窗外。有意思的是，无论我们起床和睡觉的作息时间如何变化，对你都没有影响。你只是想对着窗外拍照片。我还记得你拿相机的样子，两手紧紧地握住相机，然后就像爸爸教你的那样，慢慢转动着角度，确定所有的物体都在你的取景当中，云彩、落日，还有无尽的深蓝色波痕。

18

　　那是平安夜的前一天，我们仨都坐在沙发上看《雪人》。客厅还是原来的样子，圣诞树一闪一闪地发着光，楼梯的台阶和平台上装饰着安娜编织的花纹复杂的纸环。我们收到的圣诞卡片实在太多了，以至于都没有地方放，所以安娜把卡片都捆在一起，放在走廊里，客厅的所有墙边也都放着圣诞卡。

　　人们今年制作的圣诞卡特别用心。除了千篇一律的"本森全家恭祝圣诞快乐"之类以外，他们都祝愿我们平安，给予我们力量，并且说他们在心里会记挂我们。没有任何人在卡片中提及新出生的宝宝、即将举行的婚礼，或者谁又获得爱丁堡公爵奖诸如此类的消息。

　　这是杰克第一次看《雪人》，我从未见他如此专注过，他那苍白憔悴的小脸被电视屏里的雪光照得发亮。我们一起看电视的时候，我有种小小的自豪感，因为杰克的喜好和我小时候的一些很像。他玩耍的地方，他眺望我、摆弄他袜子的地方，都是我最初喜欢玩的地方，给雪人穿衣服、装假牙，然后爬进发光的冰箱里。这些记忆总让我感到发冷，但是当看到杰克和我同样的感受时，我心里却满是温暖。

　　吸引杰克的似乎是那些令人忧郁的时刻：圣诞节到来之前的无聊和焦躁，下雪天出去玩的急迫，然后是伴随着冰雪的融化、看到绿草时的心碎以及产生的一种幼稚的失落感。

这是我们的第七个，也是最后一个圣诞节。我们在几周前就开始准备：圣诞桌、要放进杰克的长袜里的礼物、圣诞树下的礼物等。安娜列了清单，让我出去买纸巾、薄饼干和橙汁，为巴克鸡尾酒做准备。这些细节都不是随便设计的：超市的布朗面包片、玩具店里廉价的宾戈游戏套装，以及超大罐的巧克力。她在努力将最后一次圣诞节营造成父亲以前在罗姆福家中给我们过圣诞的样子。

《雪人》快结束时，我仔细观察着杰克。当雪融化后，地上留下的只有雪人的帽子和围巾。他一动不动，随着镜头离那个蹲在地上的小男孩越来越远，杰克沉浸在白色的伤感之中。

"雪人去哪儿了，爸爸？"那天夜里的晚些时候，在安娜和我把杰克安顿在床上时，他问道。

我不知道该说什么，我不想把我的台词弄得很糟糕。我想起了那一小堆雪，还有落在地上的围巾和帽子。

"他回北极了，杰克，"我说，"去看望其他的雪人了。"

杰克琢磨着我的话，然后把头扭向一边。

"他是在和其他雪人聚会吗？"他说。我想起了雪人们围着篝火跳舞的场景。

"没错，杰克。他们会玩得特别高兴。"安娜一边说，一边把杰克床头的光线调暗。

杰克似乎对这个回答很满意。他伸出手，开始一张一张地摸着他的照片：埃菲尔铁塔、帝国大厦、台北101。

"你和妈妈今晚会在家里睡吗？"

"当然，小帅哥，我们每晚都在这里睡。"我说。

杰克顿了顿，"你为什么睡在楼下呢，爸爸？为什么你不在妈妈的床上睡觉？"

安娜和我愧疚地互相看了一眼，"哦，爸爸睡得不太好，所以不想打扰妈妈。"我说道，其实这只是一半的原因。

杰克思考着我说的话，"即使我睡着后，你们俩还是都会在这儿吗？"

"我们当然在这儿了，"安娜说，"我们会一直在这儿。所以如果你需要什么，你只要叫一下，我们就会过来，好吗？"

"如果我走到外面去了，你会和我一起吗？"

"肯定的，"我说，"我们会一直和你在一起的。"

"即使我要去北极看望圣诞老人，你们也会和我一起吗？"

"会啊。"我一边说，一边把被子掖到他的身子下面，以保证他的腿不露在外面，"去北极会很有意思，不过我们得先穿暖和点。"

"像毡毯上的臭虫一样舒服。"杰克几乎在自言自语。

"像毡毯上的臭虫一样舒服。"我重复了一遍。

杰克笑了笑，然后把身子依偎在枕头中间。我以为他会渐渐睡着，可谁知他又开口了，声音很小，但是清晰简洁，"当我们死的时候，我们会去哪儿呢？"

他非常淡然地说出了这句话，所以我不知道他是在说普遍情况呢，还是在问他自己的命运。

安娜和我在昏暗的光线中对视了一下。难道杰克知道他就要死了吗？这个问题我每天都会问自己上千遍。当蜘蛛侠来探望，抑或在他收到同班同学亲手制作的许多卡片时，他是不是意识到了？

我们曾看过关于如何与你即将离世的孩子进行交谈的实况报道，我们曾和弗拉纳根医生以及哈利街诊所的一位顾问谈过这个问题。杰克正处在一个很棘手的年龄，他们说，是一个特殊的时期。尽管他对死亡会有一定的认识，但是他对这一概念的理解会简单而不成熟。所以，他们说，你感觉怎么舒服就怎么做吧，就好像我们正在决定要不要一起睡觉似的。

"哦。"安娜爽快地说，我意识到她对这个问题是有备而来，而且她很清楚该说什么，"当我们死的时候，我们便去了天堂。"

"天堂是什么样的？"杰克问。

"天堂，"安娜说，"是世界上最开心的地方，在那里你能见到所有的小伙伴和家人，可以玩耍，可以想做什么就做什么。"

杰克笑了，"他们会有游戏机吗？"

"当然有，"安娜愉快地说道，"他们会有游戏机，有你喜欢的所有玩具，还有你喜欢吃的所有东西。"

"他们有麦当劳吗？"

安娜笑了，"肯定有。"

杰克咧嘴笑起来，但随后他的脸变得严肃起来，"那你和爸爸也会在那儿吗？"

"我们当然会在。"我试图跟上安娜的乐观基调。我的手伸到床的另一边，握住安娜的手，我俩的身体形成一个茧状，"我们会一直和你在一起，所以你永远不会孤单。"

杰克认真地点了点头。"但是要记住，在有问题的时候，我们会留意你。"我一边补充，一边轻轻弹了一下他的耳朵，然后把被子掖在他身下，"你要保证做家庭作业，而且不会吃太多的汉堡包。"

杰克咯咯地笑起来，"我准备吃一百万个汉堡包。"

"一百万个？"

"真的。"他骄傲地点点头。他这会儿有些疲倦了，眼皮开始打架，"爸爸。"杰克一边说，一边又在枕头上坐了起来。

"你说，小帅哥。"

"你知道我们谈过治疗的事吗？"

"是的。"

我们问过杰克,他有没有什么特别想做的事。他的回答总是很有节制。不是去迪士尼看米奇,也不是去小猪佩奇主题公园或白金汉宫见女王。不,他很坚定。他只是想去麦当劳吃冰激凌。

"我们还能干别的吗?"

"我们可以做你想做的任何事,杰克,任何你想做的事。"

"我们能再登一次'伦敦眼'吗?我想上到顶上去。"

主　题	回复:杰克
发送时间	2014 年 12 月 24 日周三下午 15:33
发　自	罗伯
发送至	尼夫

亲爱的尼夫,

我之前给你写过信,但是一直没有你的回音,所以希望你一切都好。我已经告诉过你,尽管杰克已经有了明显好转,但我们还是停止了在斯拉科夫斯基医生诊所的治疗。我们一回到伦敦,杰克重新接受化疗后,他的情况便又开始恶化。

我仍然在努力与发生的一切达成妥协。可如今,什么都没了。没有希望。我希望我能说我并不怪安娜,但实际上我对她还是有一些责怪。杰克当时有所好转,我自己亲眼所见。想到你爱着的一个人会出现这种情况是件可怕的事,然而这就是事实。

我们没有真正讲过这事——杰克即将去世的事。我们不再谈论任何事。我们只是假装这事没有发生一样。但我还是不敢相信,真的到了这个地步。我不敢相信,很快我就会失去我的儿子。

希望你和乔希一切安好。

罗伯

　　我们把杰克裹得严严实实，把他的轮椅举起来放到了吊舱的边上，然后吊舱便在暮光中缓缓地上升。随着我们刚刚上升到泰晤士河上方，便看见伦敦城的灯光在水面上闪耀，杰克取出了相机，开始拍照。

　　我们还在爬升。我示意安娜注意，因为杰克已经都认识了：从一座座毫无灵魂的灰色烟囱上方，他认出了亨格福德桥、南岸艺术中心。在河的另一边，空军纪念碑的两侧在太阳下闪着光，守卫着白厅和国防部。随着吊舱继续爬升，我们能看到分布在伦敦市区的圣詹姆斯公园、格林公园，然后是海德公园。

　　是思科特把这一问题解决的。在杰克提出他的请求后，我给"伦敦眼"的订票热线打了电话。圣诞节那天，"伦敦眼"不开放，而后面的一天已经订满了。我恳求那位销售人员，向她解释杰克病情很严重，看她能不能走个后门。她和她的上司商量了一下，让我先别挂电话。但是，不行，她说很抱歉，他们实在无能为力。

　　我打给了思科特。我俩已经很少说话了，只是发过一些信息，在我去布拉格的时候通过一封邮件。他说，他正想着我，说我应该让他知道他能做些什么。

　　所以，我跟他说了。你认识人，思科特，我说。你以前吹过你认识伦敦所有的 CEO。所以，请你帮帮我们，因为我们所剩的时间可能不多了。

　　不到一个小时，思科特便回了电话。他给我们弄到了一个黄金时段——节礼日的傍晚，整个吊舱内就我们。

　　"要不要我们给你挪一下位置，这样你能看那边看得更清楚些？"随着我们越升越高，安娜问杰克。

　　"好啊。"他并没有真正听安娜说话，而是在疯狂地拍着照片，仿佛他是狗仔队的记者，生怕错过了最精彩的瞬间。

　　我们知道他的时日不多了。他说话的能力已经开始发生变化，他健忘，且重复已经说过的话。他很虚弱，如果我们要出去在外面待很久的话，他便需要轮椅。正如医生曾经告诫过我们的一样，他开始变得越来越冷静。他做所有事都很慢，而且非常谨慎——走路、拿汤勺、吃吐司等。那种感觉就好像看着一个人光着脚走过海边岩石间的潮水潭似的。

"快看，杰克，大本钟。"随着我们继续上升，安娜喊道。我们转过身看议会大厦，只见其从下至上被灯光照亮，大本钟的四个面在空中仿佛四个幽灵之球。杰克坐在轮椅上突然转过身，缩放着镜头，来回转着相机，又是横拍，又是竖拍。

这是留下回忆，他们在"希望之家"上说过。但是这几个字眼对我来说从来没有任何意义。它们将是我们的回忆，是我和安娜的回忆，而不会是杰克的。

"这儿好高啊。"我们在座舱里把每个点都坐了一遍，从上面俯瞰了金丝雀码头、夏德摩天大楼，还有圣保罗教堂周围密密麻麻的建筑。

"爸爸。"杰克一边说，一边把相机放在他腿上的毛毯上，他的声音听起来异常清晰，让我想起几周以前的他。

"是很高，对吗？你喜欢吗？"

杰克点点头，笑了起来，"等我好些了，我们会爬上更多的高楼吗？"

"当然会。"

"巴黎的埃菲尔铁塔？"

"是的。"我一边说，一边搂住他。

"还有那个在矮人国里的摩天大厦？"

安娜轻声笑了起来，把手搭在了杰克的肩上，"是的，亲爱的，那是吉隆坡。"

"对，"杰克边说边俯瞰着泰晤士河，"吉隆坡。"

"还上迪拜的那座楼吗？因为那是世界第一高楼，爸爸。"

　　我停了停，使劲忍住我的眼泪，因为我不想让他看到我哭，"我们可以到所有的摩天大楼上去，杰克，每一栋都上去。"我的嗓音开始变哑。

　　"因为你知道，爸爸，当你有这么高时，你便可以越过云层，就像坐飞机一样。然后你会看见宇宙飞船，看见太阳，还有所有的星辰……"

　　随着杰克的声音越来越弱，落日的余晖照亮了整个座舱，就像从远处无声的爆炸中发出的光亮。我们俯下身，听着齿轮的叮当声，我俩用胳膊搂住杰克的双肩，凝视着残留的夕阳。接着，没有任何征兆，杰克缓缓地把自己从轮椅中推了出来。他有些摇摇晃晃，靠扶手让自己站稳后，便又开始拍照。红丝绒般的天空映衬着伦敦城里微弱的光线。山峰和海槽，还有发光的云海。他确定他把一切都拍下来了。

　　我们觉得阿什伯恩酒店对于杰克来说，是一个离世的好地方。挑选这家酒店的办法和我们为杰克选择学校的方法一样。我们先仔细阅读了宣传册，然后去参观了那里的设施。我们讨论了员工的各种优点、游戏室的大小，以及公共餐饮的选项。

　　尽管这是一家维多利亚时期的慈善机构，但其并没有给人留下不祥的印象。砖砌的房子光线充足，呈现暗红的色调；花园被料理得很好，满是鲜花和古玩珍品；所有的走廊都明亮通风，装饰着当地居民们自制的手工艺品，走廊宽得足够好几辆轮椅轻松穿过。在我们的房间里，有一张双人床，与杰克的床之间用一道活动屏风艺术地分隔开来。我们一家睡在那里，杰克刚出生时我们就是那样睡觉的。

　　杰克差不多要离开这个世界了。随着肿瘤对他脑部重要部位的压迫，他变得更加冷淡，越来越不能表达自己的情感。现在他不再接受化疗，所以头发长长了一些，又变成了乱蓬蓬的样子。他的眼里有一种恐怖而又若有所思的眼神，那是一个孩子绝不该有的眼神。

　　艺术课、卡拉OK、超级英雄日都对杰克不起作用。他甚至不再认

250

识他的那些照片：那些摩天大厦，还有我们贴在他床头的全景照片。病情发展的速度令我震惊。他的身体背叛了他自己。

随后，杰克的大脑发生了变化：肿瘤转移了，或是扩散了，也可能是控制了又一片脑叶。突然间，虽然我们认为杰克还能听懂我们对他说的话，他却再也说不了话了。如今，他只是睡觉，他的身体已经进入了死神的看护之下。

看着一个生命的死去，看着生命之门逐渐关闭，看着杰克的皮肤变成灰白，看着他的头发缠在一起形成油油的结，尽管我们曾努力用海绵给他擦拭。所有身体外部的衰退迹象——他呼吸的酸味、皮肤的剥落、指甲上出现的水平纹——都赤裸裸地暗示着发生在他体内的各种恐怖变化。

多久？多久？这是我们想从医生、护士，任何可能明白、任何愿意倾听的人那里想要得到的答案。而且问这个问题，让我感觉我们正在背叛他。

我不知道我是怎么知道的，但是我知道，我俩都知道。我把头放在杰克的胸上，用我的胳膊搂住他小小的身子，然后我感觉安娜的胳膊搂住了我，也或许是安娜先搂着他的。我们就这样相互搂着，十分钟、二十分钟、三十分钟，我俩的身体就像翅膀一样保护着一只幼鸟。

我很想，杰克把他的手伸过来，抚摸着我的身体、我的关节，还有我拇指和食指之间的曲线。或者，他抬起头，用那充满爱的眼神看着我。然而，他没有。他的双手像湿冷的冰，他的眼睛呆滞而不透明，眼里不再有这个世界。

然后我们听到了一声柔柔的刮擦声，像是呼吸的回音，于是我们抱紧了他。我们等啊，等啊，屏住我们的呼吸，这样才能听到他的呼吸声。我们等着，等着，希望他能呼吸，希望他不会离去。我一次又一次地听着，而这一次我知道，他的呼吸不再，这一次我知道，他走了。

我把自己的胳膊从杰克身上移开，然后环视了一下房间。人们坚持着他们的死亡故事：相信会看见灵魂离开房间的神话。但是在阿什伯恩酒店，一切照旧。窗户上没有出现一束光或轻柔的响声，外面仍然是灰色的。杰克的小黄人水壶在桌上还是没有被喝过的样子。我能听到远处有医院的钟声在响。我想了一会儿，以为那些钟声的频率、音高会有些不同。我又听了一遍，没有变化，和原先一样。

静悄悄的房间里，我的呼吸声突然显得特别大。安娜还在床上和杰克躺在一起，她的胳膊抱着他的头和颈。他是从她的身体里生出来的，她要尽其所能和他在一起。

我看了看杰克。有时候人们说，人死后身体看上去会是空的，仿佛失去灵魂后被阉割了一样，就像一张被丢弃的蛇皮。但是，那还是他，还是杰克。他看上去并不平静——那只是活着的错觉——但是他的脸上基本没有了表情。关于他的表情，我唯一能明确说的是，那是他的。那是他，仍然是他。

随后，我按下了紧急呼叫，是为了安娜，不是杰克。因为在她把自己从杰克身上挪开后，便跪在了地上，当我用胳膊搂住她就像我们搂住杰克一样时，她挣脱了出来，用头使劲地撞着墙，一次又一次，那么用力，以至于她的鼻子开始流血，滴到了黄色的地砖上。

放气球是洛拉的建议。举行完仪式后，就在黄昏前，我们会全部聚集在花园里，把氢气球放到天空中。每一个人会用彩色的记号笔写下他们对杰克的悼念，然后数到三时，我们全部将气球放入空中，让其升入天堂。

这个主意并不吸引我。这有些炫耀，甚至有些招人烦。那种想法认为，每个死去的孩子都必须有定义他们自己的东西，就好像杰克喜欢气球，那么他最后被人们所记得的就应该是气球，好像他的整个存在加起来，就是一只气球。

杰克肯定不会同意。他会认为那样乱七八糟，或者有些气球并不适合在上面写这些东西。

"或许我们可以放气球，但是不在上面写东西，"我对安娜说，"或者就从维斯豪尔店里买些气球，他一直喜欢那里卖的气球。"

"那只不过是些气球而已，"安娜说，"气球从哪里来的并不重要。我倒是觉得在上面写些话是个不错的主意。"

我不高兴了，没说话。

杰克的葬礼。我对那天的印象并不很深了——悼念的人海，他们和我握手的方式，安娜的母亲像一个坐在轮椅上的妖怪，以及我是如何讨厌她的出现、她的生活，反感她又获得了第二次生命的机会。

那一天，我是在镇静剂和威士忌的浑浑噩噩中度过的。山上的一座教堂——"布置得非常可爱，非常符合杰克的风格"——举行的仪式上，除了老人，其他所有人都被要求穿明亮色彩的衣服，"因为那是杰克希望看到的"。当蜘蛛侠的主题音乐响起时，人们发出了笑声。在一个小男孩的葬礼上，人们发出了笑声。"他会喜欢的！哦，杰克会喜欢的！""他爱笑，你的杰克，对吗？"他们错了。他们根本不了解杰克。他很吝啬他的微笑，似乎他认为微笑是有定量的。他不会把微笑分给任何人。

杰克被埋葬了，因为我们无法忍受将他火化。那是对老年人的一种仪式，而不是对年轻人的。而且他一直就怕火。在他小的时候，我们就曾教他要害怕炉子上冒着热气的平锅，他也就自然而然地接受了。他从他房间里烟雾警报器一闪一闪的红光那里得到了安慰。

我看着他被一点点放入地下，泥土被翻倒在他的身上。我唯一能想到的是，那个木头盒子里是杰克，穿着他的蜘蛛侠睡衣，身边放着他的泰迪熊、手电筒，还有他所有的口袋妖怪卡片。棺材从来没有按这么大的尺寸做过。

回酒店的路上，安娜在车里告诉我，我们收到了一些可爱的卡片。我翻了翻，都是淡彩色的，有淡蓝色的，淡紫色的，还有来自一个老妇人的羊毛衫上的颜色。在留言中，他们都称杰克为战士、勇士、天堂里的天使、活着的圣人。他们说他打动了人们的心。都是一片片从史密斯那里花一镑二十便士买来的折叠纸。

哦，他们喜欢做这些，是吗？他们是否以为我们没有看到他们在脸书上发的帖子？今晚抱紧你的孩子，他们写道，在睡觉之前专门花几分钟的时间。然后，他们把杰克的照片贴在了上面。我们的杰克。

他们说，这让你意识到生命有多宝贵，我们该如何珍惜所拥有的一切。他们有没有考虑过他们这样说可能带来的影响？他们的孩子仍然活蹦乱跳，他们今晚会拥抱他们，在他们醒来后，会在他们身边轻声耳语，听他们唱歌。可怜的小杰克，他们说，他现在去了更好的地方。然而，他不是。更好的地方是在这儿，和我们在一起。杰克就是走了，天堂里没有游戏日活动。他不是照管我们大家的勇士，不是天使。杰克做了他能做的，从来没有抱怨过。他平静地忍受着自己的病痛，那是一种我从未将其与孩子联系在一起的坚韧精神。

回到酒店，有二三十人在那儿，家人、朋友，还有几个稍大的孩子。安娜做了几样杰克喜欢吃的东西，还有蛋糕，其他一些人带来了一些小食。杰克的照片在电视的大屏幕上循环。

到了放气球的时候，下起雨来，风也刮起来了。等大人们写完留言、孩子们画完图画后，我们倒数着数，然后松开气球，让其飞上天空。我用黑色的记号笔写道：

杰克，我们永远不会忘记你。爱你的爸爸。

我留言的冷漠和唐突是对这个活动的一种对抗，我对这个主意感到很生气，以至于我被告知我该如何记住我的儿子。我不知道安娜写的什么，我也不想看。

我站在安娜旁边，很近，但没有身体接触。有人，不是我，给她的肩上披了件外套。气球飞得并不是很远，其中一些气球甚至都没有离开过地面，只是在后花园里转了几个圈。有些气球则留在了车库的屋檐上。还有一个气球在碰到苹果树的树枝时，砰地一下爆了，当时我禁不住笑了起来。杰克会喜欢看到这个的。

我喜欢以另一种方式想起杰克的离去。在希腊，有时候吃过午饭后，我会和他出去散步。我们从酒店出发，沿着秘密的小道，穿过如溪流一般延伸至海边的浓密草地，一直走到下一个海滩，那里有一些小船，还有总是逗得杰克发笑的鱼贩。

有一天，滨海步道上空无一人，太阳毒辣，于是我们躲在一棵大树的树荫下，喝着塑料瓶里的水。杰克开始犯困，把头靠在了我的肩上。

我们就那样坐了一会儿，听着除了风以外的声音。有蝉鸣，还有远处一艘游艇的桅杆发出的咯咯吱吱的声音。有各种新的气味：茉莉花草、发热的尘埃，还有在明火上烧烤的羊肉味儿。最后，杰克睡着了。他的眼睛闭上了，然后他的头慢慢滑到了一边。那是我喜欢想象的他离世的样子——慢慢地，轻轻地睡了，享受着风的亲吻，倾听着海的声音。

19

　　在孩子们玩耍的操场上，不带孩子却一个人来是不明智的。所以我非常小心地选择了我的位置：一张处于一个间接角度的长凳，其中部分被成片的大树所遮住了。这是卡姆登的一个座位区，是办公室的职员们吃三明治的地方，直接穿过一些蹦床和死亡滑梯就是。

　　不过，我最喜欢的地方还是国会山的操场，不是因为我过去总和杰克一起去那，而是因为那里有一家咖啡店，即使没有小孩，一个人坐在那儿也不会感觉怪异。如今安娜已重返工作，我的日子则变得空虚起来。他们提供给她照顾性休假，她却说，她需要一些事情来占据她的心。

　　我把笔记本电脑放在自己面前，坐着观察一个小男孩，他五岁左右，正在荡秋千。他的父亲正斜靠在一棵树上，一边看他的儿子，一边看着手机。还有一个身材瘦长的男孩，身高与年龄相仿，十岁或十一岁，脸上带着羞涩，让我想起了杰克。那个男孩正在踢足球，偶尔会把球踢到墙上。

　　我总在这家咖啡店里喝健怡可乐。我会在柜台买上一瓶，然后将其与我包里的一瓶交换——我包里已经准备了一瓶，那里面装的是半满的伏特加。我开始越喝越多，因为我睡不着。我会醒着躺在安娜身边，被她那平静而又匀称的呼吸所困扰，明显她睡得很轻松。我望着树枝在灯光下舞动，听着邻居家的狗悲伤地嚎叫。于是我坐了起来，准备下楼。我穿着睡衣蹑手蹑脚地跨过吱嘎作响的楼梯，轻轻地打开酒柜上的门闩。刚开始的时候，几杯威士忌就足够了，但是后来便变成了四杯，或者五杯。很快，我便从酒柜里拿酒喝，就像我年轻时在晚上外出前从父母的餐柜里偷喝几口酒一样。

开始下小雨了，人们纷纷离开了操场。我需要再买些伏特加，于是我走下山，来到地铁站的乐购店。我径直走到酒柜台前，尽量不让自己到处看。我不能再去放麦片的那条过道，也不能去儿童杂志堆放的地方。我已经学会了在经过酵母酱和法国牛奶软干酪时，眼睛不往那边看。有一次，当我看到杰克喜欢喝的 Petit Filous 小盒酸奶时，我开始流泪。

我到家时，安娜就在家里的某个地方。我俩像幽灵一样在房子里移动着，很少说话，在楼梯上彼此经过时也没有言语。在看到一只孤独的知更鸟停在杰克喜欢的那棵树上时，我们各自哭泣，或在洗澡时，或在车里。

我们曾尝试过再回到从前。我们曾试过在周末的时候一同进餐，好像冰岛的扇贝或陈年的肋眼牛排能够帮助我们忘记杰克在桌上的空位子似的。有一次，是个周六，我们一起去了电影院，但是在看到一部儿童影片的预告片后，安娜便离开了。

走廊里有一些箱子，装的都是杰克屋里的东西，是一些我认为她想清理的东西。原本不应该是这样的。因为当你的孩子去世后，你应该让他们的房间保持原样。那是怀念过去的一个圣地，对于那些安静的时刻来说，这是一个幽闭的圣地，如今这种时刻是如此频繁地出现。那是一个你可以嗅到他们衣服的味道，可以躺在他们的床上，一遍又一遍堆叠他们的玩具的地方。

我跟她这样说过，问她为何要清理他的房间，然而跟她讲道理是没用的。所以，索性有一天，趁着她在上班，我拿走了杰克剩余的东西——他的背包、相机、贴纸书——把它们偷偷藏在空房间的一个橱柜里。

我躺在客厅的沙发上，很高兴安娜在楼上，这样我便能安静地喝我的伏特加了。这是我现在打发时间最多的地方，看我的笔记本电脑，看手机，盯着墙发呆。思科特最终还是卖掉了公司，我失业了，不过这并不重要。我退出了，像一只受伤的昆虫，蜷成一团。有一次，我玩了一把智力小游戏，看我还记不记得首相是谁，或者最近一次世界杯是在哪儿举行的。我竟然不知道答案，什么都不知道。我不再生活在这个世上。

我从沙发上醒来，发现安娜正盯着我。

"罗伯，我们得谈一谈。"

"行。"我说。伏特加的瓶子还放在咖啡桌上。

"我们不能这样下去了，你也不能再这样下去了。"

"哪样啊？"

"喝酒，以及你对自己所做的事。"

我没有说话。

"对不起，"我总算开口了，"这只是我熬过这段时间的方式。我不会有事的。"

"我知道，"安娜一边说，一边把手放在我的腿上，"这是一段恐怖的时间，但是你不能再这样下去了。你必须开始做些什么，可以重新找工作，承担一个新的项目……"

"我不可能像你那样再回到工作中，安娜。"我说。

杰克的葬礼结束不久，她便回去工作了。几个星期后，我正坐在厨房听着广播里的新闻。突然，安娜的声音在厨房里回荡，她说利息可能会有大增。我听着她的语音语调，那不是一个刚刚失去了儿子的人应有的声音。

"那是不是意味着我不在乎，罗伯，因为我又去上班了？我是要做你现在做的事吗，成天坐着喝酒？"

"谢谢你再次提及这个问题。"我一边说，一边把头转向别处，不再看她，"你想让我说什么？是的，我是喝得太多了。我知道这不是你所希望的，但这是我的方式……"

"罗伯，你看着我。你不仅仅是在晚上多喝了些威士忌。你以为我没有注意到那些伏特加的瓶子吗？有时候我下班回来时，你都快站不住了。还有一天晚上，你在沙发上也把自己身上弄湿了。"

我原以为我掩盖得很好，为我曾经弄洒一瓶酒而找了一些借口，但或许她已经看见了，或者在洗衣服时注意到了我打湿的拳击短裤。

"你在说什么？我告诉过你，我弄洒了一瓶酒。"

"上帝啊，罗伯，我看见了。那天晚上我下楼看你有没有事，结果发现你把自己身上弄得都是湿的。那是我亲眼看见的。"

我的脸因为羞愧而红了，然后又是一阵怒气。"把自己身上弄湿了"，这是她对孩子说话的口气。她就喜欢这样，喜欢羞辱我，喜欢揭我的伤疤。

她叹了口气，然后咬了咬嘴唇，似乎在思考着什么。

"你可能都不记得那天你做什么了，对吗？"

"我知道你会告诉我的。"

"你回来的时候已经喝多了，走路摇摇晃晃的。然后，你进了后院，在我所有的花上尿了一遍。"

我感到一股莫名的释然，因为我原先以为她说的情况会更糟糕。我笑了，这比其他任何事都更让人紧张。

"你觉得这好玩吗？"

我耸了耸肩，目光从她身上移开。

"那是我的向日葵，罗伯，我的向日葵。"

我的做法所隐含的意义和粗鲁的方式开始被她彻底领会。

"你真是太完美了，安娜。"

她摇摇头，叹了口气，"我当然没那么完美，上帝啊，离得远着呢。"然后她跪在我身边，把手放在我的胸前，"罗伯，我说这些并不是要羞辱你。我不喜欢这样。我觉得你出现了问题，我只是想帮你。"这让我想起了她的母亲，想起她同那些她试图拯救的人说话的方式。

"你不想帮杰克却是个遗憾。"

"什么？"

"你听到了。"

我能听到外面有一只喜鹊发出的叫声和它在露台上走来走去的窸窣声。

她站了起来，这样才能吓唬住我，"你怎么可能这样说？你怎么可以这样想啊？"她开始哭了，而我则拿起了我的伏特加，给自己倒了一杯。我能告诉她吗？我现在能告诉她吗？告诉她，我每天都在想的问题。如果那样会怎样？会怎样？如果斯拉科夫斯基医生对杰克的情况判断是对的，会怎么样？因为尼夫比任何人都更清楚该如何去挽救一个生命——在乔希身上，他有了活生生的验证。可是安娜不愿意听，认为她知道得最清楚。

"对不起。"我说，"可是我没法假装没这回事。我知道你不想听，但这是事实，不管你喜欢还是不喜欢。杰克是有机会的，是的，一个小小的机会。但那是事实，是他所拥有的一切。"

安娜深深地吸了一口气，用纸巾轻拭了下眼睛，"罗伯，我不打算再讨论这个问题了。不过我能问你点事儿吗？你是不是认为我没有考虑

260

这个问题？你觉得我晚上没有躺着睡不着，以为可能我和你有所不同，或者认为我做出了错误的决定？"

我耸耸肩，喝了口伏特加。

"好吧，其实我在想这个问题，如果你非要知道的话，我其实每天都在想。"安娜的声音有些撕裂。

"你应该想一想。"我低声咕哝着。

"你说什么？"安娜说。我把目光移向了别处，像个生闷气的孩子似的。

"别啊，你继续说，告诉我你说什么了，"她边说，边用指头猛戳我，"如果你还是个大男人的话。"

"我说你应该想一想。你应该对此感到愧疚。"

突然间，安娜抓住那瓶伏特加，迅速地走进了厨房。我从沙发上跳了起来，脚从咖啡桌上踩了过去，然后追赶着她，结果我的脚在厨房的地砖上一滑，撞在了冰箱上。她打开了伏特加的瓶盖，将其放在了水槽里。

她的胸脯和脸部都变得通红，她咬着牙说话，声音却很轻，"这是一件很恶心的事，你曾经对我说过的最恶心的事。你怎么敢评价我！你怎么敢！你的父亲会为你感到羞愧。羞愧，罗伯，因为你连他的一半都不如。"

我从安娜手中夺过伏特加，但是酒瓶从我手里滑落，摔在了厨房的地上。我们看着伏特加在地砖上流淌，玻璃的碎片在午后的阳光下闪闪发光。

安娜的话是那么毒，那么清楚明确，我知道，她说的是真话。"我恨你，罗伯，"她说，"我他妈恨你。"

或许这是酒后之言，但是你觉得你懂一个人，尽管你从未真正懂过。

你把所有不好的东西都埋藏起来，不让它们进入你的视线。我还记得第一次注意到安娜的冷漠时的情形。在她家的狗狗死后，她群发了一封邮件，就在我们刚刚搬到伦敦之后。那是一份非常尴尬、没有感情的悼词，就好像她发这封邮件仅仅是出于履行义务似的，因为她认为，在那样的条件下，能做的也就是如此了。

后来的数年中，我又有几次见识了她的冷漠。她奶奶去世后，她最终简单地说了句"我们从来没有那么亲近过"。她坚持不给乞丐钱，因为她说有专门的慈善机构。尽管她缺乏同情心，有时会困扰我，但由于她从未直接针对过我，所以我对她这一点的不满有些减轻。

安娜很顽固，从不妥协。制度的存在是有它的道理的，这是她常说的一句话。因为在安娜的世界里，做任何事都有一种正确的方式。你不要虚报你的税金，或者试图逃避停车罚单，因为如果大家都这样的话，那会怎么样？当你只买了一张电影票时，不要再溜进去看下一场电影。你不要去捷克那家没有注册过的癌症诊所，即便这意味着你即将死去的儿子会得到一次病情可能好转的机会。

我清理完厨房里破碎的玻璃残片，然后从我的背包里又拿出一瓶伏特加。透过法式窗户，我能看到安娜在院子里。她拿着一把铁锹，在花坛里发疯似的刨着地。我看她蹲了下来，用泥铲挖出土壤，然后将其从肩头扔过去。

"我们能谈一谈吗？"安娜穿着工作服，细条纹的，头发束在脑后。我们争吵后已经两到三天了，我俩很少说话。我点点头，有些困惑，但是记不住昨天晚上都发生什么了。我的前臂上有一大块紫色的瘀伤。

"我给你倒杯咖啡。"她一边说，一边将一个马克杯放在了桌上。

"谢谢。"

“我想现在和你谈谈，趁你还没喝醉。”她深吸了一口气，“我不能再这样下去了，我准备离开了。”

我没有感到生气，反而有一种如释重负的感觉。让我如释重负的是我不用再藏着我的酒瓶子了，我也能在客厅这儿坐着，安安静静地喝酒了。

“好吧。”我说。

“我们应该想想如何处理身边的这一切，”她说，“不过我们还是通过律师来解决吧。我现在没法解决。”

“行。”我说。安娜咬了咬嘴唇，仿佛她还有话要说。我躺在沙发上，听到她拎着一个箱子下了楼，然后静静地关上了前门。

六个星期后，在我把我们收藏的红酒和酒柜中的酒喝遍后，我走了。我没法再待在那个房子里。安娜带走了所有的东西。门边没有小孩的鞋子，大厅里没有让我绊倒的恐龙或乐高玩具。我再也听不到杰克坐在浴缸里唱歌的声音，也听不到他轻轻上楼的脚步声。

我把我们的家具和安娜没有带走的东西都放进了仓库。搬家工人把我的东西搬到了我在康沃尔租来的房子里。选这个地方是因为它的距离远近适当，而且我在孩提时期曾在这儿度过假。

离开的那天，在所有的家具都搬走后，我独自坐在空荡荡的厨房的地上，喝了最后一杯酒。喝完杯中的伏特加后，我又把健怡可乐的瓶子给倒满了，以便坐火车时喝。就要走之前，我进入阳光房看看法式窗户锁上了没有。当我最后一次俯瞰花园的时候，我注意到，又有一朵向日葵在风中摇摆。

Part Three
第三部分

　　我选了一个蓝色的气球，将其吹起来，然后用黑色记号笔在上面写道：亲爱的杰克，我们的天空。对你无限的爱，妈妈和爸爸。

　　我看着那只气球飞出灰色的海面，直到它渐渐变成地平线上的一个小斑点。我看着它，直到我确信，它终于飞走了。

1

当我扒开深深的草，走向汉普斯特德墓地时，雨水渗进了我的裤腿里。从教堂的入口处到杰克的墓，有一条小路，要穿过墓园最古老的一个区域。这里的墓碑摇摇晃晃的，有的斜倒着，经受着风的猛烈冲刷；杂草倒是长得异常茂盛。

我的鞋子上沾上了厚厚的泥，但我仍在风中稍斜着身子向前跋涉。有一块墓碑总会吸引我的目光，让我驻足，在那儿停留一会儿。石碑上刻着一个小女孩，瘦得有些变形，还遮住了脸，仿佛她在逃避死亡似的。

在我快靠近杰克的墓时，我站在了一棵白蜡树的后面，这树似乎总是与整个环境不协调，好像它应该独自长在维尼小熊住着的山上，等待闪电的击中。我从那棵树的后面向外偷看，看安娜是不是在这儿，但杰克的墓前空无一人。我知道她常来这儿，因为有时这里有一些鲜花。

杰克的墓碑很小，不是竖直放置的，是水平的。

杰克·科茨

2008 年 8 月 10 日—2015 年 1 月 20 日

阳光经过，树影散落

爱和回忆永远比它们多

我并不喜欢这个碑文。我觉得这是陈词滥调，可安娜说，我们必须要有些东西。这让我想起了我们曾经收到的那些慰问卡，都是他们的老一套，都是他们空虚的情感。而且，我也不希望有墓碑。墓碑就意味着他已经走了。

来这儿已经成为我每个月的惯例，在黎明前搭上早班的火车，再到黄昏左右返回康沃尔。我蹲下身，把墓碑上的一些树叶刮去，可是风不时地又将其吹了回来。我在地上坐了一会儿，在雨中哆嗦着，喝着随身小酒壶里的酒。

我看了看表。即便现在还早，可我也不想冒险碰见安娜。我亲了亲我的手，用指头轻轻地抚摸着墓碑，然后便沿着铺满鹅卵石的小路朝着入口处走去，这一次我没有穿过那片深深的杂草。这样走遇到安娜的可能性会更大，但是地上是湿的，我感觉冷，希望找间咖啡店吃点早餐，在那儿我可以坐着等待酒吧的开门。

在咖啡店吃完一个三明治后，我去了那家店，就是我常和思科特一起去的那个酒吧。我将笔记本电脑与墙上的电源接通，登录 Wi-Fi，然后开始写编码的工作。我一直在为马克工作，他是思科特曾在布鲁塞尔雇用的一名程序设计员。这份工作很无聊，但是有报酬。我工作了几个小时，一杯接一杯地喝着酒，等我离开时，我已经喝多了，脚都站不稳了。我不想走我们以前走过的路，于是我走了附近一条远道，步履艰难地走过荒野另一边的水塘。当我一个人的时候，"我们的天空"这几个字和往常一样又出现在我的脑海。我顺着小山往上走，每走一步都对自己小声叨咕着这几个字。我们的天空，我们的天空。

在国会山的山顶，我把背包放在地上，拿出随身小酒壶喝了一大口酒，然后俯瞰着伦敦城。远处的天空出现了一道阴森森的云墙。这片荒野杳无人烟，只是偶尔传来乌鸦的叫声，它们跟掘墓人似的忙碌着，从树上飞到垃圾箱上，又从垃圾箱上飞到树上。

三脚架和相机校准后，我先对着海格特公墓的水塘拍了一张。那是一片田园景色，有点像英格兰，房子都坐落在山上，圣安妮村的塔尖在树梢上隐约可见。虽然我过去常和杰克来这儿，但是我从来没有从国会山上拍过一张全景照。

我最近很忙。"我们的天空"已经获得一项摄影大奖的提名，所以我拍了越来越多的全景照，走遍英国，甚至到更远的地方去。七姐妹崖、三崖湾，还有切达峡谷。有时我开车，但大多数时候我是乘火车，坐头等座，在餐车上喝着法国凯旋啤酒和伏特加。

我缓缓地转动着相机，随着绵延的山丘隐去，露出城市的面貌，突然在取景器里，出现了金丝雀码头，像一座堡垒一样，周围都是矮胖结实的小黄人。我转动了一下相机，又拍了一张，拍下了"小黄瓜"大楼，然后是夏德摩天大厦，两栋楼都像钟乳石一样拔地而起，直冲天际。

我正站在帕丁顿车站的出发时间牌下面，突然我看到一个人似乎很眼熟。我想了一会儿，认识这个人的感觉闪现了一下，感觉我们之前在哪儿见过，或许是我曾经在网上聊过的一个女人。

我正在努力想起她，觉得她长得很像波西米亚人，一个有教养的艺术家，一个富有的画廊老板，突然她看到了我。然后我便认出来了，那是洛拉。

这是第二次了，我们都在考虑要不要假装没看见对方，假装不过是两个陌生人的好奇相遇罢了。但是，有种东西驱使着我向她靠近。

"你好，洛拉。"我说道，当我说话时，我意识到我有些含混不清。

"啊，嘿，罗伯。哇哦，真是个惊喜啊。"她说。

268

"你还好吗？"我说，"有段时间没见你了。"

"是的，哦，真的是有段时间没见了。"她有些激动，"我昨晚参加了一个开幕式，时间有些晚了。"

她还是我记得的那样，那如此精心培养的善于制造混乱的印象，那声调，还有那轻快的声音，听起来总是像在飞吻一样。

"你怎么样了，罗伯？"她故意强调了"你"这个字。

"很好。"我说。

"现在忙什么呢？"

"正在等火车呢。"

"不是的，傻瓜。我的意思是你平时都在忙啥。"

"哦，没什么事儿。我现在住在康沃尔。"

"嗯，安娜说过。"

"这么说，你俩还是朋友？"

"是的，当然。我们为什么不会是朋友？"

我知道我说的话没有太大意义，然后我忽然感觉自己醉得一塌糊涂，就像一个正在回家，还假装自己很清醒的年轻人一样。

"我们现在住得很近，都在杰拉德·克罗斯。"洛拉说。

杰拉德·克罗斯？我知道那只能意味着一件事，那就是安娜又结婚了。我能想象，她和一个老男人一起生活，那个男人离过婚，上一段婚姻中还有几个十几岁的孩子。

"那挺好。"我说，然后我想问问安娜的情况，却不知道该怎么问。

"你还好吧，罗伯？"

"是的，我很好。"我缓缓地说道，试图清晰地发出每一个音节。

"你是生病了吗？"

"什么？"我低头看着我的夹克，那上面有一小块仿佛吐过的痕迹。

我努力地回想，然后发现我想不起来已经离开国会山了，甚至怎么到帕丁顿的我也不记得。

洛拉朝我笑笑，仿佛我是一只她正丢弃的小狗似的，"安娜说，你还有一些纠结在……"

她没有把话说完，但其实她大可不必。我知道，安娜会把一切告诉她，并且是从她的角度出发：我是如何绑架杰克的，将他置于危险之中；我又是如何喝得烂醉如泥的。我敢肯定，她并没有告诉洛拉在布拉格的事，告诉洛拉她是如何拒绝让我们的儿子接受本来可以挽救他的生命的治疗的。她没有给他一个机会，她只是做了些文字资料查询、读了些犯罪小说而已。

我正要说点什么，要告诉她去他妈的，突然我的钱夹掉下来了，一些零钱散落到地上。我蹲下来试图将钱夹拾起，却绊倒了，我的膝盖发软，然后便仰在了地上，脸朝着车站的房顶。

我能感觉到洛拉在我身边，她的胳膊搂着我的肩，试图帮我站起来。可是我看不清楚东西，似乎无法让我的手腿协调。于是我停下来坐了一会儿，低着头，直到我终于摇摇晃晃地站了起来，蹒跚地穿过月台，朝着列车走去。

我的夹克湿了，我想那是我在厕所清理衣服上的脏东西时给弄湿的。我带着一瓶红酒，还有一手提袋的啤酒。我找到一个位置坐下后，伸了伸腿，望着快速移动的模糊的天际线。

我不时地在谷歌上搜索有关安娜的消息，但是没有任何信息显示她又结婚了。她开始参加马拉松长跑。刚开始的时候我还不敢相信，自从我们放弃打壁球比赛以后，这就成了我俩之间一个常开的玩笑，安娜对运动毫无兴趣。但是当我点开链接时，却发现真是安娜。她穿着跑步衫的照片，出现在白金汉郡当地的一家报纸上，那是一个慈善募捐长跑活动，她得了第三名。我还记得报道的题目：《为了儿子而跑步的勇敢妈妈》。

有一次我喝醉了，无法登录她的邮箱和脸书，我把能想到的所有密码组合都试了一遍。我本应该知道得更清楚的，因为安娜总是对这种事非常谨慎。

我醒了。我们现在刚刚离开阿克塞特几英里，沿着河口的流向前进。我把红酒洒到了桌上，坐在我边上的一对夫妇已经挪了位置，他们走的时候眼睛瞪着我，嘴里发出不满的喷喷声。列车从一条隧道里穿过，突然我们看不见大地了，感觉被扔到海里了。列车如此靠近海岸，感觉我们一会儿倾斜着，一会儿又落到海和天形成的巨大池子里。

我从包里拿出杰克的相机，浏览了他拍的照片：在去杜德尔门散步的路上，那座雪白明亮的灯塔；他喜欢的知更鸟的模糊照；还有在希腊的露台上他拍的全景照。安娜可能已经把他的房间清理干净了，把他的东西都扔进垃圾箱了，但是她没有拿到相机，这一点我确定。他去世的那天，我偷偷地从他的床边把相机拿走了，然后便从未让相机离开过我的视线。

我昏倒了，我以为杰克的相机在我的手里。当我再醒来时，我发现错过了我要去的那个站，一股湿湿的东西在我的裆部蔓延。酒精让我欲火中烧，我想着在下一站便下车，然后去廷塔杰尔那个酒吧里找的姑娘。但是现在太晚了，于是我在脸书上搜索洛拉。我得眯着眼才能看清楚，然后我找到了一张她穿着披肩在海边的照片，她的头发呈珊瑚色。我一张张地点开她的照片，希望能找到一张她穿比基尼或是紧身短裙的，那样我到家后可以仔细回想。然而她的所有隐私设置都关闭了。

从彭赞斯打车回家后，我拿着伏特加瘫倒在沙发上，打开电视看新闻。俄罗斯还在轰炸叙利亚,巴基斯坦发生了地震。然后是有关税收抵免的新闻,而我则迷迷糊糊地睡了过去。

我不知道是因为听到他的名字,还是看到他的脸了,所以我被弄醒。我忽地从椅子上向前跳了一下,我能感觉到我的心快从胸口蹦出来了,就好像刚从噩梦中惊醒一样。

斯拉科夫斯基医生,他的双下巴比我记忆中的还要严重些,这会儿正从一栋别墅中走出来,身影正好在闪光灯的薄雾之中。

因为喝多了,所以我费了半天工夫才终于把新闻回放到最开始的地方,我不确定刚才看到了什么。

"这些指控令人震惊,"记者说,"调查人员已经指控斯拉科夫斯基医生为其患者注射一种含有人血浆的物质。"

第二天早上,我伸手拿起床头的一瓶伏特加。

人血浆。我是在做梦吗?我那被酒精灌得晕乎乎的大脑里出现一种扭曲的幻象。我从床边的桌子上抓起笔记本电脑,查看这是不是 BBC 的头版新闻。

布拉格消息——一位饱受争议的癌症医生因为受到医疗事故罪的指控而在捷克共和国被捕。

兹德涅克·斯拉科夫斯基,其位于布拉格的诊所每年吸引数千名患者。该人于 2017 年 5 月 12 日被捷克警方逮捕。

据检方称,斯拉科夫斯基一直将人血浆用于其充满争议的免疫工程治疗中,在患者不知情的情况下让其服用未经当局许可的药品。同时,检方还称,斯拉科夫斯基欺骗性地宣传治癌产品,违反了欧洲药品代码的规定。

根据捷克总检察官办公室发言人扬·敦德尔的说法，斯拉科夫斯基已经接受了五年的调查。敦德尔说，在美国食品药品管理局收到大量关于斯拉科夫斯基治疗方法的投诉后，来自捷克共和国和欧盟的调查人员开始与美国的执法机构一起展开工作。

调查的结果是，欧洲医学和健康管理署禁止使用他的免疫工程产品，同时吊销了斯拉科夫斯基的行医执照。

敦德尔说，在警方对该诊所的搜捕行动中，共没收了超过1000种治疗重要器官的药品。据称，斯拉科夫斯基拒绝对这些指控发表评论，目前他正在配合调查人员。

斯拉科夫斯基医生在过去因为其昂贵而又未经试验的治疗方法而饱受争议。尽管他以前的很多患者都声称，他治好了他们的病，其他人却公开批评了该诊所……

我的后背上有股冷汗的刺痛感，我能感觉到自己越来越恐慌，我的心开始发慌，左臂发麻，让我想要捏碎我的拳头或是挖出我的双眼。

我在网上又找了些新闻，不过都是对BBC的鹦鹉学舌罢了。于是我点开了"希望之家"，看看那里有没有人谈论这事。

再次回到这儿，我感觉有些奇怪。那么长时间以来，它一直是我收藏夹里的一个书签，是我一天要上去五六次的地方。我看了看帖子的列表，却不认识其中任何一个名字："一个天使的母亲""恶性胶质瘤幸存者""力量""上帝请帮我"。布告栏上的人员变动率很大。孩子们去世后，他们的父母便不再上来。

我开始滚动页面，在滚到一半的时候，发现了一丝线索。

斯拉科夫斯基医生被捕

发自化疗终身 2017 年 5 月 12 日周五下午 19：39

你们中有人肯定看到了，斯拉科夫斯基医生被捕了。我把 BBC 新闻报道的链接发布在下面了：

http://www.bbc.com/news/europe-sladkovsky-35349861k

我为这么多人都被他骗了而感到生气。我为孩子们都死在了他的诊所而生气，那些孩子在正规的医疗护理下本来会活得更长一些的。

我生气是因为这么多年以来，这个公告栏上有如此之多的关于斯拉科夫斯基及其治疗方法的讨论。如果这些支持他的人现在都能站出来，承认他们错了，那就好了，承认他们错在支持他的疗法，导致无数家庭没完没了地投入大量的金钱和时间，而实际他们本可以把这些钱和精力投入到其他地方的。

化疗终身

回复：斯拉科夫斯基医生被捕
发送自了不起的团队 2017 年 5 月 12 日周五下午 21：14

听到这个消息真感到恶心，不过欣慰的是这人已经被逮捕了。

他怎么能称自己为医生呢？真的是太糟糕了。

我希望这件事最终能够让我们之前的争论告一段落，"希望之家"能够继续做它最擅长的事情：为经历这一可怕历程的所有人提供支持和社群的力量。

我还是不明白。人血浆，医疗事故？这是不是意味着免疫工程并无效果？那像乔希那样的孩子又是怎么回事呢？

我从头至尾仔细看了看"希望之家"里的线索，看有没有更多关于指控斯拉科夫斯基的细节，可是什么也没有。只有愤怒、炫耀，和一连串的马后炮，那些说他们一直就知道斯拉科夫斯基治疗方法的人好得令人难以置信。

但是尼夫在哪儿呢？很奇怪他没有发帖子。因为在每一条有关斯拉科夫斯基医生的线索里，他都在那儿，发送学术文章或者患者评价的链接，或是有时候粘贴一些乔希的照片。近几个月里，我又把他的所有留言读了一遍。差不多有五十条留言，尽管这些留言读起来让我有些难受，但我一直在寻找线索，寻找我可能遗漏的东西，寻找为何他不再给我写信的原因。或许他刚刚离开，厌倦了待在癌症世界里，厌倦了打击和威胁，厌倦了那些称他为骗子的人。

我在"希望之家"上搜索尼夫的用户名，结果显示"账号未激活"。于是我决定做点很长时间我都没有做的事，我侵入了这个论坛。

使用 Perl 能够轻而易举地潜入论坛中。在剑桥的时候，我们常常用它侵入学院的信息公告板，热衷于酒友和伏特加。我们从来不会做得过分：只是发一些幽灵广告，开几个幼稚的玩笑。

我升级了 Perl 的发行版，将这个开发文件放到了主目录下。我打开命令提示符，试图破解尼夫的密码。虽然他的账号没有激活，但我希望他所有的帖子和私信仍然有存档。

Ipb.pl http://devasc/forum 尼夫

随着开发文件打开论坛时，屏幕上出现了字母和数字，我一行又一行地查阅了代码。时间比我曾记忆的要长一些，我担心那个密码可能会被封装在多层加密术中。然后，出乎我意料的是，一个散列的密码出现了：4114d9d3061dd2a41d2c64f4d2bb1a7f。

这个加密术比较简单，只是用了一个标准的运算法则。我在网上搜索一位散列密码的解密高手，结果找到一位我从未听过的人，名叫斯莱文和埃布尔。大约十秒后，他以纯文本形式把尼夫的密码发给了我。

格罗塞托。

我再次登录该论坛，重新激活了尼夫的账户，重设了他的密码。在他的邮箱里，共有 15462 条信息。

你能帮忙吗？
发送自 Htrfe 2010 年 7 月 10 日周六下午 15：27

亲爱的尼夫，

我现在在澳大利亚给你写信。2007 年，我的女儿被诊断为神经管细胞瘤，肿瘤已经扩散到她的脊髓神经上。

我看了你在斯拉科夫斯基医生诊所的经历，所以想知道你是否能帮我们预约一下。目前，排队等候的名单似乎很长，而我们的时间已经不多了。

我看了看日期，2010 年，七年之前。我又点开了另一条留言。

邮件
发送自蓝色勇士 2011 年 1 月 20 日周四下午 15：36

亲爱的尼夫，

你好，我叫玛尔妮，来自美国犹他州。给你来信是因为我非常好奇于你儿子签订的协议，以及他在布拉格斯拉科夫斯基诊所用的药。我女儿最近被诊断为……

一阵微风吹过卧室，我开始发抖。我点击了收件箱，浏览了一下里面的内容。那里面有来自世界各地的邮件：犹他州、马德里、阿布罗斯、拉皮特城、伯拉第斯拉瓦。

我从床上坐起来，戴上了阅读放大镜。那个疗法真的管用吗？这是他们都想知道的。他们曾听说过有关那家诊所的负面消息，然后他们便读到了关于乔希的事。因为如果那个疗法对乔希奏效，那么无疑，无疑，它可能会对谁谁起作用……

我继续往下看，查阅所有的留言，一遍又一遍地把杯里的伏特加加满。尼夫给所有人回了信。他写了一页又一页，给他们讲乔希的事，讲免疫工程，讲布拉格的那家诊所。他告诉他们绝对不要放弃，永远不要为了得到一个答案而持否定态度，因为毕竟，这些医生都知道。他询问关于孩子母亲的信息、孩子的学校，以及和姻亲们之间所遇到的麻烦。他知道他们家里的狗叫什么名字，知道他们的草坪是什么样的。

我还在继续看。很快，到晚上了，月亮照亮了房间。随着我点击各种文件夹，一样东西吸引了我的目光。在他的草稿箱里，大约有二十条消息，看上去似乎是尼夫曾经使用过的模板。其中一条消息中，他介绍了自己，讲述了乔希的事；在另一条消息中，他详细介绍了斯拉科夫斯基医生和那家诊所。随着我往下看，一些段落和短语跳入我的眼帘，我敢确定，此前我曾经看到过这些。

琼，每天都像在看飞机坠毁一样。飞机上全是本来可以得救的孩子们……

我只想让你知道，凯文，我正想着你们全家，双手、双腿、双脚合十，为你们的一切祈祷。

　　还有希望，约翰，总会有希望。绝对不要放弃，我的朋友。

　　我就知道我不是唯一的一个人。我知道他给其他的父母写信——他跟我说过很多——但是当我浏览尼夫写给我的信时，我找到了那些完全相同的话语，唯一的区别是写着我或者杰克的名字。

　　我又点开了他草稿箱里的另一条信息。

　　玛蒂尔达玩"我的世界"可能还早了些，但是乔希这会儿真的很投入。他刚刚搭了这个城堡，说他想把它送给玛蒂尔达，希望她能振作起来（我告诉过他，玛蒂尔达的身体状况不佳）。我会给你发送一个截图。希望玛蒂尔达喜欢这个城堡。

　　附件中是一个由八个小方块拼成的建筑，我记得很清楚：有块状的铁闸门和炮塔，这次的标签上写着"玛蒂尔达的城堡"，而不是杰克的。

　　我点击了草稿箱里的下一条信息，除了一张照片外没有其他内容。我打开照片，发现那是一张画，我立马认出来了，我觉得我笔记本的某个地方还存着这张画。

　　画上面是一个小男孩，头上裹着绷带，正坐在医院的病床上，两只装扮成护士的恐龙正拿着一个托盘。我记得杰克当时有多喜欢这两只恐龙，我还记得他是如何问我，能不能把他的床挪到外面，这样他也可以坐在炽热的黄色太阳下面了。

　　安娜一直是对的。尼夫是那家诊所的一个托儿，是一个专门瞄准陷入绝望中的人的骗子。我曾经就是这些人中的一个。

　　我还在床上，浏览尼夫的消息。我把伏特加倒入了一个牙缸里，然后一饮而尽。这酒刺激性强，我嘴里有些恶心，然而我又喝了一杯，我唯一能尝出来的是薄荷味的防腐剂，然后便吐了。

当我回看的时候，当我拆开所有细节之后，一切便都水落石出了。我从未想过，我会掉入这样一个骗局当中：被一个网名、一个替身所骗，就像那些可怜的傻子一样，把毕生积蓄给了一个在网上认识的外籍新娘。

我吸气，又呼气，感觉喘不过气来。我现在只想跑到外面，进入漆黑当中，然后从悬崖边跳下去，让我的脸在岩石上摔得粉碎。我能感觉到我脖子上的静脉或动脉开始跳动，但是它在我身体里太深了，我希望自己能摸到它，将它剪断，然后触摸其强健的纹理，感受我内心的悸动。因为极度悲痛，所以感觉这像是一种耻辱，而我再也无法分辨出这两者的区别。是我给我即将去世的儿子喂食了人血浆和鬼才知道的东西。我羞愧于我还活着，我羞愧于没有勇气自杀。

我试图清楚地记住杰克在希腊度假时的样子：留着厚厚的金色头发，穿着他的蜘蛛侠短裤。但是每次我想要把他描画出来时，却记不清他皮肤的轮廓，记不清他脸上的雀斑，还有他眼睛的闪烁和色彩。好像他在我的记忆中被像素化了，他的身份被保护了，就像一个受到虐待的孩子。

不过，我还记得那个假期的其他一些事：服务员的一小撮胡子、酒店房间保险柜的密码，以及有氧运动老师的臀部曲线。我怎么会这样想？像这样背叛他。每一天的每个时刻，我本应该仔细看他脸上的每一道线条，看他每一寸苍白的肌肤。

你永远不要忘记，他们总这么说。永远不要忘记。他们的触摸、他们指头的光滑，他们的微笑、甜蜜和迎合，还有在你洗漱时房间里突然回荡的大笑声。永远不要忘记。

但是你确实忘了，这比你想象的还要快，因为有种羞愧，羞愧于你从未真正爱过，羞愧于除了欺骗，你一无是处。有时候，我无法描绘出我死去的儿子的面容，但是我清楚地记得我曾干过的最后那个姑娘的胸部。

"杰克，杰克，杰克。"我喊出了他的名字，一遍又一遍，另一股泪水从深处流了出来，流过了我的肋骨、我的肺、我的胸膛。仿佛这眼泪是从我心里迸发出来的。

"杰克，杰克，杰克。"我想打开窗户，爬上屋顶，尖声叫着他的名字，把他名字的四个字母写在天空中。杰克，我可爱的杰克。

我觉得我能看见他就在我面前，在床的那一头，正跪在地上挨着他的木头车库，安静地把一辆火柴盒汽车推上了斜坡。是的，肯定是他。我能看到他那乱蓬蓬的头发在从窗户射进的光线中形成的剪影。他把指头放进嘴里，然后专心地咬着嘴唇，如同他在努力写他自己的名字时一样。

"杰克。"我小声喊道，可是他没有反应，继续在摇升降器的手柄，把他的汽车一层一层地往上挪。

"你能听见吗，亲爱的？你能听见我的声音吗？请你回答我，杰克，求你了。"

我继续喊着他的名字，把自己摇晃到了床的另一边，两只手紧紧地握在一起。我要告诉别人，他睡觉时轻快的呼吸，他醒来后脸上困惑的表情，以及他坐在马桶上时，如何总是把两只小手遮住他的双眼而躲着我。

我要告诉他们，杰克是如何学习数字的，他总是记不住六，以至于我尝试了各种方法让他记住——把它画成一条蛇的样子，还发出嘶的声音。我要告诉他们，他是如何说服自己相信蝙蝠侠就住在后院，以及他如何在夜里喋喋不休地睡着。我要告诉他们，冰箱里放着杰克的酸奶，安娜和我如何舍不得将其扔掉，所以我们把那些酸奶放在最上面一层，酸奶的盖子已经膨胀，保质期也已过多时。

我打开笔记本电脑，在邮件中打开了那个名为"安娜"的文件夹。过去两年里我写了许多信的草稿给她，但是我从未给她发过一封。其中有些信充满了怨恨，我称她婊子、荡妇，说她杀死了我们的儿子。我一一列举了我对她的不满：她是如何拒绝让杰克在斯拉科夫斯基诊所接受进一步治疗的，她的自尊心是如何比我们儿子的幸福还重要的。

我在颤抖，不是因为冷，而是因为突然发现人很脆弱，这一点很令人不快。你所认为的强大的东西却如此轻易地就被瓦解了，就像一张旧羊皮纸瞬间灰飞烟灭。安娜一直是对的。她对任何事的看法都是对的。她一直说，斯拉科夫斯基医生是个骗子，尼夫也不是他看上去的那样。我却还那样咒骂她，视她为草芥。因为我太傲慢了，听不进任何原因，被我自己的傲慢所迷惑，所以我认为任何事情，包括我儿子的生活习性都能够被侵入。这么长时间以来，我一直生活在厌恶之中——周围的一切都拒绝我——而现在我才知道，唯一值得我恶心的人是我自己。

主　　题	
发送时间	2017 年 5 月 12 日周五下午 18：18
发　　自	罗伯·科茨
发送至	安娜·科茨

　　我无法用其他语言来表述，只是太太太抱歉。我知道，我所做的一切不值得你原谅，我对你和杰克太糟糕了，我感到非常非常羞愧，真的对不起，安娜。

伦敦之眼

　　望着夕阳西下，我想给你多讲讲天堂，杰克，但是我好害怕，我不想说错话。我本应该告诉你，但是我不知道该如何说。你知道你要去哪儿吗，杰克？我希望你不知道。我希望你想象自己随着雪人飞过夜空。我希望你找到了充满爱的冬日气息。

2

    我穿着拳击短裤躺在沙发上,看着一个美国脱口秀节目。如果没有平时用的麻醉剂,我在夜里就睡不着觉。于是我一直熬夜到凌晨,辗转反侧,头脑飞速运转着。我想,我可以对付这种迫切的需要,我期待着。但是我没有预料到,我的背后不停地有汗珠滑落,在我的皮肤下有针头在慢慢移动,我的心像一部老旧的过山车一样在突突乱跳。

    我在发抖,突然感觉冷极了,于是把毛毯裹在了脖子上。我都做什么了?也许我记得的片段只是开头。或许在我喝醉时,我讽刺贬低了安娜,甚至说了些不该说的话。我记得早上醒来时,我的手臂上有一处瘀伤,但是我不知道是怎么弄的。

    虽然这与我对杰克所做的一切没有关系。人血浆,未经许可的药物,"令人震惊的疏忽大意"。如今,一股新的恐惧让我在晚上睡不着,那就是斯拉科夫斯基医生的疗法可能加快了杰克的死亡。

回复:斯拉科夫斯基医生被捕

发自罗伯 2017 年 5 月 13 日周六上午 4:39

    大家好,我已经很久没有上"希望之家"了,只是想回复一下化疗终身的帖子，因为我也是那些孩子接受斯拉科夫斯基医生治疗的父母中的一员。

我对自己感到恶心。我的妻子很顽固，不允许我们去接受治疗，但是我违背了她的意愿，带着我们的儿子杰克去了布拉格（2014 年春，杰克被诊断患有脑瘤，2015 年 1 月去世，就在我们离开那家诊所不久后）。

我现在满是愧疚、满是痛心。自从杰克离开后，我便开始酗酒，每天都喝得烂醉。我现在已经不这样了，但是我不知道我该如何继续下去。

我为我对儿子和妻子所做的一切而恨我自己。我是如此惭愧，我想自杀。除了我自己，我一点都不在乎其他人。对于那些我伤害过的人，我真的很抱歉。

回复：斯拉科夫斯基医生被捕
发自化疗终身 2017 年 5 月 13 日周六上午 7：40

首先，罗伯，我希望你没事。而且，如果你想谈论这件事，请一定给我发私信，或者给我打电话（号码在我的签名中）。请不要一个人承受，记住，你在"希望之家"的朋友们都在这里。至于斯拉科夫斯基医生，呃，要有勇气承认你的错误。我们都是活到老学到老。祝你平安。

就在我准备退出"希望之家"时，我收到了来自论坛的一封私信。

回复：
发自 naws09 2017 年 5 月 13 日周六下午 15：21

你还好吧？我知道我并不认识你，但是我不喜欢看到有人处于困境之中。请不要自杀。这个世界上有太多的悲伤。几年前，我失去了我的小女儿露西，所以我能理解你的感受。我知道这段日子有多黑暗，也知道这段黑暗会持续多久。但是无论如何，我只是想告诉你，如果你想倾诉的话，你还有一个朋友。

回复：回复：

发自罗伯 2017 年 5 月 14 日周日上午 8：45

你好，naws09。非常感谢你的好意。说实话，我感到自己有些像白痴。我现在感觉非常沮丧，并且在写那个帖子时已经开始戒酒。抱歉，我不想让你感到惊慌。

我为给我留言的陌生人的数量而感动，比如你，专门给我发私信说，你们都很担心我，都愿意给我提供帮助。所以非常感谢。这对我来说意义非凡。

我觉得，在我内心深处，那是我真正想说的话，因为这么长时间以来，我把所有的事都憋在自己心里。我记得在杰克去世后，当我的妻子告诉我，我需要帮助时，我知道我确实需要，但我不能，我想我不够勇敢。

希望你不介意我这样问，那么你是怎么做的？我的意思是，你是如何活下来的？再一次谢谢你的好意。真的很感谢。

祝好！

罗伯

回复：回复：

发自 naws09 2017 年 5 月 15 日周一下午 19：06

你好，罗伯，收到你的信真好。我很高兴你现在感觉好些了。顺便说一句，干得不错，我是说在不喝酒和少喝酒方面。

你问我，我是怎么做的。啊，我当然是没有固定公式的。我也不确定我有任何不错的建议。这听起来很平常，其实就是让自己忙起来：我拼命工作、跑步、去健身房，努力让自己对很多事情感兴趣，包括新书，还有单位里所有人都在谈论的电视连续剧。

我不能说我很幸福，但是我活下来了。虽然这只是一个暂时性的解决办法，但是我已经多次触底了。我曾想过割腕、跳大桥。我希望糟糕事情的发生，那些事情让我为自己还活着感到羞愧。我曾希望这一切发生在其他孩子身上，而不是我的孩子身上。

所以，这就是我的故事。我做了一件事，我觉得帮助很大。我努力帮助那些刚刚被诊断出患病的人。看到这些绝望的人遭受如此多的痛苦，我的心都碎了。所以我试图帮助他们，给他们提供支持，成为他们的朋友。

当我开始在"希望之家"上做这件事时，我注意到我不知道存在着的这个世界，人们私下互相联系着，互相发着私信，在脸书上成为朋友，或者其他。他们就这样静静地联系着，没有什么宣传，所有这些成千上万的个人联系，别人都不知道。这是一件小事，却是一件美好的事情。我和"希望之家"上的一些人已经成为非常亲密的朋友，而这对我来说很有意义。我不是一个特别好接触的人，我发现开口很难。和那些有着同样经历的人建立起来的友谊，对我的帮助非常大。

这不会让你的小男孩回来……但另一方面，什么都不会发生。

保重，一定保持联系。

我跑步的时候，看见水鸟和海鸥涉水走过泥滩，在沙滩上的小水道里喝水。我慢跑经过了海湾的游艇俱乐部、兽医诊所、古老的卫理公会教堂，然后再沿着河流蜿蜒的小路开始加速。

现在已是春末，阳光却很强，温度比这个时候应该有的气温要高，我的背心短裤全部汗湿了。我走到一个小斜坡上，穿过一条嵌在岩石中的隧道。最后我抵达了铁路桥，那是一座维多利亚时期修建的蜿蜒在山谷中的高架桥。我超过了两只缓缓滑翔的天鹅，它们的头朝下，仔细搜索着水面，寻找食物。

我现在每天都来这儿，到高架桥下面的长凳那儿。或许这是个荒僻的地方，红色的岩石能产生镇静的效果，但是这里很容易想起，没有让一切都变得模糊的酒精。

世界现在是一种清新的状态，就像早晨的霜一样，那么柔和，那么干净，以至于你都不敢向前迈步。我注意着周围的一切，一些我从前没有见过的细节：餐具柜磨损的边缘，阳光透过灯罩的反射，在地毯上形成一道光的彩虹。因为现在，当我真正倾听时，当我静静地坐在高架桥下时，我感受到了风的气息，闻到了空气中浓烈的盐味儿。我以新的超敏性在感受、在看、在听这个世界，仿佛我的耳朵里挪走了一道障碍，如今连大头针掉到地上的声音我都能听到。

我应该听我父亲的。他喜欢喝酒，但是讨厌酒鬼。都是关于他们的，儿子，他说，都是无聊的老浑蛋，总是啰里啰唆地讲个没完。他们都有聪明的想法，儿子，但是那孩子几乎站不住。因为酒精让你成了这样，它让你认为你正在打开这个世界。但是你错了：是这个世界正在把你拆开。

我回到家，坐在寂静的厨房里，喝了一杯水。那个我曾跟她说过话的女人——naws09——说得没错，让我自己忙碌起来确实有帮助。以前，我整天都在喝酒，靠酒支撑着，酒就像教堂里的柱子，也像是去祷告的电话。我不得不找出东西来代替酒，主要是家务杂事：按照大小整理抽屉里的汤勺；准备精心制作的午餐；花一个星期的时间听着最好的音响；

浏览各种评论网站；为我的笔记本电脑买些东西。我已经在为马克做额外的工作，这超出了我的处理范围，但是我知道，我得让自己忙碌，让自己远离酒精。

我开始记住的事情仍然是那么朦胧，我不能确定我现在记住的是否是对的。因为它们捉弄你，所以那些回忆只是在这里稍微显示了一下，稍稍地。而你永远不会非常确定，它们到底是不是真的，就像一场想象中的小雨一样。

我还记得，安娜告诉我是如何对着她的向日葵撒尿的。我又是如何把尿尿在我们未出生的孩子的回忆之上的。我在颤抖。没有缓和的环境，没有平静的责备，只有我太坏的肮脏真相。

这些天来，我第一次感到一股强烈的想喝酒的欲望。我可以上车，二十分钟后带着新鲜的补给品回家。现在我能想到的任何事都不如打开一瓶伏特加，或者红酒。随着液体倒进酒杯，我能听到咕嘟咕嘟的响声，听到小狗的咳嗽。

但是不行，我不能。我要去洗澡，我要去清理洗碗机上的滤网。我不会喝酒。这是我努力赎罪的唯一能做的事情。

回复：回复
发自罗伯 2017 年 5 月 19 日周五下午 15：21

非常感谢你的留言，naws09。

我正在尝试听从你的建议，让自己忙起来，我真的认为这很有帮助。每天都要有一个计划，哪怕是整理橱柜或其他。

我知道，你关于新近被诊断患者的做法是对的。我也希望能那么做，以那种方式去帮助人们，但是我不确定我行不行。我只是觉得我没有足

288

够的东西给他们。而且，由于我已经把儿子带到斯拉科夫斯基医生那儿了，所以我并不是给人们提供建议的正确人选。

顺便问一句，你怎么样？我总是谈我自己，却对你一无所知……

回复：回复：
发自 naws09 2017 年 5 月 20 日周六下午 20：50

你当然是帮助那些新近被诊断患者的合适人选。你经历过这一切，你活下来了，你比任何人都更懂这其中的滋味。

你问我，我当时的情况。噢，如果你非要知道的话，那么我告诉你，最近是一段倒霉的时间。每一件小事似乎都让我感到厌烦。我当时正在看 24 小时的伤亡纪录片，其中有一位母亲，她的儿子被一辆车撞了，她忧心如焚，近乎发狂。而我有一种可怕的负罪感，因为我从未那样，从未像这位母亲那样过。

我确信，我本来可以做更多努力，让露西过得舒服一些，帮助她享受生命的最后几个月时光。但有时候我在害怕担心而显得无力，我害怕她知道，怕她知道自己就快不行了会害怕，而我无法将她的这种恐惧带走。有些时候比其他的日子还要糟糕，我却觉得好像我让她失望了。

我打心底感觉这是我的错——我活该，我女儿所遭受的命运都是我所做的一切造成的。我这么说可能有些愚蠢，但我就是这么想的。谢谢你的询问……

回复：回复：
发自罗伯 2017 年 5 月 20 日周六下午 22：23

噢，你确实很愚蠢。但是，这当然不是你的错。你绝不该如此折磨自己。但问题是：我可以那样说，我可以那样建议，因为客观地讲，你我都知道，那是忠告。但是知道这是种扯淡的感觉后，我有时还是会有同样的感觉，尤其是在那段黑暗的日子里，当时几乎看不到一线光明，甚至很难想象出光明。所以，你那样想是不对的，但是我理解你的感受，如果这样有意义的话（另外，我知道我并不了解你，但是我相信你是一个好母亲）。

回复：回复：

发自 naws09 2017 年 5 月 20 日周六下午 23：45

谢谢。你看，这就是我要说的。你的建议很好。你绝对应该帮助那些新近被诊断出患病的人摆脱困境。真的。

对了，我想问问你，而且请不要误解，为什么你会去找斯拉科夫斯基医生呢？有那么多刚刚被诊断为患者的父母沿着这个可怕的替代疗法（比斯拉科夫斯基医生的疗法还要糟糕）走了下去，我想帮助他们，劝说他们，可是我真的不知道该说什么。好了，不早了，晚安。

我坐在楼上的办公室里喝咖啡。我今天一直试着进入工作状态，却不停地想起安娜。我还是没有她的消息。我又给她写了信，说了更多细节，向她道歉，并乞求她的原谅。我不指望有回音。我知道，我不值得她为我做任何事。

但是我渴望她，我觉得我生命的一部分一直渴望着她：那个充满快乐的安娜让我去丽兹大酒店参加了通宵的《星球大战》马拉松，那个在布莱顿海边倒在我的大腿上睡着的安娜，然后是我们一起打壁球的时光，那些极好的博比·查尔顿短裤，还有动物们靠近时她脸上的表情。

我可以好几个小时看着安娜，看她脸上的表情可能出现的细微变化。当她沉思时，她会轻轻地伸出她的下嘴唇，仿佛"思想者"的卡通版。当她说到某事不确定时，她的目光会投向地上——那一刻她很谦虚，没有安全感——然后她会再次抬起头继续说话，她头部的稍稍移动似乎给了她鼓励。

我想看看她的一些照片，然而我已经将其统统删掉了。这些照片曾经到处都是。数字照片都在几乎被遗忘的设备存储之中。还有糟糕的装裱照片，以及拍摄得太晚的视频。然而后来，在我搬到康沃尔不久的一天夜里，我喝得太多了，结果把那些照片全给删除了。我还记得设备上的提示："确定你要删除吗？"

我突然再次发狂地想要看到安娜的那些照片。我下载了一些硬盘恢复软件，这些软件称能够恢复几年前删除的文件，然而它们并没有把照片找回来。我的驱动已经被重写了好多次，数字印记早就消失得无影无踪了。

然后我想起来，我有备份。这是旧习难改。我一直有备份的习惯，每周我都会把我的电脑同一个外部硬盘连接一次。

我打开备份软件，在我和安娜共有的笔记本上浏览我电脑的所有旧版本。我从杰克去世几周后的时间开始，选了其中一个备份，然后听见风扇开始转动，驱动开始恢复。

我到楼下吃了点午餐，等我回来时，驱动恢复已经完成了。我便开始浏览目录，然后我终于发现了我要找的东西。海边的安娜，太阳帽在她的脸上投下了阴影；安娜在剑桥的一家酒吧里，正伸着舌头，看上去筋疲力尽、脸色通红，新买的紧身夹克紧紧裹着她的胸。

她是如此漂亮，以至于被拍照时永远感觉不太舒服，她总是带着浅笑，仿佛她知道你所不知道的事情，但又不会告诉你。

在我浏览这些照片时，我看到了乔希的一些照片，那一定是我在汉普斯特德的最后几天里下载后放在我的桌面上的。我草草看了看：有背着曼联队的装备的乔希，有生日派对上的乔希，还有尼夫发来的他戴着罗宾面具的视频。尽管我现在知道了有关斯拉科夫斯基医生的一切，但这仍然有些不可思议。

尼夫和乔希不是机器人。他们不是在斯拉科夫斯基医生的营销部工作的捷克实习生，他们是真实存在的。我曾和他们通过话，见过他们有血有肉的照片。我知道我必须找到他们，要查清楚乔希是不是真的死了。最近几周，我一直在到处搜索，试图跟踪尼夫的下落。而且还有一件事我一直想尝试。我打开了我在 Linux 操作系统里的一个渗透测试程序，我要查一下尼夫的博客的统一资源定位地址。

Wpscan-URL[nevbarnes.wordpress.com]

这个程序会查找漏洞，以及露出代码行的后门。尼夫正在使用的是一个老版的博客系统，漏洞百出。我搜索了他的用户头像，但其都是隐藏的，密码也受保护了。

我猜想，尼夫应该是他的用户名，然后通过暴力破解来找到他的密码。

Wpscan-URL[nevbarnes.wordpress.com]wordlist[root/desktop/ 尼 夫] < 27 < 1

更多的代码行出现了，然后是一个指示器、一个小沙漏。因为当脚本尝试用数千种不同的组合来破解密码时，每一次的时间都在毫秒之内。随后，指针出现了，密码就在那儿。当我看到他所设置的密码时，我有些哽咽了。

乔希 2606。

我登录到尼夫的博客账户上，径直看他的账单信息。在他列出的一张信用卡下面有一个地址。我在谷歌地图上找到了那个地址：普雷斯顿的一处房子。

3

路上的红色砖块上透着光泽，仿佛最近刚被水冲洗过似的。一栋栋有着褐色横梁和过度加工的山墙的都铎式房子沿着一条死胡同呈半圆形分布着。设计人员试图打破这些新建筑的千篇一律，所以给每一栋房子添加了一些特色：有假山，有藤蔓，还有乡村的木栅栏。

尼夫的房子比我想象的还要高档，并不是我以为的他应该住的地方。这里有太多中产阶级，路上满是房产代理商和营销经理人，路上的人们读着《邮报》和《泰晤士报》，把孩子送到小型的公立学校上学。

当我把车停在 36 号楼外面时，我累了。车程差不多七个小时，比我想象的时间要长，所幸的是我已经预订了当晚的酒店。

我走到私人车道上，碎沙砾在我的脚下吱吱作响，然后我沿着一条混凝土铺就的整洁小路穿过草坪。我按响了门铃，那是一个电子钟，一阵低沉的上低音号的声音在房子里回响起来。我等了一会儿，没有人答应，我想着是不是都出去了，结果突然，一个男人打开了房门。那一刻，我以为他就是尼夫——精明有钱的尼夫——但是我随后又看了一眼，发现这个男人年纪要更大一些，还戴着某种领结。

"你好？"他带着一种我认为的北方富人的口音，"要我帮忙吗？"他怀疑地看看我，我意识到当时我一定正盯着他。

"哦，抱歉，"我故意让自己带了点剑桥的口音，"我在找尼夫·巴尔内斯。我是他的一个旧友，我们失去联系了。这是我所掌握的他的最后住址。"

我的手心在出汗，我能感觉到那个男人正在打量我，我的声音、我的着装，而且还偷偷越过我的肩，瞥了一眼我的奥迪车。

"啊，巴尔内斯先生是这个房子之前的主人，"他说，"两年前他们就搬走了，他和他的小家伙。"

他和他的小家伙。我琢磨着这几个字，"他和他的小家伙"。

"哦，好吧。"我说道，想着尼夫和乔希开车离去，车里装满了行李箱，还有满是鞋子的垃圾袋，"那您有没有他前往的地址呢？"

"恐怕没有。他那房子很快就买了，而且一直说他还会转手，不过他没有。我倒是有他的一个电子邮箱的地址，希望对你能有帮助。"

"哦，不必了，我有那个地址。"

"好吧。"他看上去很困惑，然后突然对我这个陌生人站在他家门口有些警惕。

"那您不知道他去哪儿了？"

那个男人想了一会儿，仍在估量着现在的情况，"我想，他是搬到里夫斯房产那片了，虽然这听起来似乎不大可能。那地儿就在小镇的边上。"

"里夫斯，是 R-e-e-v-e-s 这么拼的吗？"

"是的，没错。"

"谢谢，您真是太好了。我或许会去那儿找找。"

他又一次盯着我，仍然不确定该如何评价我，"哦，那是很大的一片地儿。不是那种你想要四处看看的地方，或者你开车去。"他一边说，一边对着奥迪点了点头。

我笑了，"啊，我知道了，好了，不管怎么说也得谢谢您，我会再想想的。"

"是的，确实是。"他说，"对了，你能帮我一个忙吗？我们这个邮箱里堆满了寄给巴尔内斯先生的邮件。看上去你比我们有更大的可能性把这东西带给他。你愿意把它带走吗？"

"是的，当然，愿意效劳。"

他消失了一两分钟，我便傻傻地站在门口。随后，他拖着四个装满信件的大购物袋出来了。"给你，"他说，"很明显，你的朋友是个非常受欢迎的家伙。"

我把那几个装满信件的袋子放在了车后备厢里，然后，在那男人站在前门看着我的目光下，我把车开回到主路上。这条大街上的大多数商店都关闭了，所剩的只有几家印度外卖店、小型出租车公司，和一间贴着提供"不赢不收费"法律服务的事务所，看上去脏兮兮的。

我把车停到了一个酒吧的停车场内，那是夹在两层露台之间的一栋一层楼的建筑。其中一面墙上有火烧后的痕迹，这个酒吧在那一排房子当中，就像一颗破碎的、被熏黑的牙。我在那儿坐了一会儿，不停敲打着方向盘，看着我手机上的地图。

就在我正考虑做什么的时候，有人敲了一下车窗。原来两个骨瘦如柴的孩子站在车旁边，正在一起喝着一罐超强力的拉格啤酒。

"想来个'爆炸'吗，先生？"当我摇下车窗时，小一点的男孩说道。

"不。"我回答说，我甚至都不知道他说的"爆炸"是指什么。

"你个小崽子，把车停这儿了？"

"去你的。"我说。

"那么你来这里做什么的，小崽子？"大一点的男孩开始哧哧地窃笑，他们的拳头碰了一下，然后把那个啤酒罐传来传去。

"其实我在找人。你们能帮忙吗？"

"我们他妈的为什么要帮你？"大一点的男孩一边说，一边朝地上吐了口痰。

"我会给你们钱啊。"我说。

"给多少？"

"二十英镑。"

"滚你的，笨蛋！我就靠卖这些外衣，就能在五秒钟赚这么多。"

"五十。"

两个男孩互相看了看，两人的眼睛在戴着的棒球帽下交流着眼神。

"好吧，那你把钱给我们。"

我拿着一张五十镑的钞票，不让他们够着，"我在找一个名叫尼夫·巴尔内斯的人。你们认识这个人吗？"

"或许认识。"

"别开玩笑啊，浑球们。你们要么认识，要么就不认识。"

"信不信由你，老兄。不过我真的认识，"小一点的男孩说，"但是我不会告诉你，除非你先把钱给我们。"

我上下打量了一下小男孩。"那说吧。"我边说边把钞票递给他，可是两个男孩只是站在那儿，对视而笑，互相点着烟。

小一点的男孩斜靠在车窗上，他身上有股廉价的身体喷雾气味，"我会告诉你的，老兄。"他把声音压低到近乎在说悄悄话，"我一定会告诉你的，因为我认识尼夫，我认识。他的孩子在我的学校，几年前搬到这儿的。"

他的孩子。他和他的小家伙。我的手在颤动，于是我握紧了方向盘。

"你看到那边的那些家伙了吗？"他指着路对面的一些骑越野车的

大男孩，"对，如果你不再给我五十镑，那么我就去告诉那些家伙，说你刚刚给了我五十镑让我去买一个 BJ。"

他露出了甜甜的可爱的微笑，仿佛他正在学校拍照一样，而我知道，我还有五十的钞票，但是我没有选择。于是我又拿出了一张五十的钞票，放在他的手里。

他笑了笑，把钱随意地放进了口袋。"你们现在离得非常近，老兄。"他说，"就在那个角上。外面有红色的栅栏，私人车道上有一辆老款的嘉年华汽车。"

"谢谢。"

"滚蛋吧，你个猪头！"他说道，然而两人便一边大笑着离开，一边咕嘟咕嘟地喝着那罐啤酒。

那个男孩是对的。我走了大约三十秒，就看到了一片广阔的草地，四周都是带有露台的房子。草地上有着成堆的垃圾、大型的工业容器，还有一堆周围泛着黑色光环的篝火。在绿地的角落里，有一个镶着一块块灰色混凝土的砖石路段，通常是滑梯和攀登架的所在位置。

我能看见尼夫的房子、私人车道上的嘉年华车、破烂的红色栅栏，还有他邻居窗户上挂着的一个圣乔治十字架。在我停车时，一些正在绿地上踢足球的孩子停了下来，盯着我，打量着我。我也盯着他们，趾高气扬的样子，这样他们可能会以为我是来收债的，而不会把我同别人混为一谈。然后，就在我准备离开，走过尼夫家的大门时，我看见了他。

我立马知道这就是乔希。他正在踢足球，金色的头发在脑后随风飘散，他弯腰躲球、迂回前进、把球扔在空中旋转，其球技远胜于其他人。他在团队中有些显眼，他躲在他们的帽衫下面，在球门之间进行夹拖。我忍不住继续观战，只见他绕过三名球员，使守门员乱了阵脚，然后他毫不费力地让球滑到两个汽油罐中间。

　　我已经看过他的照片无数次了，所以我记得很清楚他头发的颜色，还有他那微微圆润的肩膀。即便现在他长大了，我还是能认出他那害羞的微笑，以及他走向队友时头发遮着脸的样子。

　　我以前看到过那种微笑。那是尼夫和乔希站在《北方天使》雕塑旁边的一张照片。我不得不让自己停下脚步，但其实我想走到他跟前，看看并且抚摸这个奇迹般的男孩。我想双手捧着他的脸，去感受他肌肤的温暖。我朝他挥挥手，可是他没有看到我，也没有朝我挥手。

　　尼夫家的大门坏掉了，在推开前必须将其往上提起来高于地面。我按了按门铃，然后等着人回应。大门边上有一些儿童鞋、运动鞋和蓝色的长筒雨鞋，鞋底上都沾着泥。他和他的小家伙。

　　我认出了开门的那个男人。这绝对是我曾经和他说过话的那个尼夫，是我在照片和视频里见过的，可他又不是我记忆中的那个尼夫。他的脸有些拉伸变形，没刮胡子，体态枯瘦憔悴，像个营养不良的酒鬼。他的牛仔裤松垮垮地挂在臀上，灰色的织布机运动衫上有一些破洞。他看上去更瘦更老了，就像一个七十岁的人穿着他年轻时穿的衣服。他的嘴唇很干，有些皲裂，然后他把肩上的头皮屑拍了拍。

　　"你好，需要帮忙吗？"

　　他的口音很重，比我印象中和他在电话里通话时的口音要重很多。我注意到他的目光越过我的肩，朝绿地上的孩子们看去。

　　"尼夫？"

　　他顿了一下，我觉得我看到了他眼里的一丝恐惧。

　　"是的，需要我帮你吗，老兄？"老兄，这是兰开夏郡那边的长元音，让我想起我已经离家很遥远了。

　　"我是罗伯，杰克的父亲。"我明确地说道。他的脸上没有变化，所以我不确定他是否还记得我，"您介意我们聊几分钟吗？"

尼夫上下打量着我。门廊里闻起来有点发霉的味道，像是个温室。角落里放着成堆的报纸和一个扭曲了的手推车。

"那好吧。"尼夫一边说，一边让门开着。

我往里看去，屋子里非常整洁，像是外面街道上的一小片绿洲。一张破旧但很干净的沙发，一个壁炉和壁炉架，上面没有一点灰尘。角落里整齐堆放着儿童书籍，通过层层房门往厨房看，我看到冰箱上贴着一张孩子的画。

我在沙发上坐下，尼夫则在角落找了一把小小的硬椅子，那一刻我们都没有说话。在他后面的书架上，有一组大理石白色的天使雕像和几匹奔腾的飞马。它们摆放得非常对称，仿佛一支无声的陶瓷军队。

"我不记得你……我不这么认为，我不认为我认识你。"尼夫说。角落里的他看起来很矮小，孤苦伶仃，好像电影里被有恋童癖的人抓住了似的。

"没关系。我知道你给好多人写过信。我们几年前在电话里通过话，而且还有邮件的交往。我的儿子叫杰克。"

什么回应都没有，甚至没有一瞬间的识别。我告诉了他所有的事，关于杰克的治疗，还有我和安娜的关系。现在我似乎正在和另一个人说话。

"我们去布拉格接受治疗，但是我的妻子不让再继续。"我一边说，一边希望这能够唤起他的记忆，"我们回来后，没多久杰克就不在了。"

"哦，我对此表示抱歉。"尼夫说道，但是感觉他好像在其他地方，正听着别的谈话。他的话没有条理，语速很快，"你怎么知道在哪儿找到这个房子的，比如？"

"四处打听的。"我说，然后尼夫开始讲话，但是外面传来了一声大叫，我想，是足球踢到前面的一扇窗户了。尼夫坐在椅子上没有动，好像这事以前发生过很多次似的。

"是乔希在外面踢足球吗，"我问道，"那个金发男孩？"

尼夫的眼睛投向窗外，接着，他又坐回到椅子上。他停了一会儿没说话，仿佛那些话让他说出来很困难，又仿佛他正在努力克服口吃一样。我看见咖啡桌上有一些廉价制作的传单。"尼夫·巴尔内斯，没有不干的小工作。绘画、园艺、零工，电话：01772-532676"。

"不，那不是他。"他过了一会儿说道，"我想我认识你说的那个人，那个瘦高个。"

我想着外面的那个男孩，把球踢到两个汽油罐之间，把他那长长的金发从脸上拨开。那是乔希，我确定那是乔希。

尼夫静静地待在那儿没有动。一个天使雕像把他的注意力吸引了一会儿，好像他看到天使的翅膀上有一粒灰尘似的。

突然间，他从椅子上站起来，朝我这边走了几步。他很紧张，用手拍着他的双腿，脖子上出现了一道红色的疹子。

"你看，我不是故意的，比如，但是我能帮你什么呢？我……我对你儿子的事感到非常抱歉，但是我……我……我不确定我能帮上你什么。"

"那么，乔希在哪儿呢？"我说道，我并没那个意思，可是听起来像是一种威胁。

尼夫走近了一些，好像他要给我指门在哪儿，可是我没有挪动半步，仍然坐在我的位置上。他变得更加不安了，在客厅里来回踱着步。

"我不知道你为什么会来这儿。"他说，然后把两只手紧紧地拧在一起，好像在把湿衣服上的水拧干似的。

"我只是想知道发生在乔希身上的事。"我直视着他的眼睛说道。

"乔希怎么了？"尼夫一边说，一边敲着指头，指关节咯咯作响，"你为什么要问我儿子的情况？"他站在我身边，他的身上发出一股汗臭味儿，"我想你现在应该走了。"

我站起来面朝着他。他这会儿似乎变矮了，我几乎高出他一个头。"那乔希在哪儿？在学校吗？"

他看看我，然后把脸转了过去，"没错，是的，在学校，那小子在学校。"他说这话时仿佛自己都不相信是真话。

"你在撒谎，尼夫。我知道你在撒谎。"

"撒谎，你在说什么呢……我告诉你，老兄，他在学校，就在拐角处。而且他很快就要回来了，要做作业。或者，他会出去和那些家伙一起踢球……我总是得叫他回来喝口茶，因为他是个足球迷，我的乔希……"

尼夫看起来并不好。他没再踱步，而是静静地站着，手扶着壁炉架以支撑他的身子。他在发抖，目光呆滞，好像他有些让他大为烦恼的事。

"你没事吧？"我碰了碰他的胳膊，"或许你应该坐下来。"我扶着他回到椅子跟前，他一屁股坐在椅子上，试图喘口气放松一下。

"我的乔希五年前就不在了。"他突然说道，然后把目光投向墙上。

我什么也没说，尼夫摇着头，"他从来就没有好转过，没有，可怜的家伙。他死在了他乡，死在了布拉格。"他坐在椅子上，身体前倾，目光不再停留在天使雕塑上，而是转向我，"他也去了那家诊所，斯拉科夫斯基医生的诊所，接受了治疗，但是那对他不起作用。我不明白，我看了所有关于小男孩、小女孩病情好转的证言。然而到最后，却对我们的乔希什么都没做。"

"什么……我不……那为什么，为什么你却说他还活着，说他病情好转了？"我说道，脖子上的皮肤开始刺痛。

尼夫耸了耸肩，我注意到他正发疯似的拍着他站在地毯上的左腿。

"我不明白，"我说，"你所有的信、所有的照片里都有乔希。我们通过电话，我听到了他的声音。我还记得你让他脱掉鞋，我能听到电话那头有动画片的背景声音，还有你们俩化装成蝙蝠侠和罗宾的视频。

我就是搞不懂了。这么说，那些照片里的人是谁？"

尼夫快从椅子上跌下来了，"那个小一点的孩子，就是我的乔希。当他在那家诊所去世后，大约就是那个时候，我便领回了他们。不过你看见的那个大一点的孩子，是他的表兄蒂姆，他们年纪相同。所有人都认为他们是兄弟，其实他是我妹妹的儿子。"

我咽了下口水，想把嗓子里的什么东西清掉，那东西就像厚厚的灰尘一样堵着我的喉咙。刚才对尼夫的一丝同情这会儿已经烟消云散。

"所以你让他的堂兄假扮成乔希？"

"不，不是那样的。他当然知道乔希的情况，也知道我加入了所有这些有关癌症的聊天群。所以当我们换好装，录制所有那些傻傻的视频时，他都觉得他是在帮助那些生病的小孩。说实话，他喜欢这样做。他愿意帮助别人，说实话。你看，我不擅长说这些，但是，嗯，我……我很抱歉，真的很抱歉。"尼夫说。

"你很抱歉？"我边说边朝沙发上坐了坐，"你最近没看新闻吗？你知道这个男人都做了什么吗？对孩子们，对那些家庭，对像我这样的人。而你还坐在这儿，好像这一切都与你无关，好像你很无辜似的。"

"我是很无辜，是的，我对上帝发誓，我根本不知道那些事。我相信那个疗法，真的相信。因为当我的乔希开始去那里时，他接受了第一个疗程的治疗，他们给我们看了所有的数字，还说这些都在起作用。蛋白质、单月桂酸甘油酯，还有那个 CB-11，他们说这些都是肿瘤消亡的标志。于是我们接着做后面的治疗，一轮接一轮。但是这个费用非常高，你知道的，我们没有那么多钱，所以我找所有能借的人借钱，然后那些钱也用完了，于是我不得不再次抵押这栋房子。"

尼夫吸着鼻子，用手指头擦了擦，"十二次治疗后，斯拉科夫斯基医生说药物正在起作用，但我们需要继续。我……我不知道怎么支付这笔费用，但是我又签了四个疗程，随后又签了三个疗程。谁不会那么做呢，对吧？如果那是你唯一的儿子，这就是你应该做的，没错。然后他们一直跟我说，他正在好转。有作用，有作用，他们一直说，有作用。我真的以为我的乔希在好转。因为他看上去完全不一样了，是真的起作用了。他比以前活泼一些，脸颊也有了颜色，之前他出现的一些问题，比如说话、走路，那会儿都有好转。同他之前做化疗时的日日夜夜相比，他那时就像一个新出生的小家伙……"

尼夫的前额上有汗珠在闪烁，他把双手在裤子上搓了搓，"我和我妻子都看到了，你懂的，然后我不想让这种事再发生在乔希身上了。"

"你妻子？"

"是的，她比乔希早几年就得了癌症，非常快。"尼夫咽了下口水，深吸了一口气，"有个周末，我们在荒野上散步——她曾是一个徒步爱好者，我的莱斯利——然后突然间，她出现了这种可怕的疼痛，最后不得不离开了人世。就是这样，胰腺癌。他们说她还有九个月的时间，可是她只持续了三个月。"尼夫对着天使和飞马点了点头，"这些都是她的，她收藏的。"

房间里一片沉默。只有远处孩子们玩耍和警笛的声音。

"如果要我跟你坦白的话，这就是我为什么去布拉格，倾我所有的原因。这些都是在诊所里花掉的：存款、房子、从朋友那里借的钱。因为我不能忍受看着我的乔希经历我的莱斯利所经历的一切。"

我想起有人在"希望之家"写的一些东西，他说我们都是这个事情的受害者。受害者。我们只是走了我们自己的路，做了最有利于我们孩子的事，是任何父母都会做的事。

"对不起，"我说，"对你妻子的事，我感到抱歉。但这并不能解释为什么在你知道他们其实起不到作用后，却还一直推销这一疗法。"

"我……我一开始并不知道，这是实话。当我以为乔希是在好转时，我开始宣传这家诊所，在各种论坛上介绍这家诊所。他们告诉我说，那个治疗起作用了，我相信了。我被那家诊所说服了。我想在房顶上大喊。我开始对这家诊所大加赞赏，因为我真的——对上帝诚实，罗伯——想帮助其他的孩子。"

我在椅子上往前探着身子，因为我不希望漏掉任何一个字，"那么乔希去世以后呢？"

"是这样，我一开始便跟自己开玩笑，我仍然觉得这里面是有原因的。乔希确实活得比所有医生认为的时间要长一些。如果他再早些接受治疗，或许那些药物会起作用。我就是这样对自己说的，这都是我的错。"尼夫低下头看着自己的腿，"不过我承认，还是钱的问题。"

"钱的问题？"

"是的，钱的问题。"尼夫抬起头看着我，"我不想找借口，我知道我错了。我陷得太深了，就是太深了。斯拉科夫斯基医生有一些在营销部工作的员工。他们发现我在一些论坛上发的帖子，于是我每介绍一个患者到这个诊所，他们就给我一笔佣金。我当时是走投无路了，你知道的，完全走投无路了。我欠了斯拉科夫斯基那么多钱，超过十万英镑。我要还清所有的其他债务，这房子只还得了一半的钱。然后他们说，我可以通过为他们工作来还债。

"刚开始我还不确定，因为我知道我会编造有关乔希的谎言，但是后来他们威胁我说，所有这些都是合法的，还谈到了引渡条约。我已经失去了房子，失去了一切，我好害怕，因为我不得不为克洛伊提供帮助，因为当时那里已经没有什么活儿了，什么活儿都没有。再然后，佣金开始从斯拉科夫斯基那里打到我的账上，很多钱——真的不少钱——然后我开始还债，我们终于能够搬出我母亲的房子，然后搬到这里……"

"克洛伊？"

"哦，抱歉，是的。我没说清楚，对吗？克洛伊是乔希的妹妹。"

门口的小雨鞋、冰箱上的照片，还有电话里的动画片声音，他和他的小家伙。

"我知道我做得不对，但是我不能让克洛伊失望，你懂的。她失去了她的妈妈、她的哥哥，我不想让她看到她的父亲被送进监狱。我希望她能有个家，有她自己的卧室。"

云朵遮住了太阳，前面房间的光线这会儿暗了下来。

"我能不能，嗯，能不能给你倒点喝的，茶或咖啡，或者其他的？"尼夫说。

我没有回答，只是摇了摇头。

"你的儿子，杰克，你说他去了斯拉科夫斯基那儿？"

"是的，当时我们别无选择。杰克在那里接受了几项治疗，然后我们便停了。"

我不知我为什么拿出了我钱夹里杰克的照片，然后将其递给了尼夫。

"啊，"尼夫笑着说，"我觉得我记得你邮件里的他。他的长相真好看，绝对长得像你。"

我拿回照片又看了看。那是在儿童操场上拍的，离摄政公园很近，就在从弗拉纳根医生在哈利街的诊所出来的拐角处。

又一个足球踢到了窗户上，我能听到玻璃的震动声。尼夫却躲都没躲一下。房间的角落里放着一堆叠好的衣服，我能看出来他刚刚熨烫过他女儿的校服裙。

"那你后来为什么不干了呢？"我说。

"你是说不再为斯拉科夫斯基弄那些东西了？"

"是的。"

"你想听真话吗？"

"那最好了。"

"我还清了债务，"尼夫耸了耸肩，"我自由了，他们放弃了所有的法律程序。"尼夫停了下来，低头看着他的腿，"你看，我……我真的为我所做的一切感到抱歉，对发生在你的杰克身上的事感到抱歉。"

听到他提杰克的名字让我有些不高兴。这似乎不合适，好像杰克只应该在安静崇敬的场合被提及。他不应该被一个陌生人提及，不应该被尼夫提及。

"后来那些钱做什么用了？"我一边说，一边对着角落里的一台高清大电视点点头。

"你会觉得我在撒谎，但其实我赚了，在一个抽奖活动中。"

"好吧，尼夫，因为你从来没有对我撒过谎，对吗？你从来没有。"

我在座位上调整了一下姿势。垫子里的海绵已经旧了，我陷在中间的一个缺口中。我看着尼夫讲述着他的悲剧，他那瘦长的身子蜷缩在椅子里。

"你知不知道你给了我多大的希望？而且不只是我，还有数百名和我有着相同处境的父母。你不会记得这些，尼夫，但是我记得。我记得当我收到你的邮件时，我还在我们伦敦的家，在院子里。我想我应该读它一百遍。'好消息。'你说，'乔希的扫描结果又一次很干净。'直到今天，我还记得这些话，因为它们对我来说意味着一切。我曾经一遍又一遍地读那封信，在我的电脑上，在我的手机上……"

我停了下来，好像没什么可说的了。我站起身准备走，尼夫还是坐在那儿，一动不动，蜷缩在角落里。我朝他走过去，他以为我会揍他，便蜷成一团，往垫子里陷得更深一些。

"你真可怜，尼夫，十足可怜。"我想要给他一拳，打烂他的脸，但是我不相信自己，担心我会变得神经错乱。于是，我转身出去了。关上身后的大门时，我听到了他的哭声。

屋外，刚才在踢足球的孩子们现在在汽车边上挤成一团。我又一次看见了他，那个我以为是乔希的男孩。走近后，我发现他看起来有些不同。他那金色的头发之前看上去很有光泽，现在却是油腻腻、乱蓬蓬的。他的嘴上有疱疹，仿佛闻过胶毒似的。

"你喜欢看小孩踢足球，是吗，老兄？"他说。他比我想象的要大一些，仅仅比我矮半个头。他正大口喝着一大罐黄色的能量饮料，并朝地上吐了几口厚厚的唾沫。我现在再看他，觉得他一点也不像乔希——他的脸更尖更紧实一些，头发也是不同的颜色。

"滚蛋。"我说。

"滚蛋。"他模仿着我的伦敦口音，然后那些孩子都笑了起来，学着我的南方元音。

"你是大老远过来的吧，对吗，老兄？"他说道，其他孩子又咯咯笑了起来，在我走向我的车时，他们往我这边靠近了些。

"这是那个给你一百英镑让你舔舔他的家伙吗，盖瑞？"

他们都大笑起来，像一个发疯了的希腊合唱团似的。在这群人后面，我看到了告诉我尼夫住哪儿的两个男孩，他俩的棒球帽挡着他们的脸。

当我接近车门时，这群男孩靠得更近了，全体一起，像一个训练有素的军团一样。我的手在颤抖，我笨手笨脚地插上钥匙，不得不使劲握住方向盘以保持车不摇晃。我一溜烟地开走了，耳边听得见"恋童癖、恋童癖"的叫喊声，还有踢车和如雨的石子砸车的声音。

4

回复：回复：

发自罗伯 2017 年 6 月 2 日周五上午 11：45

你好，希望你一切顺利，同时感觉有些好转。你在上一封信中问我为什么把我的儿子带到斯拉科夫斯基医生那儿。嗯，简单地说，是因为我傻，因为我走投无路了，因为我无法接受我的儿子即将离去的事实。

我没有编造借口。我的妻子安娜看出斯拉科夫斯基医生是个骗子。她一遍又一遍地告诉过我，但是我不听。我对她很不好，所以可以理解，她不想再与我有任何瓜葛。我希望我能和她讲和，为我给她造成的伤痛做些什么，但是我想，现在已经太晚了。

除此以外，我挺好的。同以前一样，感谢你的倾听。你现在怎么样？

回复：回复：

发自 naws09 2017 年 6 月 2 日周五下午 13：27

你好，罗伯。我的情况不算太坏，谢谢关心。这些天，我的情绪有些失落（当我除了工作而没太多其他事要做的时候，以及回到这个空荡荡的房子里时，就会有这种感觉）。

我多么希望能够重回旧时光。有时候我看脸书，发现那天我正做着三年前的事儿，在此之前一切都已经发生了。这让我如此难过地看到了我过去的日常：软体玩具、健身操课、家庭日外出。很奇怪——曾经非常熟悉的一个世界，如今却变得如此遥远。

我有我女儿露西的这张照片，是在浴室里拍的。她戴着护目镜站在那儿，因为她喜欢戴着护目镜洗澡，把脸埋到水下，然后吐泡泡。照片里的她脸上露着那么可爱的表情，几乎有些闷闷不乐或者生气，仿佛她很讨厌我给她拍照。我止不住地看这张照片，我好想摸摸照片，爬到里面去，再和她一起回到那间浴室里。不过不管怎样，对不起，这条信息已经到处都是了。或许它没有多大意义。保重。

我已经从"希望之家"上下载了尼夫的所有信息，并将其整理在一个数据库里。这样便于根据位置或发送的年份浏览所有信息。我无法说清楚为什么我要看这些信息。我知道，我是在找东西，但是，找什么呢？是要找一个我倾心于尼夫的解释，还是要找我是如何如此迅速地相信斯拉科夫斯基医生的？

我在"希望之家"认出了一些名字。托马斯·本森、约翰·史蒂文、穆里拉·斯蒂诺维克、普利亚·大卫多夫。他们中大多数人的孩子现在已经不在人世了。我读了他们在当地报纸上发的讣告，提到了他们对乐高的喜爱、他们喜欢的毛绒拖鞋，还有他们深爱的莱斯特足球俱乐部。脸书上也有悼词，被分享了几百次，都谈到了他们孩子的决心、善意与幽默一直持续到离世的最后一刻。

我从来对"希望之家"上的人不感兴趣。我并不在乎他们的生活，我只是看他们发的帖子，去找到他们孩子所接受的治疗，以及如何将其用到杰克身上。我对那些离题的线索没有任何兴趣，什么周末的计划和自驾游啦，还有他们有时候玩的连词游戏等。

我觉得我甚至有些看不起他们，他们的面包售卖活动以及话题标签。我常常称他们为海豚游泳者。这些人整天谈论着被保佑，每天日出时祈祷，试图说服整个世界还有他们自己去相信，他们孩子的癌症其实是一份礼物。

但是现在，我感觉我想要认识他们，想认识这些向尼夫倾吐心声、走投无路的父母。于是我读了他们的故事。他们谈到了症状出现的过程：没有胃口，在学校出现间歇性眩晕，刚开始他们认为没啥事，不过是周末踢球踢得太多了。从细节上看，仿佛他们在法庭上做证。我读到了他们的孩子被诊断患癌当天的情形：太阳是否照耀，交通是否顺畅，接待员身上的香水味，以及坐在待诊室的皮椅上，他们皮肤的感受。

我读到了他们的家庭日，他们热爱而且盼望的工作，他们去湖边小屋的旅行，他们对孩子所做的事情，在佩佩猪主题公园游玩的日子，超级英雄的生日派对。我读到了他们的希望（一个临床试验，维生素C的输液）以及输液的速度有多快。我读到了他们丧失了信念，以及他们如何诅咒上帝怎么能让这一切发生。

他们谈到了许多关于"之前"的事情，在被诊断之前，在这一切发生之前，在杰米患病之前。因为现在的生活已经被描绘得截然不同了。不再有"在我们结婚之前"，或者"在杰米出生之前"。现在有一些新的"之前"和"之后"。而且我发现，他们有多需要谈及这些新的"之前"，以重新唤起对以往生活的记忆，因为那是他们想要重新再过的生活。我理解他们为什么要告诉尼夫，他们过去所拥有的东西——足球锦标赛、运河船节日——因为那样他们可能才明白，他们失去了多少。

还有一个原因能解释他们为何要告诉尼夫所有事情。（因为有时候，讲述你的故事是保持生命的唯一一种方式。)

回复：初诊

发自约翰·凯利 2017 年 6 月 5 日周一上午 8：05

你好，这一切来得太快了。我们刚刚收到这个令人悲痛的消息，我们挚爱的女儿的脑干上长了一个肿瘤。他们还不确定肿瘤的类型，我们则处于极度震惊之中。她才十岁啊，而且是学校足球队的队长。

我们并没有谈及我们家的任何事情，我们得等着听医生的说法，但是我们想问问，有没有人有过脑干长有肿瘤的经历？这会是什么类型的肿瘤？她还能被治好吗？要找到这些问题的答案非常难。请问有人能帮我们吗？

约翰·凯利

回复：初诊

发自罗伯 2017 年 6 月 5 日周一上午 8：30

亲爱的约翰，

你加入了一个无人愿意加入的俱乐部，对此我感到非常抱歉。要回答你其中的一个问题，那么只有病理学才能真正显示肿瘤的类型和分化期数。恐怕我无法回答你提出的有关脑干的具体问题，但我相信，会有其他人加入进来帮助你。

所以，在你确切地知道你在做什么之前，请你尽量不要恐慌（我知道，说起来容易，做起来难）。而且请你尽量不要上谷歌。肿瘤的类型有很多，其中大部分在孩子身上是可以治愈的。就在近几年里，脑瘤的治疗有了大幅改善。所以还是有很多值得期待的方面的。

如果我能以任何方式帮助你，请一定告诉我。如果你想找人说话，请只管在论坛上私信我。我会想着你的。

罗伯

回复：初诊

发自大卫的母亲 2017 年 6 月 5 日周一上午 10：36

我真的不知道该如何启齿，但我还是得说。大约一个月前，我们的小儿子詹姆士被诊断出患有 3 级星形细胞瘤。诊断后，我们寄希望于这个论坛的一些故事，希望詹姆士可以有资格做这个临床试验，然而没有一个是有效的，没有。现在他们在考虑停止治疗，那是因为他们说，他们已经无能为力了。

这让我们崩溃了，即便我内心深处已经知道，这一天正在靠近。可是上帝怎么可以如此残忍？詹姆士才七岁，他们说他可能就剩几个月，甚至几周的时间了。当他被确诊后我就知道情况不好，但是我以为我们可能至少还有一年或两年的时间。我以为我的丈夫从一开始就知道这一切，可是当医生过来的时候，我从未见他如此伤心、如此心碎过。我们的生活已经一去不复返了，我不知道如果我们失去他以后，生活将如何继续。似乎没有人知道，现在是否有什么能够帮助我们，反正我是无法理解，我已经筋疲力尽了。

回复：初诊

发自罗伯 2017 年 6 月 5 日周一上午 11：02

亲爱的大卫的母亲,

我对你收到这个消息感到非常难过。没有任何语言能够让这个消息变得更好。在与我的儿子经历过这一切以后,我觉得这是没有什么意义的,最好不要去尝试,至少现在不要去尝试。

你能做的就是珍惜你们在一起的每一刻,就像你对自己所言,你不知道这段时间会有多久。

愿你和你的家人一切顺利。如果你需要倾诉,请随时与我联系。我给你发送了私信,里面有我的联系方式,我随时在这儿洗耳恭听。

罗伯

主　　题	抱歉
发送时间	2017 年 6 月 8 日周四上午 00：05
发　　自	尼夫
发送至	罗伯

亲爱的罗伯,

现在可能太晚了,我没有什么要对你说的,但我只是想再次告诉你,我对我所做的一切感到多么抱歉。我完全错了,我伤害了你和无数其他的人。

我在努力弥补,联系那些我曾经欺骗过的父母。我也自觉地去当地的警察局陈述了我在所有这些事情中所扮演的角色。我意识到,鉴于有人对斯拉科夫斯基医生的指控,我也有可能面临刑事诉讼。我愿意为我所做的一切接受任何惩罚,我是罪有应得。我现在很担心我的克洛伊,不过我已经跟我妹妹说了,她说如果我要离开一段时间的话,她可以照顾克洛伊。

我说过,我并不期盼得到原谅,但是我真的希望你能知道,我有多么愧疚。如果有任何方式可以让我弥补你的话，我都愿意去做。

祝好！

尼夫

回复：回复：

发自 naws09 2017 年 6 月 9 日周五上午 0：05

你好，罗伯。长话短说，看到你出现在"初诊"上，我非常高兴。我知道，这可能并不是一段多么重要的时期，但它对我的帮助非常之大（听起来似乎有些糟糕，我知道。我并没有喧宾夺主的意思，这当然是要帮助那些正在经历那段痛苦时光的人。不过，我希望你懂我的意思）。

假如我能有一分钟的时间让我冷静下来，那么我想，我们中的每一个人都需要付出，去爱、去分享我们自己的故事。当我们有了孩子以后，我们便拥有了这样一个完美的平台。在这里，我们可以倾注我们所有的爱。当我失去我们的儿子以后，突然间感觉一切都随之而去了。那份爱再也无处可去，我想这就是我试图在"初诊"这个平台上努力要实现的目标。努力去帮助人们，同时也要努力为所有我爱的人找到一个去处（听起来似乎我有些自私）。

回复：回复：

发自罗伯 2017 年 6 月 9 日周五上午 0：15

谢谢。你说得非常好。我后来本想再写点什么的，现在却词穷了。我对你的最后一封信还是有些困惑。你说当你失去你们的儿子。难道除了露西，你还失去了一个孩子？

回复：回复：
发自 naws09 2017 年 6 月 9 日周五上午 0：16

我不会当一个很好的间谍。

回复：回复：
发自罗伯 2017 年 6 月 9 日周五上午 0：16
此话怎讲？

回复：回复：
发自 naws09 2017 年 6 月 9 日周五上午 0：17

那是我的口误，无意的。
是我，罗伯。我是安娜。

比奇角

　　我们坐在太阳下吃野餐，俯瞰着灯塔和岩石。你一直谈论的就是那个盒子，那个从中餐厅带走的儿童打包盒。上帝啊，那个盒子，杰克，你是如此痴迷于那个盒子，以至于不让它离开你的视线。你甚至抱着它在床上睡觉，那上面还有油迹和龙虾片的碎屑，直到妈妈坚持说我们要把它洗干净，你才肯放手。我知道你喜欢它什么地方，杰克。是那上面的气球图案、中国的灯笼，还有飞向火辣辣的太阳的一群雀鸟。

5

　　屋子里除了照在安娜身上的聚光灯以外，便是一片漆黑。我坐在梅菲尔酒店里一间会议室的后面，会议室的四周围是胡桃木的门。参会的人都坐得笔直，一动不动，只看得见西装的背影和名牌皮鞋。只有安娜的脸能看见。她坐得太远了，她的头却在大屏幕上被放大了。她看上去自信、严肃，头发轻轻地扫过脸庞。

　　我想起我们在一起的最后几周：我在拉上的窗帘后面喝着伏特加，闻着漂白剂的味道，洗衣机永无休止地运转着，安娜在另一间屋里和她母亲小声说着话。

　　我听着，往讲台那边靠近了些。安娜正在谈论"伦理会计"。安然出事之后，需要专业人士重新挽回公众的信任。这就意味着不仅仅要将好的做法编成法典，她一边说，一边打开了另一张幻灯片。这张幻灯片是关于恢复到最初的——这在如今并不流行——良好坚实的会计基础上。

　　观众们鼓起掌来，安娜走到讲台的边上，同站在两边的人握了握手。这会儿灯光全打开了，那些会计开始陆续退场，他们手里都拿着材料夹，脖子上挂着拴有他们姓名牌的挂带。

　　安娜还在讲台边和人们说着话。我见她在一位穿着得体的老女人的脖子上吻了一下。慢慢地，她们开始向外走，两人挨得很近，但没有碰在一起。当她看到我后，她找了个借口，然后朝我站的方向走来。

"你好。"她说。她没有笑，但也没有表现出不高兴，好像她的表情介于两者之间。

"嘿。"我说道。我的脸红了，仿佛我们是第一次见面。值得注意的是，当我再偷偷地看她第二眼时，我是如此吃惊。我发现她几乎没什么变化，她还是那么美。

"你看上去气色非常好啊。"她说。

"你也一样。"我说。我想拥抱她，但是我没有，我的手始终贴在腿边。

趁着我们朝大厅走去的时候，我又偷看了她几眼。她的头发比我记忆中的要长一些了，她又瘦了些，有精神了，我想那应该得益于马拉松长跑。

"你介意给我十五分钟时间，让我去和几个人打个招呼吗？然后我再回这儿来见你，这样行不行？"

"当然，"我说，"你确定十五分钟够吗？我不介意等更长的时间。"

"你之前参加过会计工作会议吗，罗伯？"

"没有。"

"我参加过，"她说道，脸上没有笑容，"我会在十五分钟后见你。"

我在大厅里等着，双手汗涔涔的。正好十五分钟后，安娜穿着外套出现了，肩上背着一个电脑包。

"我没事了，你饿吗？"

"有一点儿。"

"拐角处有一家非常好的泰国餐厅，想尝尝吗？"

"听起来不错。"

"哦，你知道的。那是必须的。"

"你现在是在伦敦这里工作吗？"

"多数时候是。我只是提供咨询服务。你呢？你还住在康沃尔吗？"

"是的。"

我们静静地走着，因为突然间，我不知道该说什么。

有好几个时刻，我俩都沉默不语，只是静静地走着。"那么，会议怎么样？"过了一会儿我说道。

那个餐厅是我们在伦敦生活时会去的那种地方，灯饰的类型，讲究的菜品，都是我们曾经喜欢的。我们在一个角落的包间里，坐在简朴的木凳上，四周的墙把我们围着，仿佛在地窖中一般。

"这么久之后见到你，感觉有些奇怪，"安娜说，"说实话，我感觉有点儿紧张。"

"是啊，我也是。对不起，我现在有一些反常。不过还是很高兴见到你。"

"是的，"安娜说。她笑了笑，但是我不知道是什么意思。然后她低头看着手里的菜单。"那么，你可以点菜了吗？"

"当然，"我说道，尽管我几乎都没有看过菜单。趁着点菜的时候，我瞟了一下她的双手，发现她没有戴结婚戒指。

"我很吃惊的是，你竟然不知道那是我。"服务员拿走我们的订单后，她说道。

"你是指什么？"

"在'希望之家'上的聊天啊。"

"哦，"我说，"说实话，我完全不知道。"

"真的？"安娜说。因为她一直喜欢室内游戏，喜欢做手势猜字谜。"我确信你会猜，尤其是在我提到浴室里的护目镜以后。"

"没有，完全没有。我真的不知道是你。如果不是你自己说出来，我

318

还不会知道。不过后来我想过，你女儿的名字，露西，确实是有意义的。"

露西，这是安娜给我们失去的第二个孩子取的名字。

服务员拿来了我们的饮品。一杯是安娜要的红酒，一杯是我要的水。

"我真的很高兴你不再喝酒了。"服务员走后，安娜说道。

"我也是。"我说。但其实这有些刺痛我，酒鬼们并不喜欢被人们称之为酒鬼。又是沉默，熟悉的沉默。杰克去世后，这种沉默就笼罩在厨房的餐桌上。

"那么，"我边说，边喝了一口矿泉水，然后才敢第一次正视她的眼睛，"我知道我之前已经说过了，但是我还是想亲口说声对不起。我做了一些让你无法原谅的事情，关于杰克的，还有在布拉格治疗的事。都是不可原谅的。我就是因为喝酒而情绪失控了，对一切都失控了。我知道这不是借口，我也不指望你会原谅我，但是我确实想给你道个歉。真的太对不起了……"

安娜顿了一下，然后长舒了一口气，好像她一直在屏住呼吸似的。"谢谢你，罗伯。听到你这样说，对我来说有着太重要的意义。"她的语调很正式，但还是有些冷漠，"好吧，是的，我接受你的道歉。"

"谢谢，你太大度了，真的。"

安娜耸了耸肩，"生命太短暂，对吧。我们比任何人都更清楚这一点。"

开胃菜上来了。是末端有着萝卜须的小春卷。安娜低头看着面前的餐盘，仿佛她在决定是否开吃似的。

"我不会对你撒谎，当你说那些话时，确实伤我很深，"安娜说。"关于那家诊所的，关于我们如何拯救杰克的，还有……"她没让自己继续说下去，然后用纸巾擦了一下嘴。"不管怎样，抱歉，我们不需要再把这一切重温一遍，我来这儿自然也不是要来痛骂你的。"

　　最近几周，关于那家诊所的更多细节浮出了水面。之前患者的家属和父母纷纷涌现出来，其中许多人是来要求赔偿的。诊所以前的一位护士找到媒体，揭露了诊所工作人员所谓的"配量增加"的内幕。他们会给患者用少量的吗啡和类固醇，以模拟免疫工程的临床反应。我记得斯拉科夫斯基医生给杰克用过的所有药物——他总是带去的小罐罐，还有我看见他悄悄塞在杰克舌头上的药丸。

　　"这太讽刺了，不是吗？"我说，"在所有这些恐怖的事情发生后，我还一直给你说这家诊所，说他们如何能够挽救杰克。然后，到最后，可能是我……"我咽了下口水，我的声音越来越小。

　　"可能是你什么？"

　　"哦，那可能伤害了他，可能是因为我带他去了布拉格，而缩短了他的生命……"

　　安娜摆弄着套餐巾用的小环，喝了一口红酒。她看着我，那一刻我感觉自己好像她的客户一样，正在接受着她的咨询。"我确实理解你为什么这样想，"她说，"但其实没必要。真的，别那样折磨自己。"

　　"为什么不？"我说。"根据我们对这家诊所的了解，这还不仅仅是可能。"

　　安娜摇了摇头，把手里的叉子放了下来。"过去几年来，我花了如此多的时间来自责，自责我们本可以为杰克所做的事情，自责或许你对于斯拉科夫斯基的看法是对的，自责我们原本是否应该到国外比如德国去进行治疗的，或者进一步推动马斯登试验。但是那又能怎么样？杰克就快不行了，罗伯。无论我们做什么，他都会死去。全球最好的专家是这样告诉我们的。不管是斯拉科夫斯基的诊所，还是不是斯拉科夫斯基的诊所，杰克都没有机会。"

　　我咽了下口水，喝了点水，小口地吃了一个春卷。

"有趣的是，"安娜说，我想我看到了她脸上的一丝微笑，"杰克居然很享受去布拉格的旅行，在机场，还有在飞机上。"

我笑了，记起他的小背包，还有那个包对他来说有多大，而他却坚持要自己背着。"他很享受，没错，他一直都喜欢坐飞机。"

"还记得克里特岛吗？当时在起飞前，他们让他坐到了驾驶舱？"

"我记得。他绝对喜欢。"

安娜正要说话，突然服务员端来了主菜。配有香菜和龙蒿的小虾堡，辣椒牛肉丝，以及精心布置和装点的木瓜沙拉。安娜很安静，仿佛她觉得自己已经说得太多了似的。

"我能问你个问题吗？"我们开始吃主菜时，我说道，"你为什么又和我恢复联系了，我是指在'希望之家'上？"

安娜咬了一口小虾堡，不停地咀嚼和吞咽着，然后擦了擦嘴。"啊，一开始，我就是有点担心你，我不希望你自杀。"她停了下来，放下叉子，眉毛紧皱，如同她被填字谜的线索所干扰一样。"但其实原因比怕你自杀还要复杂。如果你非要知道的话，我觉得，我一方面希望你能够开始非常恶劣地谈论你的妻子，或者说是前妻，或者随便叫我什么。然后，一劳永逸地，我便会知道你真的有多讨厌，这样我就不会再考虑你了。"

安娜笑了，喝了一大口红酒。那一刻，我们仿佛又回到了从前，在剑桥的一家类似洞穴的餐厅里，我们的生活在我俩面前开始展开。"上帝啊，洛拉这会儿会杀了我的，"安娜一边说，一边独自暗笑，"她总是说我太诚实了……但不管怎么样，我的总体计划没有奏效，这是个问题。因为你并没有在你的消息里说我的任何坏话。你只说了好的方面，你似乎非常由衷地感到抱歉。"

"其实还不止因为这些。我喜欢在'希望之家'和你说话。喜欢你写信的方式，对事情的解释，讲你的感受。你的信真的帮了我。这也是我一直爱你的原因，我们过去是如何能够在床上聊好几个钟头，一直聊到半夜。就我们俩。所以……正如我说过的，我的计划没有实施，我想这也是我现在为什么在这儿的原因。"

我把我的指甲戳进手掌里，以不让自己哭出来。"我真的很抱歉，"我说，"很抱歉我对你那么粗鲁。我对你的做法太恶心了。"

"哦，罗伯，"安娜说，"你不必一直说对不起。我真的理解，你知道的。"

"但是我想说，"我说道，眼里噙满了泪水，"我就是感觉我对你有亏欠。"

安娜不苟言笑地看着我。"如果你再说一次对不起，我就走了，把你自己留在这儿，让你结账。"

我笑了起来。"谢谢你，"我说，"这么的善良。我不值得你这么做。"

"是的，不值得，"她又严肃地看了我一眼，然后露出了微笑。我们坐着，深深吸了口气，然后喝着各自的饮品。

"我能问一下吗，"安娜打破了沉静，"你还记得多少过去发生的事情？我是说，杰克不在以后的事情。"

"不是很多，"我说，她的问题让我感到羞愧，同时担心我会听到关于我所做事情的更多细节。"说实话，有些模糊了，只剩下一些零碎残留的记忆。"

"你知道吗，杰克去世后的每天夜里，我都会把闹钟定在半夜或者一点钟，然后爬起来看你在不在？"

我没有说话，不敢看她的眼睛。

"每天夜里，我都以为你可能会死去，会因为你自己的呕吐物或其他东西而窒息。"她停了停，审视着我脸上的表情。"我说这些不是要羞辱你。那是你一直以来的想法。然而事实是，你病了，罗伯。你精神崩溃了，我只是不知道该怎么办。我尝试着去帮助你，让你去一个戒酒诊所，可是你拒绝了。"

"所以，就这样吧。我不知道该做什么，于是和你一样，我也退缩到自己的小世界里。我工作很长时间，我看书，都是些荒唐可笑的犯罪小说。后来，当你喝酒喝得越来越多时，我俩的争论便开始了，都是些琐碎的小事：斯拉科夫斯基的诊所啦，我为何总是那么冷漠啦，杰克的房间啦。上帝啊，我们花了那么长时间讨论那间屋子，你指责我把所有的东西都清空了。我只是再也不能这样做了。"

我困惑了，不知道该说什么。我还记得那些盒子和袋子，都堆在大厅里。"我以为我们已经清理干净了。"

"罗伯，"她坚决地说道，身子在桌子对面向前倾着。"我们没有，我们没有打扫干净。有一天，我拿出去了两三件东西，因为我不能再看到这些东西了。然后你开始和我激烈的争论，而且你脑海中留下的印象是我把所有的东西都扔了。然而我没有，我真的没有。所有那些盒子和袋子，都是我的。那是我的，那些我拿给洛拉的材料。我仍然拥有杰克的所有东西，罗伯。它们都在杰拉德·克罗斯的我的阁楼里。"

我试图回想，以找到一个落脚点，然而我却滑到了，失去了控制。她越过桌子碰了碰我的胳膊。

"罗伯，我说这些并不是想伤害你，或者让你感到羞愧，但是你那时喝得太多了，甚至连你自己的名字都记不住了。你不知道那天是什么日子，你不记得你总是走进一个房间的原因。"

我觉得安娜快要哭了。从她脖子颤抖的那一刻开始，我便能够察觉到她咬嘴唇的方式，但是她阻止了她自己，她要磨炼她自己。

"我讨厌看到那些。我深爱的男人，正在毁掉他自己。我想帮你，因为我知道那不是真实的你，我感觉好像我欠你的……"

"你为什么会欠我的？"

安娜看着我，目不转睛，仿佛这一切都是她曾考虑过的。"你还记得杰克的动物园吗？你是动物饲养员，而他是老板，是动物园的主人，而且他总会告诉你，你得做什么。"

杰克的动物园。我们曾在他的床上玩好几个小时的这个游戏，在枕头和羽绒被中间给动物们搭起围墙，将老虎、猴子和艾莉大象排成队。然后杰克扮成老板，会告诉我去喂哪些动物，他自己则会找每一只动物，问它们吃饱没有，检查它们的屁屁是否干净。

"是的，我记得。"我笑着说道，而且我还记得杰克大声喊着"动物园开啦"的样子。他卧室的百叶窗将几缕温暖的阳光投射到地面上。"他是那么的有趣，对一些事是那么的挑剔。那个动物园必须得在床上，除了……"

"那些狮子笼以外。"安娜补上了我的话。

"是的，没错。不知什么原因，如果有狮子，他便感觉把动物园挪到地面上也可以。他用两个枕头搭成狮子的笼子。"

安娜从包里拿出一张纸巾，擦了擦眼睛。我还是不明白，她为什么要跟我说这些。她为什么觉得她欠我的？

"他玩这个游戏的时候总是那么的开心，"我说，"他可以一玩好几个钟头。"

"你还记得他洗澡的时候吗？在他擦干后，他穿着睡衣，然后你会躲起来。接着他会过来找你，然后你会跳出来。杰克认为这是最有意思的事儿了，然后要一遍又一遍地重来。你们俩可以像那样玩好几个小时。"

安娜的脸沉了下来，闷闷不乐地看着桌子。"我知道，那永远不是我的强项，"她说，"我从来没有特别擅长装傻过。即便当我是孩子的时候，做游戏，在地上打滚，这些对我来说都是不自然的。但是，罗伯，这就是我为什么感觉欠你的地方，因为你是如此擅长这个。你让杰克的生活那么丰富多彩。你让我们的家成为杰克的开心地，让家里充满了欢声笑语——那么多的欢笑。上帝啊，那些游戏都是你发明的：乔装打扮，火箭飞船，超级英雄故事，还在后院里玩那个讨厌的直升机。"

"或者当你和他一起玩鳄鱼的时候，他会坐在床上，把枕头和泰迪熊朝着坐在地上的你扔去。我曾试着和他玩过一次，坚持了大概十分钟，然后我的膝盖便开始疼，而你却可以一连玩好几个小时。我就是做不到，做不到和你一样。对此，我是如此的羞愧，希望我不是那样的。可是你，罗伯，你却能每天让他笑几百次。杰克很崇拜你，你让他的生活变得如此的特别，比我能做的多得多。直到生命的最后阶段，他一直都是最幸福的小男孩，而这都是因为有你，罗伯。我永远都不会忘记这一点。"

安娜停了下来，看着我，"对不起，我并不想把你弄哭。"

我低下头，意识到我正在哭泣，泪水正溅落在我的餐盘上。安娜从手提包里拿出纸巾递给我，给了我点时间让我擦干眼泪。

"我还是每天都想起他，"她说，"想着如果他还活着，他可能会在哪儿，可能正在做什么……"

"他或许会在他的房间里，不是吗？"我说，"看书，或者玩他的玩具。"

安娜难过地笑了笑。"只要当我听到这些患有晚期癌症的孩子去了迪士尼，或者见到名人的时候，我都会感到内疚，"她说，"或者是听说他们的父母组织了那种闪客舞会，我总会想起杰克，想着他最后几个月坐在他的卧室里，对自己哼唱着歌曲。"

"但是，如你所说，他是幸福的，"我说，"我记得你在一封信里说，你有多担心你不是一个足够好的妈妈，因为你关心得不够。其实，你知道，那完全是胡说八道。你对他来说是一个出色的妈妈，安娜。真的是这样。你还记得那个生日和你一直做到半夜的蜘蛛线蛋糕吗？他非常喜欢，那天他多么开心啊。"

"是的，确实是。"安娜伤心地说道，"他很开心。"她低头看着面前的空盘子。"我们要来点甜点吗？"她说，态度有些冷淡，仿佛她感觉到刚才有些过度敞开心扉了。

那天晚上后面的时间，我们吃了甜点，安娜又喝了一杯红酒，我们没再谈论杰克——我想，我们是故意不提及杰克的——而是谈起了老朋友，他们的孩子，离婚，新的情人，等等。我们结完账后，我把安娜送回到她住的酒店。那一刻有些怪异，我们不知道何时或者还有没有机会能够再见面。

"请和我保持联系吧。"我说，然后我俩尴尬地拥抱在一起，她比记忆中的要瘦小一些，我的皮肤感觉到了她锁骨的突起。我想哭，但是我感觉，我身体里的水分好像已经被挤干了。"我知道，你不准我再说对不起，但是我，"我说，"我真的很抱歉伤害了你。"

"没事了。"她说道，然后我们仍然抱在一起，但是我感觉她想抽出身子来。

就在我们要分开的时候，安娜转过身面对着我，好像她忘了什么似的。"哦，对了，我看过你的网页了。'我们的天空'。你的照片，令人震惊，真的很漂亮，而且很高兴能看到我们一起去过的所有地方。"

"你看过那个网站？怎么看到的？"

"呃，那上面有你的名字啊，罗伯。我在谷歌中搜索的你，我知道，我很有才的，不是吗？"

"我只是感到意外。"

"好了，不用意外。我说过，那些照片让人感觉亲切，把我带回到那么美好的记忆当中。事实上，如果你非要知道，其实，除了你喝多后在脸书上发给我朋友的那些信以外，你的网站是我监视你的一个途径。每次你发布新的照片时，我就知道你没事了。我一直对自己说，如果你不再发布照片了，那么我会去找你。但是你没有。每一周，每周你都会发布一些新的照片，然后我便知道你很好。我知道你还活着。你可能没有注意到，其实我在每一张照片下面都有评论。"

那个神秘的评论者，那个只要全景图一上线，我总能立马听到的砰的声音。"漂亮"，"可爱"，"照顾好自己"。

"那么你就是 naws09？"

"是的，我就是，"安娜说，"不过，这不仅仅是为了监视你。看到你的照片让我非常开心，因为那是我曾经爱上的男人，是那个愿意建造东西、创造东西的人。总之，我会继续评论下去。"她一边说，一边往后退了一步。她看了看表，还是那块厚实的卡西欧。"我得走了。我明天得早起。"然后她的身影便渐渐消失在酒店的大厅里。

6

大厅的橱柜前放着四个装满了尼夫的信件的袋子。我把四个袋子都拿了出来，然后进了客厅。一部分信件用彩带和细绳捆在了一起，我想应该是住在尼夫那个旧房子里的男人整理的。其他的信则是随意地插在里面。信件上全是灰，有些已经有年头了，纸张开始变干褪色。也有些新一点的，纸张白一些，信封上的笔迹更加清晰可见一些。

在我开始打开其中的一封时，我犹豫了。我想我知道这些信里会写什么。是来自那些孩子即将去世、陷入绝望中的人们的各种诉求。他们请求信息的提供，恳求能在候诊的患者名单中往前排一些。我应该怎么处理这些信？是将它们全部还给尼夫？还是给他们所有人写信、告诉他们尼夫是个骗子？

香柏树

Firmtree 农场路

Gedstone

斯特普尔市

肯特郡

　　亲爱的尼夫，

　　我给您写信是想看看您能不能帮助我们。我是代表我孙子安东尼给您写的信，他最近被诊断患有晚期脑瘤。我们可能会想在斯拉科夫斯基医生的诊所接受治疗……

　　我又看了遍日期。已经过去六年了。我从那堆信的中间又拿出来一封。那上面盖着一个精美的印度邮戳，一头带有翅膀的大象正在河湾上飞翔。

　　亲爱的巴尔内斯先生，

　　很抱歉打扰您，先生。我是代我父亲巴加特工程师给您写的这封信。我父亲现在病得非常重，我应该补充一下，真的很重。我们听说……

　　我又读了几封信，内容都是一样的。但是我并没有对尼夫感到生气，只是觉得时间和生命都被浪费了。我整理了更多的信件，感觉我两只手上都沾满了灰尘。过了一会儿，我发现，有些信封上的笔迹是一样的。那是一手工整的字体，是学过草书的人写的字体。我费了一会儿工夫才意识到，这是尼夫的字迹。这些都是他写的信，寄给那些遍布世界各地的人们，这些信永远寄不到，也不会退回原处。

　　我打开其中一封信，只见乔希的一张照片掉了出来。即便我现在知道，那并不是乔希，但是仍然感觉像他，而且我是多么希望那就是乔希。那封信很长，我从头到尾看了一遍。尼夫在给他的收信人讲述去动物园的经历，上面写的好像乔希有七、八岁。可是他根本就没活到那个岁数，没有做过比他大的男孩做的事，比如自己坐缆车，或者交换足球贴纸。

尼夫写了很多关于乔希的细节，比如他有多喜欢大猩猩，多希望他爸爸能从礼品店给他买本书，等等。然后，当他们回家后，尼夫描述了他们如何一起看日落，乔希如何在他怀里睡着，他的大猩猩书放在他的腿上。

在另一封信里，尼夫写到了乔希的九岁生日派对，以及在看到那么多人来参加派对、收到那么多可爱的礼物时，他是多么的不知所措。我又打开了一些信，内容都是一样。都是一页又一页地讲述着乔希的生活，一页接一页地描述着并不存在的生活。

这不仅仅是个骗局。我现在知道了。"我的世界"，他们去看的足球赛，还有太阳落山时在悬崖边的散步。尼夫写这些信是因为它让乔希活着。这些都是他的爱心笔记。而在这一点上，尼夫和我没什么区别。

主 题	你好
发送时间	2017 年 7 月 22 日周六上午 10：05
发 自	罗伯
发 送 至	尼夫

亲爱的尼夫，

谢谢你的记录，也很欣赏你的道歉。我很高兴你正在努力弥补人们所受到的伤害。我认为这样做是正确的。

不管你信与不信，反正我的确能理解。我知道，悲伤如何能对人们造成可怕的后果。而且说实话，我不比你好多少。我对我的妻子安娜造成了伤害，非常严重的伤害，我对我的行为感到无比的羞愧。

我觉得你之前的做法不对，但是我确实理解你为何这样做。当时的你走投无路，在做着你认为对你家人最好的事情。你以最可怕的方式失去了你爱着的两个人。任何人不应该经历这种事情。

> 事实上，在杰克即将离世的时候，你帮了我很多。在我需要倾诉的时候你听我讲，尽管发生了后来的一切，但你还是我的好朋友。
>
> 下周末我打算去你们那边，在"千鸟瘢痕"灯塔上拍一些照片。所以，如果你愿意喝杯咖啡或者其他，那么请告诉我。我会很高兴见到你的。
>
> 希望你和克洛伊一切安好。
>
> 罗伯

和别人一起走过汉普斯特德墓地，感觉有些奇怪。我们走得很近，胳膊互相触碰着。我们走路的步伐有些正式，有些适合于葬礼，就像仪仗队的士兵在缓慢行进似的。这个墓地总像是一个寒冷的地方——即使是在夏天，这里也是黑暗阴湿。一棵棵大树形成了一道大幕，将光线阻挡在外面。但是，今天的情况却有所不同。这里有光线，秩序井然，仿佛这个地方被打扮修饰过一样。

"我一直都知道你来这儿，"安娜说，"墓穴上总是整齐又干净。"

"你什么时候来这儿的？"

"正常都是周日，那个时间似乎很合适，就像去教堂一样。你呢？"

"工作日的每天上午。"

"嗯，"安娜说，"如果让我说真话，其实我不是很喜欢这儿。这听起来可能有些糟糕，但是我发现，这里并不是一个清净的地方，或者说类似清净的地方。"

"是的，我也有同感。"我说，然后我们默默地往前走着。

在杰克的墓碑前，我们放下带来的鲜花，然后静静地站着。砂岩是个不错的选择，坚硬而且能经受天气的变化。我们互相看着对方，不确定要做什么。

"我们离开这里好吗？"安娜说，"对不起，我只是……"

"好吧。"

"我不喜欢说再见或类似的话，"安娜说，"我甚至不愿意认为他在这儿。"

"我知道，"我说，"来吧，咱们走。"然后我们便走了，这一次比以往要走得快些。

我们来到汉普斯特德的一家酒吧，那是在我坐列车去康沃尔之前常去的一个地方。

"你来这儿没事吧？"安娜问。

"你是说可以喝酒吗？"

"是的。"

我紧张地笑了笑，瞬间感觉有点儿羞愧。"是的，我可以喝。但是，谢谢了。"

"你曾和别人说过这事吗？"当我们在吧台等候的时候，安娜平静地说，"我是说喝酒的事。"

"没有。我想过，但是我觉得我会自己试着戒掉。这个过程很难，但是，至少到现在我还在控制。"

安娜赞许地笑了。"嗯，我真为你骄傲。我相信，这并不是件容易的事。"

"谢谢。"我说，同时我发现我并不喜欢谈论我喝酒的事，因为那让我感到自己很低微。

我们点了两份英式传统烤菜，两杯奎宁水，然后在一个木制护墙板镶嵌的角落找了个位置。

"我看到你现在在'希望之家'上比以前做的事情多很多，"安娜说。

"是的，"我说，"我很享受它，如果这个词恰当的话。不过，从他们发布帖子的那一刻起，我便感到非常难过。你或许知道，对于他们中的大多数人，对于他们的孩子，可能没有机会了。"

"是的，"安娜说，接着她摇了摇头，"就像杰克一样。癌症的侵袭性太强了，他根本没有生还的机会。"

安娜的目光从桌子上移开。一对夫妻带着一个小孩进来了，坐在了我们隔壁的桌边。那个母亲忙乱地将孩子放进高脚椅中，给他脱掉外套，然后把玩具和贴画书摆在孩子的面前。安娜朝那个小男孩笑了笑，男孩也对着她笑笑，手里抓着一只塑料小狗。

"为我们可爱的小男孩干杯。"我一边说，一边看着安娜，举起了酒杯。

"为我们可爱的小男孩干杯。"安娜说，然后我们轻轻碰了一下杯，"为杰克干杯。"

我们默默地坐了一会儿，聆听着周日午餐时人们欢快的说话声和碗碟的碰撞声。我想把手伸到桌子对面握住安娜的手，在克拉珀姆我们那套又老又冷的公寓里，我常常这样像蚕茧一样用我的手紧紧裹住她的拳头。但是我没有，我始终把手放在我的这边。

"真的很抱歉，我之前对你太糟糕了，"我又说了一遍，"我只是不知道如何……"

"别再说对不起了。"安娜一边说，一边稍稍笑了笑，然后她的目光便无法从那个小男孩身上移开，小男孩正在咿呀学语，推开了他母亲拿给他的汤勺。

"哦，对了，我有东西要给你看。"我说。

"真的吗？好兴奋。"

我拿起我的包，取出笔记本电脑。我登录了酒店的 Wi-Fi，然后加载了"我们的天空"。

"啊，你的网站。有什么新东西吗？"

"有的，这就是我想给你看的。一些照片。我想你会认出它们的。"

"太好了，我能看了吗？"

我把笔记本电脑递给安娜，她便开始浏览那些新发布的照片：从我们在汉普斯特德的花园里拍摄的景色，从杰克卧室的窗户里对着太阳拍摄的耀眼镜头，斯沃尼奇发着灿烂白光的灯塔，然后是从我们在希腊时的露台上拍摄的全景图，有杰克，还有三脚架。

"哦，我不明白。这些照片是你拍的吗？"

"不是，都是杰克拍的，用他的相机拍的。就是他过生日时我们给他买的那部相机。"

"哇哦，太不可思议了，真的不可思议。"安娜一边说，一边把电脑拉近了一些，"那天的天气真好，是吧，斯沃尼奇。"她继续浏览着照片，仿佛在寻找某件特别的东西，然后她看着我。"我还以为我们把那个相机搞丢了呢。这么说，相机在你这儿？"

"是的，在我这儿，希望你不要介意。"

"不，天哪，我完全不会介意。那是你的东西，你的男孩。要么爬到高楼上，要么从荒原上拍摄照片。"

"是的，他喜欢这样。我还有一件东西要拿给你看看，"我说。"是这样，当我给那些页面编码、上传那些全景图时，我给杰克写了这些小小的留言。"

"你是指什么，留言？"

"它们只是一种回忆，让我在那个特殊的地方想起关于杰克的一些事情。原先这些留言都是隐藏在代码里的，但是现在我把它们全都公开了。你看，如果你把鼠标放在照片上，那些文字就出现了。"我深吸了一口气。"如果我可以的话，如果杰克现在还在这儿，我想那些都是我要对他说的话。"

"哦，罗伯，这太好了。"

"但是你看，这是我想给你看的。我专门为你做了一个网站版本。你只需要登录进去，这就意味着你也可以在上面添加东西，添加你自己关于杰克的记忆。"

"谢谢你，罗伯。那太好了，其实你不必这样做的……"

"我知道我没必要，但是我想做，因为这都是关于我的，不是吗？我的悲痛、我的酗酒、我的忧伤，以及我以最可怕的方式让你失望。我从没想过你，没想过这一切对你的影响，也没想过你是怎么处理这些事情的。我只是考虑了我自己，对此真的很抱歉……"

安娜盯着其中的一张照片，是杰克给我俩拍的照片，我们穿着雨衣在多赛特的海滩上。

"几天前你说有些东西，"我说，"会让我感觉非常的消沉。你说你为你和杰克在一起的方式感到羞愧，说你很遗憾没有做更多的事情，我理解你的想法，真的理解。但这并非事实，因为他喜欢你，真的喜欢你。父亲和儿子是一回事，但是和母亲是另一回事。他以一种特殊的方式需要着你，一种他永远不会需要我的方式。"

"你记不记得有时候在上午，他睡得晚，我们已经在楼下的厨房里。然后他会过来，仍然睡眼蒙眬，头发竖立着。他总要先找妈妈，过来把他的头放在你的腿上。从来就不是我。他总是先去你那儿。而我一直喜欢这样。我喜欢看他如此明显地在乎你。"

我能看出安娜的下嘴唇开始颤动，接着她开始哭泣。我绕过桌子，这样我便能在包间里坐在她旁边，我把她搂在了怀里。她没有推开我，而是用胳膊搂住我，把她的头埋进我的脖子里。

我突然有股和她在一起的强烈冲动，我要再次了解她，去发现她已经变成的那个人，那个在我们初次见面之前的她。因为这就是爱。去感受你在过去没有经历过的悲伤，去和她在一起，在她洗去眼妆的时候，或者跑步穿过向日葵田的时候，或者坐在她书桌前试图算出总数的时候。

那次圣诞节，我们去萨福克看望她的父母，安娜把我带到一个秘密的地方。我们很无聊，想从家里逃出去，于是我们出去散步了。她说，在她还是孩子时，如果想自己一个人，便会去那个地方。

我们走进了她家周围的树林里，直到我们来到一片浓密的树林和灌木丛中。这地方似乎无法穿越，但是安娜说有一条路能穿过去，是一条她知道的路。她在前面走，我跟在后面，这条路迂回曲折，我们跪了下来，手脚并用。过了我们必须得爬过去的那一截后，我们来到了一个巨大的空地上，树木和灌木丛形成了一个天棚，仿佛树林被一台巨大的机器掏空了似的。

她说，她来这儿读书，以躲避她的父母。她会带上一条毛毯、一些水果和奶酪，在这里待一天。这里原始古朴，不受任何影响，是一个除了安娜以外没有其他人的地方。当时和现在，我都不认为我曾经爱过她。我希望我能把她看作一个孩子，她的双膝蜷缩到胸前，缕缕阳光刺透了枝枝叶叶形成的天棚。

我把她拉过来靠近我，然后吻了她的头顶。其实这种姿势不合适，但是我不知道我还能说什么、做什么。

"你见过这个吗？"我一边说，一边把电脑拉过来，希望能转移她的视线，让她感觉更好受一些。她点开了一张在比奇角的照片，是我们野餐的那天。

"哦，我记得那天。那天的天气简直是完美。"她又看了一眼照片，好像记起了什么事。"罗伯，我不知道该说什么，它们太让我高兴了。上帝啊，那个中国人送的盒子，我记得那东西，他总是抱着它睡觉。"

安娜关闭了电脑。"不过对不起，我不能在这儿看照片了，否则我将会是一团糟。说得更明白些，我忘记了你是一个多么厉害的极客。"

"我们都需要一个项目，对吗？"

"对。那么，你现在在做什么新的项目吗？"

我紧张地笑了笑，不确定要不要提到那个项目。

"什么？"安娜边说边侧身看着我。

"哦，你别笑，我现在还在尝试做有关我的无人机的项目。"

安娜对我笑笑，仿佛她是一位老师，在责备一个顽皮但又很喜欢的孩子。"我想你还需要更多的时间，罗伯，更多的时间去完善它。这项目到现在有多久了，差不多十年吧？"

她的眼睛发亮，由于我们彼此之间仍然还有些不适应，所以她推开了我，让我知道她是在开玩笑。

"我去，"我一边说，一边笑着看她，"我会变得非常厉害。"

"实际上，这让我想起，我还有东西给你，"她边说边打开手提包，在里面仔细找着。

"在这儿，"她自言自语道，然后递给我一个小的闪存卡。"我花了一段时间，因为我无法忍受看着它们这么长时间。不过我最后还是浏览了我的所有老照片和杰克的视频。有样特殊的东西你可能会喜欢。是我看的东西，然后你网站的名字让我突然感觉有了意义。"

"这话怎么讲？"

"只要看一眼，你就会喜欢的。这里面也有好多在希腊度假的照片，每一分钟都有一张。"

"是的，"我说，"是他拍的。"

杰克，我的男孩，我们的男孩。

在回康沃尔的列车上，我喝着咖啡安下心来，然后打开了笔记本电脑。我插上了安娜刚刚给我的闪存，看到她已经做好了文件夹：生日，2010圣诞，2012圣诞，西班牙，布莱顿。

我点击了每一个文件夹，每一张照片。杰克的首次圣诞晚餐，他没有吃米奇盘子里的一小块蛋糕，他的纸帽子拉到了脸上；杰克正在海洋球池里扮着开心的狮子脸；杰克假装自己在监狱，透过儿童床的围栏冲着我微笑。

有一个"杰克动物园"的视频，我忍不住咧嘴笑了起来。我看到我们把各种动物在他的床上摆好，然后用羽绒被做了个空心的山丘——那是一个笼子，杰克说，是为猴子们做的。接着，杰克吻了吻我的脖子，那吻是那么温柔，那么满是爱意，以至于让我如此渴望。

有两段视频我觉得以前没有见过。它们是从汉普斯特德的家里拍摄的，是在夏天，在杰克被诊断患癌之前的那一年。我们在红酒的作用下精神振奋，好朋友们和孩子们在花园里不顾一切、发疯似的跑着。杰克很活跃，安娜则想和我说句话。可能是多喝了一点红酒的缘故，我开始挠杰克的痒痒肉。很快他便歇斯底里地大笑起来，然后我们俩在草地上滚来滚去。

一滴眼泪掉了下来，然后是两滴，三滴，眼泪止不住地流下来。但是我不在乎谁在列车上看到我哭了，因为我正在看我们一家，充满阳光和幸福的一家，没有任何东西污染我们这个小小的世界。这就是我们的过去，我们那奇妙的过去。

我点开第二段视频，上面的时间标记显示是在同一个晚上，在客人们都离开后、太阳下山的时候拍摄的。那天是银行休假日，所以我们的邻居也在进行同样的活动，在弄烧烤。他们说话的声音更大、更年轻，他们没有孩子，而且那声音听起来像是有些喝醉了。

杰克正对着月亮大喊，拿着小泰迪熊和一架玩具飞机在花园里横冲直撞。隔壁邻居家突然发出一阵巨大的笑声，杰克看看我，摇摇手指说："调皮，调皮。"然后眯缝着眼，就像他在书里看到恐龙裸露着牙齿或者可怕的多节树时的动作一样。

杰克跑回到露台，把他的头放在我的膝盖上，然后他抬头看着我，问我是谁制造的噪声。

那是我们的邻居，我说，他们就住在隔壁。然后是一段停顿，安娜说了一些相机里听不清的东西。

杰克抬起头，他那大大的眼睛看着我，然后问我邻居是什么。我说，哦，我们拥有这栋房子，他们拥有隔壁的那栋房子。

然后他问，那花园怎么办，谁拥有花园呢？我说，我们拥有花园，拥有这栋房子和这个露台，还有你能看到的我们周围的一切。

一切，他一边说，一边张开他的双手，仿佛他抓到一条最大的鱼似的。

是的，一切，我说：树啦、围墙啦、你卧室的窗户啦，还有小鸟栖息的房顶。

相机稍稍晃动了一下，因为视线之外的安娜试图忍住笑。

杰克抬头看了看天空，然后看着我。"爸爸，"他一边说，一边指着红色的夕阳和月亮，以及飞机飞过后空中形成的条状尘埃，"我们也拥有天空吗？"

尾 声

天空很脆弱，仿佛就要被打破一样。而我知道，不久我便不得不离开。但是现在，这个位于石潭的花园实在是太迷人了。阳光炽热，这么长时间以来，这是第一次让人感觉到这么热。

长椅上和桌子旁坐满了人，杂乱地分布在一棵棵树下。孩子们经过宽敞开放的大门跑了进来，一边躲闪着人群，一边绕着酒吧的员工跑圈。成包的薯片被打开放在桌上，供不同的家庭们分享。

我正在利用 Wi-Fi 进行我的新项目的工作。一天，我在《卫报》上读到一篇文章，讲述的是一个患有晚期疾病的小男孩，用相机记录了他生命最后几个月的故事。我记得看着这个男孩的那些照片，想着他们是如何让我想起杰克的。是他们对那些普通事物，对我们已经习以为常的形状和颜色的好奇。比如一个笔帽的生动明亮的蓝色，泰迪熊鼻子上的棱文纹理，以及液晶显示屏上的数字红光。

于是，我启动了"向日葵"项目——这个名字是安娜的主意——同时我要求技术公司为那些患有晚期疾病的孩子们捐助高端的相机。我们为这些孩子提供免费的摄影课程，在他们家里，或者是病房中，这样他们便能学到构图的基本知识和技巧。

这个项目刚开始的时候人数很少，但是很快便应接不暇了。家长、亲戚——有时候就是那些即将离世的孩子们自己——纷纷发来邮件，询问我们是否能给他们寄去一台相机。在他们的信中，都会说到同样的事情：他们希望记录和拍摄他们的世界，那个他们知道自己就要离开的世界。

他们知道人们如何看待他们：秃头、病态、依靠别人。但这不是他们希望被记住的样子。因为即便他们的世界已经被缩小到仅限于他们的卧室和医院的一间病房，但是仍然有许多生活他们想要记录，想在那种生活里呼吸：一群海鸥快速上升，飞过他们的窗口；在他们的病床上有一个精心布置的游戏棋盘；他们和家人坐在一起、看深红色的夕阳将天空点燃的日子。这是他们想要留下的东西，这也是他们希望我们永远不要忘记的东西。

我喝完咖啡，拉上外套的拉链，离开了咖啡店。风越来越大，人们开始往楼里面移动。我知道，该是走的时候了。我把背包挂在肩上，朝着通往悬崖的小路走去。这会儿的空气几乎是难以忍受的闷热潮湿，暴风雨正在逼近地平线。远处的海上有一道道闪电，随着风速的增大，我能听到隐隐发出的隆隆雷声。

到了山顶，我离开了那条小路，走向悬崖边上。远处，我能听到一台发动机突突的响声，没有启动成功。然后在那些农场中的某个地方，传来狗狗们此起彼伏的叫声。

刚开始，看上去可能会下小雨，暴风雨只是会与我们擦肩而过。但是随后，响了两声巨雷的轰鸣，接着便开始大雨倾盆。雨水猛烈地敲打在我的头上，拍得我的脸刺痛，我的雨衣已经贴在我的身上。

风已经挂起来了，我知道时间到了。我取下背包，朝地下深挖下去，放进派对时用的气球和氦气罐。我选了一个蓝色的气球，将其吹起来，然后用黑色记号笔在上面写道：

亲爱的杰克，我们的天空。对你无限的爱，妈妈和爸爸。

我尽可能地靠近悬崖边缘，我在想要不要说些祈祷的话。但是我刚刚想起杰克会如何喜欢这里：狂暴的大雨，风就像镰刀一样，吹过杂草丛生的草地。

他总是因为恶劣天气而感到兴奋。我一边笑，一边想起他在布莱顿下雨的海边撒欢地跑着，然后我把气球放上了天空。气球没有飞多远，便开始向下朝着悬崖的边缘和下面的岩石飘去。

然后，气球停下了——或许是因为有气流或是一股逆风——悬在了空中。那一刻我以为它会坠落到海里。令人惊讶的是，它仍然停在那儿静止不动，一种我不懂的惰性，仿佛它被数只无形的手固定住了似的。

我朝着那只气球走去，就在我开始爬上更加陡峭的草地时，它却被风吹起来了，飞快地忽上忽下，最后盘旋着飘上了天空。

我看着那只气球飞出灰色的海面，直到它渐渐变成地平线上的一个小斑点。我看着它，直到我确信，它终于飞走了。

致 谢

　　如果没有我的经纪人朱丽叶·姆森斯，我是不可能写完或出版这本书的。是她的建议和持续不断的编辑参与才使我那结构凌乱的手稿成为一部小说。从我们在电话里的第一次交谈开始，她始终是我最大的支持者，我不可能再找到一个比她更友善、更理解我，而且更强大的经纪人。同时，我要感谢卡斯基·姆森斯公司的娜塔莉·哈勒姆，感谢她在那些不太令人兴奋的出版事宜上所提供的所有帮助与支持。

　　我也不可能在遇到比这两位更好的编辑——Trapeze 的山姆·伊德斯和帕克罗图书公司的丽思·斯坦。从他们首次看过手稿开始，他们的建议和修改对我来说一直都是非常的宝贵。他们帮助我消减、扩充文章，使之成型。同他们一起工作已经成为一件非常快乐的事。另外，非常感谢文字编辑乔安妮·格莱德希尔和凯西·乔伊斯，感谢他们解决了所有前后不一致的问题，修改了我那糟糕的标点符号，而且替换了一些更为隐晦难懂的英国英语。

　　如果没有大家对第一稿的精彩点评和建议，这本书可能永远也不会顺利发行。因此，非常感谢凯瑟琳·拜特、安德鲁·加德纳、露丝·格里纳韦、罗伯·麦克林和雷古拉·李特。同时感谢杰西卡·拉斯顿，她精彩而又广泛的批评确实有助于我对手稿的精雕细琢。还要感谢安德鲁·罗森海姆给了我一个早期项目的机会，让我坚信我要长期写作。

感谢我所有在英国和捷克共和国的朋友和家人，以及我在"自由欧洲"广播电台／自由电台的同事们，感谢你们多年来给予我的笑声和支持。癌症一般都很可怕，但是你们大家帮助我渡过了这一难关。特别感谢"那些家伙们"，这是我母亲会说的话。感谢大家，尤其是丹尼尔·伊斯顿、迈克·霍华德、本·梅利克、尼尔·奥克尼斯基、格伦·伍德海姆斯以及 Predz 的所有男孩们——是他们，在每一次化疗之前，都会一周接一周地来和我喝杯啤酒。你们将一些可怕恐怖的东西转化成了令人开心的事。我永远都不会忘记。

说到癌症，我要感谢挽救了我的生命的了不起的医生们，帕里斯·特奇斯教授和安德鲁·格雅医生。他们拥有每一个医生所具备的素质：热心、耐心，而且总是愿意倾听我的一些恐慌的问题。还要衷心地感谢伦敦诊所和"肿瘤学带头人"的所有了不起的护士和保障人员。

我还要感谢 COLONTOWN 上的所有人，这是一个为那些受到大肠癌影响的人们而创立的一个网上社区。它一直是一个能够积极提供帮助与支持的地方，而且帮了我的大忙。

感谢我在捷克的家人，米罗斯拉夫·吉拉克和伊娃·吉拉科娃。他们在最艰难的那段时间给了我如此多的帮助，他们已经成为我们儿子最好的爷爷和奶奶。没有他们的支持（以及对孩子们无尽的照顾），我永远不可能写出这本书。

感谢我的妹妹露丝，感谢她给予我所有的爱和支持，帮助回答我所有的紧张的医学问题！

★

感谢我的母亲，谢谢她给我所有的爱，而且一直相信我，作为一个儿子和一个作家。您总是对我有一种沉着的信心，那是您能够给予别人的最好的礼物。您是世界上最好的母亲，我是多么的幸运有您这样一位母亲。

感谢我的父亲，谢谢您是世界上最好的父亲。您不用一言一语，却教育我绝不放弃。我真希望您现在就在我身边。

最重要的是要感谢我的妻子马尔凯塔，她给予了我那么多：所有的爱、支持，对我"玩笑"的容忍，同时还给予我写作的时间。在我生病的时候，你永远对我说，你必须好起来，我知道你会好起来——这就足够了。如果没有你，我不可能完成任何事。

感谢我的两个儿子，汤米和丹尼。你们就是我的世界，我的所有，但是请别再用球打我了。

: